白靈——著

新詩十家論

論叢總序

李瑞騰

　　台灣現代新詩之有「詩學」，從張我軍猛烈攻擊舊體的那個年代就已存在；其後1950年代的新詩論戰，以迄1970年代之批判現代詩，累積了大量的「詩學」文獻。在學院門牆之內，從「新文藝及其習作」發展到分類開課（現代詩、現代散文、現代小說），從點綴性到類似「台灣新詩學」成為研究所的課程；從中文系生出一個文藝創作組，到台灣文學獨立設系設所，「台灣詩學」無疑已自成體系，其知識已學科化。

　　這個發展歷程非常需要清理並展開論述，我最近重讀《現代文學》第46期之「現代詩回顧專號」（1972年3月）和《中外文學》第25期之「詩專號」（1974年6月），深感前賢已不斷整地、奠基、築室，我們怎麼可以荒於嬉而毀於隨呢？我想起1980年代兩次「現代詩學研討會」之策辦（1984、1986），想起「台灣詩學季刊社」成立時（1992）提出的「挖深織廣，詩寫台灣經驗；剖情析采，論說現代詩學」，想起「台灣現代詩史研討會」之隆重召開（1995），作為愛詩人，我確曾在某些時刻，以具體的行動參與了台灣現代詩學的建構；也看到朋友們在各自的崗位上付出了他們的努力，如林明德、渡也等人在彰師大兩年舉辦一次的「現代詩學研討會」（1993-），趙衛民等人在淡江大學主持編印《藍星詩學》季刊（1999），孟樊在國北教大推動的《當代詩學》學報（2005-），都累積不少成果。

《台灣詩學季刊》原就創作與評論並重，在推展過程中，先是在十周年過後發展成《台灣詩學學刊》（2003），再來是另辦《吹鼓吹詩論壇》（2005），一社雙刊，分進合擊，除社務委員外，論壇更有多名同仁，陣容堅強。我在創社一年之後接下社長一職，社務有白靈幫忙、同仁協力，編務五年一輪，推動順利、發展快速。一直到2010年年初，我到台南擔任台灣文學館館長，除卸下社長一職，且暫停社籍；去年，蕭蕭社長和白靈幾次相邀回社，且盼我能有所作為，我建議強化論述，編印「臺灣詩學論叢」，獲得大家同意，乃有此編輯出版計劃的推出。

　　我們的約稿函上說，這一套書將收入「有關臺灣現代詩的專書、論集，或詩話」；叢書有總序，各本有自序，內文可分輯，最後可附錄個人之詩學年表等。希望每隔一段時間可以出個幾本。我們社務委員都有現代新詩的論述能力，期待「臺灣詩學論叢」能在學刊及論壇之外，成為台灣現代詩學重鎮，朝跨領域整合的大方向前進。

▌花和它的影子

白靈

　　詩是語言之花、乃至宇宙之花，其奧祕與宇宙深層的現象有關。說「詩之道，非常道」，其與宇宙之道並無不同，可能很多人不相信，即使寫詩人亦然。因此談詩只能像談論花的影子，就影子的形似和搖動，試圖觸及詩的真貌，於是也只能模擬近之，很難真正說得清楚。尤其是詩之味或詩形成之根本究因就像花之香，是沒有影子的，其傳達還得看個人修養和領會，更難將其妙處說予人聽。

　　即使如此，有時還是不得不說。而談什麼是詩、自己怎麼寫詩，和論述他人的詩，是完全不一樣的路數。前者是搔自己癢處、甚至揭自己短處或瘡疤，偶而還覺得過癮或痛快。後者若說得好，很像偷窺或不經同意揭他人底細，說得不好只像是隔著靴搔他人的癢。

　　前者是我樂意的、喜歡做的，即使很像硬要把金針度予人似的。後者常是應邀參加各式研討會，推拖不了，只得頂著頭皮硬幹，認真讀書一陣子，對某位要研討的詩人想出甚至擠出什麼新穎的說法而且還要自圓其說，因此其實多是痛苦的，常是漫長的一兩月甚至更長時間的自我折磨，這本書的十篇論文便是這樣的結果，而且大半與香港大學的黎活仁長年推動臺灣詩人作品研究有關。

　　其實之前在大陸的作家出版社已出過一本論文集，叫《桂冠與荊棘》，也收了一半與黎活仁辦的研討會相涉的論文，那是更早寫的，因此完全未與此書重疊。

寫這些論文的最大好處是，竟然可以認真地把一個詩人的詩乃至一生行誼稍加追踪研究了一番，即使追索歸納出的只是一堆花的影子。然後試圖把這堆影子整理一番，用一些奇奇怪怪的說法，比如大膽到使用「物理化學」（physical chemstry）中的一些科學理論、甚至相對論的質能方程式加以推演，給一個自己都半信半疑的說法。最麻煩的是，很像科學實驗似的，做少數幾個實驗，就要歸納提出一個結論，然後用這個結論再去推演尚未來得及做的其他實驗。比如〈偶然與必然──周夢蝶詩中的驚與惑〉中以氣態液態固態的「物質三相需求能量圖」與周氏的身心靈三態作比對，得出如下結論：

> 由上述「身心靈三態需求能量圖」大致可看出，他的生命觀與宇宙觀，早期是「驚多於惑」（能量需求快速走高／外在時代影響／偶發機緣），其後是「惑多於驚」（能量需求維持在極高檔／反思求道／生命困境），最後終知人生與宇宙的深義，尤其中衍發出「驚惑同觀」（能量需求大為降低／不假外求／一即一切）的生命美學，且越後期「瞬時自如感」頻率越高。

其實學者或讀者碰到這些圖（參見書中）一定很頭痛，不知其如何冒出來的，通常只有略而不讀。這倒無妨，因為任何評論莫不是用花影在模擬花，本來就不易說清，那又何妨多一個不同路數的說法呢？

但讀者對較為感性的歸納說不定興趣就高些，比如一樣在〈偶然與必然──周夢蝶詩中的驚與惑〉一文中說周夢蝶：

他不悱不求、卻是情癡一個，他如僧如丐、對人又常以十報一，他是頑石，他是幻影，他是螢火，他給了後世詩人很難追隨的身影和典範。

因此他的詩每一首都是「直到高寒最處仍不肯結冰的一滴水」，凡心太重的人很難仰首一窺究竟，俗塵落滿身的人很難理解他的真和他的清澈，用情不深之人很難明瞭他內在強烈的陰性的、柔軟的、阿尼瑪（anima）特質。他也是當前兩岸詩人最靠近禪、最能面向宇宙之根之心之所由、而又最終能明白自己一無所知也終究敢一無所有的詩人，他應該是自有新詩以來最靠近生命底質也將之寫得最透底的詩人！

歸納有時是不得不然，卻不免危險，比如說他是「自有新詩以來最靠近生命底質也將之寫得最透底的詩人！」一定有人不服，但也無妨，因為這是更靠近感性的個人主觀意見罷了。

又比如說到商禽，在〈約束與湧現——商禽詩的形式與精神意涵〉一文中，寫的是：

他是用語言畫畫的詩人，他的詩隱涵了六分的夏卡爾（Marc Chagall, 1887~1985）、三分的米羅（Joan Miro, 1893~1983）、和一分的魯迅（1881~1936）。他的詩兼有夏卡爾的冷、米羅的趣、魯迅的刺，但卻是更內斂的、是苦澀而憂鬱的。他的每首詩都是一面窗，開向一齣齣悲劇的人生舞臺，他一生所經歷的人生體驗絕對比他們三位都精彩，卻還沒有他們一樣的耀眼光芒，他是站在時代的缺口上，被時間與戰爭、夾帶東西方文明的大河，沖刷削磨得差一點不見的眾多小石礫

中的一塊頑石，但未來終究是會突顯在新詩史上的一粒晶鑽。余光中說「六〇年代，不少『難懂』的詩，或虛無，或晦澀，往往以此自許，但是真能傳後的傑作寥寥無幾」，那「寥寥無幾」中絕對少不了商禽。

因為魯迅《野草》的散文詩形式是商禽一生奮鬥不懈、終於青出於藍的形式基砥，而夏卡爾尚可追索的自然式超現實、米羅非理性難以邏輯思索的書法式超現實，正是商禽超現實手法的兩大路數。他在散文詩上的開創與影響兩岸恐難有人可與他匹敵。

在寫到詩壇不老的頑童管管時，則於〈不際之際，際之不際——管管詩中的生命熱力和時空意涵〉一文中說：

> 在「不際之際，際之不際」（沒有界線的界線，有界線也等於沒有界線）這一點上，管管天生就是好手、能手、高手。比如他九歲大了還吵著要喝奶，他媽媽不得已只得背著他到村子裡求有奶水的年輕媽媽，給一碗碗香甜的乳汁，卻又死皮賴臉說非自己所求，他可說是「一村子的母親們」一起養大的，「一村子的母親」與自己的母親是沒有分際或界線的。這種「沒有母奶界線」的成長過程既殊異、又不尋常，世上恐不易有他例，因此一方面推遲了他的童年歲月，一方面也推遲了他的少年、青年、中年、和老年，甚至不是推遲，而是「同一化」了他的一生，乃至他一生都在尋找「沒有母奶界線」的人生。

「界線」的解除，現實中是不可能的，是從意識及理性上去了解

「有界線」與「無界線」的分際乃肉眼的限制，「同一」有困難，「同一感」仍是可能的。「不際之際，際之不際」二句出自《莊子》之〈知北遊〉：

> 物物者與物無際，而物有際者，物際者也；不際之際，際之不際者也。

意思是：使物成為物的，與物沒有分際，物若彼此有分際，是物自己使之有分際；沒有分際的分際，即使有分際也等於沒有分際。這是要從根本態度、角度、和眼光上，展現自身的生命熱力，於萬物中找到「同一化」或「同一感」（界線解除的感受），即使僅是短暫的解除也無妨，而這正是管管的生命和詩的特質。

至於〈持「序」不斷——瘂弦書序中的虛靜美學〉一文則由瘂弦早年與友人季紅的來往信函，探討其「詩創作的未竟之業」及「編輯的偉業勳業」間與其如何在「大引力中保持一個真我」的關係，並由兩厚冊的《聚繖花序》中的書序看出，若能在「激情」與「悲壯」間取得奇妙的「均衡」，將是其心目中文人精神卓越的典型。而其「真我觀」乃積極的超功利的又有所作為的「光明種」，可以為人間點亮「無盡燈火」。最後將其「美思力三質素說」（藝術性、創造性、思想性）、「自因共因他因三因說」、「小我大我無我三層界說」……等等思想整理列表，以理解其文藝美學的思維路徑和視野。

在〈天地與障礙——鄭愁予詩中的顏色與意涵〉一文則透過鄭愁予詩創作歷程中的顏色變化，看出詩人的顏色詞彙由無（或白）到色澤斑斕（藍／紅／白乃至各色）末了又回復到無（或白）

的詩路歷程和不同境界。並以大腦的功能與拉康幻象公式做推論，得知「左腦化」（眾生／人間）「右腦化」（自然／天地）的相互關係，而唯有如鄭氏先拓展「右腦化」（天地）的能力才有可能持赤子之心進入被「左腦化」（眾生）過度的人間，達至一種拉康幻象公式所未觸及的「右腦過後再回到左腦」（自天地回到眾生）之境，即若能先經歷「未經分化的齊一，人和自然之間、人和同儕之間不言自明的瞭解」之冥合體悟再回落人間（見自己見天地再見眾生，或王家衛所說「還的過程」），那或是另一種較不同的人生路數，而這或是鄭氏詩中顏色詞彙變化的終極意涵。

談到隱地時，於〈承載與流動──隱地詩中的船舶美學〉一文中說：

> 隱地（柯青華，1937-）是一位行走陸上的「航海家」，他的身體是船，爾雅出版社是船，筆是船、書是船、每一首詩也都是船，甚至咖啡杯是船、每一頓美食也都是船，帶他去到傳承品味的各個異鄉。每一條船的「承載」都不只是「過去之承」和「現在之載」，而是為了「未來之航」、為了航向不可知的神秘而「流動」。……當他在陸上滑行時，整座城都是大海，高興時就停泊在讀者的窗前或書桌前，氣餒時就停泊在自家出版社地下的書山堆裡。也不一定要在陸上滑行，尤其五十六歲（1992年）的中壯年才開始寫詩以後，他會改用氣墊船或飛船，輕裝簡從，以文字的鉚釘打造快速的遊艇，用十八年的時間縱橫呼嘯過詩海，讓他過了七十歲猶覺年少。恍惚此時他才敢對時間和生死大神吹鬍子瞪眼睛，詩文字的「極簡」和「有限」，已讓他感受到「無限之航」

的愉悦和魅力。

上述所有「船」皆有各自不同的承載負重、和流動方向，但他的人生觀與世界觀卻是建構在「終極船舶論」上，因為世上再大輪船的宿命仍然是：

> 最後會沉沒，我也會沉沒，隨後趕來的獨木舟、小帆船和紙船一一都會沉沒。但是我們怕什麼呢？歷史會記載我們的航程，雖然歷史也將沉沒，沉沒才是這個世界最後的命運。

此話冷靜、理性、卻深具穿透力，更是紅塵世間最殘酷的現象和實景，即使如此，「人最難能可貴的特質在於明知會失去，卻仍勇於追求」，像在說，即使「花之影」也罷，至少它是美的，至少曾暫映心中，而「一瞬之美」不就是詩嗎？

清代詩人李密庵曾作〈半半歌〉一詩，其中有「心情半佛半神仙，姓字半藏半顯。一半還之天地，讓將一半人間，半思後代與滄田，半想閻羅怎見。酒飲半酣正好，花開半吐偏妍」等句，說的是事事預留退路、低調度日，屬於瀟灑風流行徑。但在〈站在蝕隱與圓顯之間——林煥彰詩中的「半半」美學〉一文中提到的「半半哲學」則即林煥彰生活本身，他一生大多立於山與海一半的地方、原鄉與都會一半的地方、養母與生母兩位母親一半的地方、成人與兒童一半的地方、完整教育與失學一半的地方，「一半一半」不只是觀念，更是踐之履之的生活，也是他在兩半之間跳來跳去、逃來逃去的掙扎行徑。也使他後來回頭，看到自己淒涼卻精彩的童年，因而走進了兒童詩領域，從此大放光彩，創造了林煥彰迥異於其他詩

人純粹只經營成人詩的特殊風貌。這也是因為林煥彰能在原有「現實」的「重複」中找到人生分歧點的「差異」，沒有把自己束縛在某個固定的世俗的傳統觀念中，因此能從被「現實」所「異化」的痛苦中（注視「重複」忽略「差異」）抽拔「逃逸」，將自身推向「人道化」的路徑（忽略「重複」注視「差異」），乃能創造了自己的新未來。

〈煙火與水舞——蕭蕭小詩中的空白美學〉一文中提及蕭蕭近七百首詩超過八成是小詩，此與他的「空」「白」思想或許有關。而他的詩集書名之所以會取「舉目」、「悲涼」、「毫末天地」、「緣無緣」、「雲邊書」、「皈依風皈依松」、「凝神」、「後更年期的白色憂傷」、「草葉隨意書」等充滿要與「天地風雲」對話的企圖或情結，且又如「毫末」、「草葉」隨意可被吹去的微不足道感，實非偶然。前幾本與「天」關係較大（「舉」目、悲「涼」、「雲」邊書），然後逐漸走向「人」（「緣」無緣、「凝神」、「後更年期」的白色「憂傷」）與「地」（皈依「風」皈依「松」、「草葉」隨意書）的糾葛。因此生長於鄉村田野、且「自小就從阡陌之間站起來」的經驗，對他而言，無比重要。「舉目」一望就是連綿不絕的天與白雲，因此當蕭蕭說「無限的空無限的白」這句話時，首先應是「經驗」的「無限的天『空』」與「無限的『白』雲」，日後才是超驗的「無限的空」與「無限的白」等思想的建構。最初令他動心與深思的「天」之「空與白」成了他經驗之白之「小詩」、與超驗之思之禪不虞枯竭的源泉。

而於〈束縛與脫困——從身分認同看渡也詩中的情與俠〉一文中則談及渡也一生明裡暗裡都不斷要嚴肅面對的最大難題，是他血液裡的身分認同障礙（母親是日人），這原非他所能決定，「身

分」實為他人設置的界線與障礙,「台日之界之框」一生環視著他,使他逃脫困難,自幼就傷痕纍纍。最後他是靠語言與想像力的自由遊戈而將之解構的,即使熔融不了這些別人眼中所謂的國界與框限,一如他所說的:「人心太小,有所限,所以才將國與國分界。如果心胸無限,豈有國界?」因這個情結的糾葛和解開過程,使他為了解放自身,一生遂在情與俠中奔闖,以設法超脫。這個情結也成了他創作的最大動源,作品乃能源源不絕。

最後在〈宇宙潛意識:解離與漫遊──以羅智成《地球之島》的末日書寫為例〉一文中,則從科學中電解質「無限稀釋溶液」的觀念入手,談到「解離」、「漫遊」與「一個人星球」一樣的荒島的關係。由此去了解羅智成何以是書寫孤獨的高手,他的筆下常不是一人、便是二人,很少超過三人,即使是第三者也常是「理想我」或「理想你」的另一化身。他是自現實或社會規範中擅長自我「解離」的能手,在群眾「外頭」自立為「少數」,遠離紛擾,自唱高音,因而能「漫遊」詩國,擄獲不少愛詩者和信眾。他很像走在眾多鮭魚之前先期「自唱解離」的「領頭鮭」,領先離開其誕生之河,領先展開一生無比漫長的「漫遊」,在離眾鮭有一段距離的前方以其生之本能、想像之本能追索尋討另一半靈魂的虛無或實有,由此衍生的「不羈不絆」的「情愛與形上學漫遊術」,的確迷倒了諸多孤獨無依的青年。

此序文等於本書的縮減版,先敘述十篇文章誕生的緣由,再略述大致內容和探討方向。這些篇章當然也可當詩的導讀來看,即使稍顯深晦,但讀者若能因此略略感受到這些詩家詩作中搖動的花之影、或一瞬之美,則也算不枉費心思了。此十篇文章中寫商禽、林煥彰、蕭蕭、渡也、羅智成等篇的完成必須先感謝香港大學黎活仁

教授多年來的邀稿與催促；寫周夢蝶、管管、鄭愁予、隱地等篇則需感謝明道大學文學院院長，也是臺灣詩學季刊社現任社長蕭蕭教授這幾年來推動學術研究的號召與力邀，隱地那篇的完成則多少也與黎活仁教授的極力敲邊鼓有關。此外更需感謝臺灣詩學季刊社前社長、國立台灣文學館前館長李瑞騰教授歸隊為詩社同仁後，登高一呼，主動出任詩學叢書召集人，欲將多年來臺灣詩學的各項研究整併、釐清、歸納後出版，乃能在極短時間內回頭加以整理、應卯著出書，否則不知又要疏懶擱置到何年何月。最後得感謝秀威的黃姣潔與盧羿珊小姐在編輯方面的大力協助，使此書才能在最短的時間內出版。至於書中的疏漏一定難以避免，則尚請方家有以正之。

目次

偶然與必然
──周夢蝶詩中的驚與惑

摘　要

　　周夢蝶的一生都活在或者說猶疑在驚嘆號「！」與問號「？」兩端，他是自有新詩以來，使用這兩個符號頻率最多的詩人。他的詩基本上皆是直接與自我、隱性的他者、自然、和宇宙對話，但他要探求的卻是人面對生命和人心最底層時的驚訝與困惑。本文以他愛用擅用常用也越用越頻繁的驚嘆號「！」與問號「？」為焦點，探討他不斷標示的符號背後所欲呈現的生命的偶然與必然、驚駭與疑慮究竟為何？他在四本詩集兩百多首詩中，總共使用了驚嘆號（！）三百四十九次，及問號（？）三百六十三次之多，而且後兩冊詩集比前二冊詩集使用的次數還多。更特別的是，幾乎很少詩人在詩篇首句即使用驚嘆號（！）的，周氏共使用二十四次。他的詩以探索人與情與欲的糾纏、自然事物與宇宙時空的奧秘、以及「一」與「一切」之關係為最大宗。

　　本文另由「物質三相需求能量圖」模擬出「身心靈三態需求能量圖」，以此看出他詩中的生命觀與宇宙觀早期是「驚多於惑」，其後是「惑多於驚」，最後衍發出「驚惑同觀」（如實觀照）的生

命美學，且越後期「瞬時自如感」頻率越高，本文後段即就此項發展與內外時空環境的變動，做了探討。

關鍵詞：周夢蝶、偶然、必然、驚嘆號、問號、能量

一、引言

　　周夢蝶的詩「總也不老」，他是海峽兩岸「年歲最高的年『輕』詩人」[1]。他的心是七分孩童三分老頭，「世界老時我最先老，世界小時我最先小」[2]，這不是虛語或童言，是他實質的生命情境。他像是帶着前世的歲數來到這世上的人，又是隨時準備好前往他世投胎的嬰兒，從九歲到九十歲，始終如一，改變的只是他日趨枯瘦的外表。他的一生都活在或者說猶疑在驚嘆號「！」與問號「？」兩端，他大概是自有新詩以來，使用這兩個符號頻率最多的詩人。表面上他的詩都跳過現實與社會，直接與自然和宇宙和自己對話，但他要探求的卻是人面對生命和人心最底層時的驚訝與困惑。

　　他的一生始終給自己許許多多的限制和束縛，家徒四壁、簡衣薄食、儒家的禮數、佛的戒定、古典的牙塔、幾件長袍、一支雨傘，面對陌生人和群眾時拘謹緘默，與至友或女性獨處時卻又滔滔不絕。他超過一甲子孤寂地四處為家，但他是最自由的人，卻又是一生「為情所苦」[3]的癡人、傻人、呆人，他既是「手持蓮花的童子」[4]，也是「今之古人」[5]，他是從「大觀園」走出來的人物，更準確地說，他根本是走在「大觀園」裡的人物——整個世界其實就是他的「大觀園」——而他就是用盡一生描繪這大觀園質地而非外

---

[1] 周氏有「不知老之已至之／初生之犢」一語，見周夢蝶，《十三朵白菊花》（臺北：洪範書店有限公司，2002），頁186。

[2] 見周夢蝶：〈藍蝴蝶〉，《十三朵白菊花》，頁142。

[3] 劉永毅：《周夢蝶　詩壇苦行僧》（臺北：時報文化，1998），頁147。

[4] 翁文嫻：〈看那手持五朵蓮花的童子〉，見曾進豐編《娑婆詩人周夢蝶》（臺北：九歌出版社有限公司，2005），頁89。

[5] 劉永毅：《周夢蝶　詩壇苦行僧》，頁111。

貌、畫他如何起如何滅的惜春，雖然他更像是既「不負如來」也「不負卿」的寶玉，詩作品就是他描繪的成果，也是他「心出身不出」[6]的佛堂和寺宇。沒有人注意他如何出入這世界，他不怨不求、卻是情癡一個，他如僧如丐、對人又常以十報一，他是頑石，他是幻影，他是螢火，他給了後世詩人很難追隨的身影和典範。

因此他的詩每一首都是「直到高寒最處仍不肯結冰的一滴水」[7]，凡心太重的人很難仰首一窺究竟，俗塵落滿身的人很難理解他的真和他的清澈，用情不深之人很難明瞭他內在強烈的陰性的、柔軟的、阿尼瑪（anima）特質。他也是當前兩岸詩人最靠近禪、最能面向宇宙之根之心之所由、而又最終能明白自己一無所知也終究敢一無所有的詩人，他應該是自有新詩以來最靠近生命底質也將之寫得最透底的詩人！

面對這樣的前行代詩人豈能不戒慎恐懼，最後恐也只能瞎子摸象、暫據自身意識的狹弄一角自言其說而已。本文即僅擬以他愛用擅用常用也越用越頻繁的驚嘆號「！」與問號「？」為焦點，探討他不斷標示的符號背後所欲呈現的生命的偶然與必然、驚駭與疑慮究竟為何？

二、周夢蝶之驚（！）惑（？）與詩性哲學

「擇善」，而後「固執之」，是周夢蝶一生人格、性情、行為、作事、到作詩的最高原則，光以他詩中頻繁使用的驚嘆號（！）與問號（？）為例，近乎是詩詩可見，而且越晚期使用得越

6　周夢蝶：《不負如來不負卿》（臺北：九歌出版，2005），頁189。
7　周夢蝶：〈落櫻後・遊陽明山〉，《還魂草》，頁123。

多。它們所標舉的意義，比起他詩中也常用的破折號（──）和刪節號（……），更有行文上的言外之意。

1.周氏的「專用」符號

在他四本詩集兩百多首詩中，竟然總共使用了驚嘆號（！）三百四十九次，及問號（？）三百六十三次之多，而且後兩冊詩集比前二冊詩集使用的次數還多，後兩冊驚嘆號（！）使用二百二十八次，問號（？）使用二百二十六次，比起前二冊的驚嘆號（！）使用一百二十一次，問號（？）使用一百三十七次，近乎加倍，第一本詩集《孤獨國》驚嘆號（！）五十五次多於問號（？）的三十九次，[8]第二本詩集《還魂草》問號（？）九十八次多於驚嘆號（！）的六十六次，[9]第三詩集《十三朵白菊花》一百一十三次對一百一十次、第四本詩集《約會》一百一十五次對一百一十六次，[10]二種符號使用次數都非常接近。更特別的是，幾乎很少詩人在詩篇首句即使用驚嘆號（！）的，周氏共有二十四首詩在首句即以驚嘆之勢劈出，而他在詩篇首句即使用問號（？）的，則有十四首詩。如下表所示：

詩集	出版時間	首數	「！」使用的次數	「？」使用的次數	首句使用「！」的首數	首句使用「？」的首數
《孤獨國》	1959年	47	55	39	7	1
《還魂草》	1965年	75	66	98	6	3
《十三朵白菊花》	2002年	54	113	110	4	4
《約會》	2002年	54	115	116	7	6
共計		230	349	363	24	14

8　周夢蝶：《孤獨國》（臺北：藍星詩社，一九五九）。
9　周夢蝶：《還魂草》（臺北：文星書店，一九六五）。
10　周夢蝶：《約會》（臺北：九歌出版，二十十二）。

當人要表達高興、驚奇、著急、希望……等感情時，常以驚嘆號來表示，它經常被置於嘆詞、感嘆句、命令句、強烈的祈使句、反詰疑問句、加重語氣的陳述句等之後，是詩文中最能表達情感的標點符號。驚嘆號（！）因此常有如子彈和炮火，每個符號的背後隱藏的可能是一連串的驚訝、驚奇、或驚嘆，對周氏而言，則更常像是將爆或未爆的手榴彈（看得見）和地雷（看不見），常在不可預期處丟出，有時令人疑惑它的必要性和內在意涵。但對周氏而言，那顯然是釘子一般的釘住，釘在詩行之中或之尾，代表的是一瞬間的感動、感嘆、感傷、甚至福至心靈的感恩。因此在閱讀當中，若輕易就跳過這符號的意涵，會是漏踩了隱藏著重要訊息的地雷。若能加以羅列和探討顯然是一件具興味的妙事。

　　而問號（？）當然就是疑問的符號，有不知道的事想問別人，或是明明知道，卻故意問人，就要在問話裡加問號。按一般慣常的使用，大多是設問、疑慮、困惑、質問，因此多用於疑問句（懷疑、發問、反問）之後。而周氏可說無所不問，且常常是「大問」──問人問天問地、問古問今問未來，問的多是一般人難以回答的「天問」，或是不需別人回答的「孤獨的問」，像柵欄一般把別人或把自己一圈圈圍在其中，故意讓人或自己無法呼吸、透氣，是明知答案龐大無比或沒有答案卻還要問的問。比如五〇年代時，不到四十歲的周夢蝶為了代收藍星詩刊的印刷費，登門向詩社社員的吳望堯（「非肥皂」的發明人）索討，起先遭吳氏冷淡對待，情急時周氏連問了四個問題，或略可窺周氏「好問」的特質、和他何以詩中要「安置」特多問號、以及他面對宇宙與生命何以會充滿質疑（？）與暫獲解答時又驚又訝（！）的生活態度。此周氏質吳氏的四問是：

（1）何謂四度空間？

（2）何謂物質不滅，能量不滅？又，兩者是否互攝，且能互變？

（3）世界有末日否？若有，可不可能有第二第三第N個新世界誕生？新與舊之間為盡同，為不盡同？

（4）人的腦細胞有多少？是否因老幼男女而有差別？

「如此科學」的「周式逼問法」，使得多才的吳望堯「笑了。一時兩眼放光，而且發直」，其後費了五個小時，才回答了周氏前三個問題。[11]其實周氏四問正如屈原的〈天問〉一百七十多問中「陰陽三合，何本何化？圜則九重，孰營度之？惟時何功，孰初作之？」之類的天文疑惑，「並非屈原不懂而向讀者請教，倒是他在當着試官，出題考讀者哩。」「無非借發問口氣，以反跌出他自己對於某項問題的知識罷了」[12]，周氏問吳氏亦可作如是觀，此由其提問的方式和內容可略知一、二。周氏在詩中大多數的「惑」或「問」，更常態的是對自我命運的質問，那是被大時代和時空環境「偶然」操弄後的「必然」結果，是與同一代人的命運綁在一起的，非個人所能獨立扭轉的，是地雷似爆炸的驚嘆號（！）所生之「驚魂」、「驚恐」和「驚嚇」後，所產生的「驚訝」及坑洞，是坑洞四周由殘灰瓦礫所堆積如柵欄的土石，圈圍住一生所衍生的「困惑」和不解（？）。乾脆說，是「！」之後的「？」。

---

[11] 劉永毅：《周夢蝶　詩壇苦行僧》，頁104。
[12] 蘇雪林：《天問正簡》（臺北：文津出版社，1992），頁26。

2.以「驚」與「惑」為樂

1998年周氏在〈我為什麼要寫作〉簡短的毛筆書帖上寫的是：

> 最激賞電影「秋林街三十六號」壓軸警語：
> 探索人情與物態的奧祕
> 作上帝的耳目
> 所恨障深慧淺，日短路長學詩近二十年，猶捉襟見肘、
> 水滴而石不穿，
> 奈何奈何！[13]

「探索人情與物態的奧祕，作上帝的耳目」，說的正是對世間情理事物人的驚訝與困惑，因而自覺「無知」而不停追索，但即使窮「二十年」（其實此時離其第一首詩已超過四十載）之精力，「猶捉襟見肘、水滴而石不穿」，實因「障深慧淺」所致。雖是自謙之辭，也是蘇格拉底式「認識你自己」的勇敢與坦白。然而周氏何以能無時無詩不「驚」與「惑」呢？其追索的過程似乎是另一次縮小版的哲學發展過程。即以詩集《還魂草》為例，處處可見「周式的逼問」：

> 是水負載著船和我行走？／抑是我行走，負載著船和
> 水？[14]

13　見劉永毅：《周夢蝶　詩壇苦行僧》，前揭頁周夢蝶手稿翻拍。
14　周夢蝶：〈擺渡船上〉，《還魂草》，頁16。

悠悠是誰我是誰？[15]

誰是智者？能以袈裟封火山底岩漿[16]

笛為誰吹？花為誰紅？[17]

為什麼不撒一把光／把所有的影子網住？／火曜日，你是誰底火曜日？／誰是你底火曜日？[18]

多想化身為地下你枕著的那片黑！[19]

誰是肝膽？除了秋草／又誰識你心頭沉沉欲碧的死血？[20]

幾時繞得逍遙如九天的鴻鵠？[21]

千山外，一輪斜月孤明／誰是相識而猶未誕生的那再來的人呢？[22]

上述連環泡般的「周式驚惑」幾乎無一疑惑有人可幫他回答，他是不斷在自己腳前埋地雷和植下欄柵的人，故意讓自己寸步難行，他是以「驚」與「惑」為樂的人。

3.周氏的「兩階段驚異」

正因有「驚異感」與「困惑感」的人，「才會意識到自己的無知」[23]，而「驚異」二字本身即有「困惑」隱藏於內，因此才會像「牛虻一樣，有刺激人想熱擺脫無知而求知的作用」，因而成為求

---

15 周夢蝶：〈聞鐘〉，《還魂草》，頁20。

16 周夢蝶：〈四月〉，《還魂草》，頁30。

17 周夢蝶：〈車中馳思〉，《還魂草》，頁97。

18 周夢蝶：〈你是我底一面鏡子〉，《還魂草》，頁103。

19 周夢蝶：〈囚〉，《還魂草》，頁118。

20 周夢蝶：〈囚〉，《還魂草》，頁119。

21 周夢蝶：〈囚〉，《還魂草》，頁119。

22 周夢蝶：〈囚〉，《還魂草》，頁120。

23 張世英：《哲學導論》（北京：北京大學出版社，2002），頁128。

知的開端、哲學的開端。[24]周氏說要要作上帝的「耳」和「目」，正是詩藝與生命的「探索」並進，因而發現人生到處是「驚」與「惑」（異），畢其一生亦無法窮其究竟。如果按照亞里斯多德對「驚異」的看法，此辭的本質是與「無知」聯繫在一起，通過驚異才起而追求知識（如哲學、科學），[25]最終即在消除驚異，不再無知，即不再驚異。若按柏拉圖追求「理型」「理念」「觀念」（可理解的世界／不可視的），而壓抑、虛無化包含感官在內的感性人事物（可感覺的世界／可視的）等，則「驚異」屬於感性表象，自然也在壓抑範圍，因而使得哲學、知識等必然得「消滅驚異」，遠離無知後，即不再驚異。如按此說法，周氏「障深慧淺」、「猶捉襟見肘、水滴而石不穿」倒是好事了，才得始終未脫「驚異感」與「困惑感」。

　　黑格爾更擴大了上述的範疇，認為哲學、藝術、宗教等「絕對知識」的三個形式都只是「以驚異為開端」，當展開後其目的則都在遠離「驚異」。他仍把「驚異」理解為「激起精神的東西的開端」，詩即「從混沌未分狀態到能區分主客的過渡時刻」所引發之詩興的完成作品，或即由「不分主客到區分主客」之「中間狀態」的「驚異」所引起，此「中間狀態」是「處於沉浸完全無精神性和徹底擺脫自然束縛的精神性之間」。[26]之前無詩興，過此也無詩興。之前是無知階段，過此是知識階段。尼采則對前此哲學強調的主體、主體性、主客二分、乃至超感性的舊形上學提出批判，明確主張藝術家比那些舊的傳統形而上學哲學家「更正確」，藝術家之

---

[24]　張世英：《哲學導論》，頁129。
[25]　亞里斯多德：《形而上學》（苗力田等譯，臺北：知書房出版社，2001），頁29。
[26]　張世英：《哲學導論》，頁131。

熱愛塵世與感官，而舊形而上學者卻把感官斥為異端，只使人變得枯竭、貧乏、蒼白。他提倡人應該「學習善於忘卻，善於無知，就像藝術家那樣」[27]，他提倡的是超主客關係、超知識，以達到所謂最高境界的「酒神狀態」——類似老子超欲望、超知識，「復歸於嬰兒」的主客渾一、與萬物為一的詩人境界。到了海德格則更進一步恢復了「人的存在感」，把詩與哲學合成一體，認為一旦有了人與存在相契合的感悟，人就聆聽到了存在的聲音或召喚，因而感到一切都是新奇的，拋棄了事物原為主體私欲的對象，由平常事物看出不平常，「驚異使世界變得好像第一次出現」，所看到的事物皆呈現剛破曉似的光亮，此所謂新奇的事物實乃事物之本然，而「詩人就是聽到事物本然的人」，因此詩的驚異就是哲學的驚異！周氏所謂「探索人情與物態的奧祕」而得為「上帝的耳目」，當即此「聽到（耳）或見到（目）事物本然」的狀態，因而感到一切都是新奇的，自然是「驚」與「惑」不斷了。

由上述討論可看出，詩興皆因驚異而引起，卻可分兩個階段：從無自我意識的「主客不分」到能「主客二分」此一「中間狀態」中可激起「驚異」，引發詩興；如果再從「主客二分」到「超越主客二分」、即從有知識到超越知識的時刻，同樣也會激起驚異，引發詩興。前一階段的驚異是由「無知」到「求知」途中「看見」一個新視域或新世界，後階段的驚異則是由「求知」到「超知識」（另一種無知／棄知）途中「創造」出的新領悟新境界。前一階段可說是由自我（主）與對象（客）不分的無知狀態向自我與對象拉鋸及抗爭的進程，通常是有所求、與生活對應經驗的致知過程，是

---

[27] 尼采：《悲劇的誕生》（三聯書店，1986），頁231。

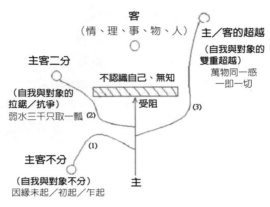

圖1-1 由主客不分、主客二分到主客的超越示意圖。

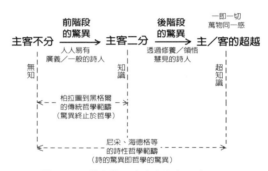

圖1-2 兩階段驚異與主客關係示意圖。

屬於外在的「前階段驚異」。後一階段則可說更進一步由有所求到領悟「一即一切」之已無需再外求的慧見（即內在的「後階段驚異」）[28]。上述討論或可以圖一及圖二表示。

　　周氏一生驚與惑連連，由此才能在詩中呈現「存在的逼問」（如上述《還魂草》的例子）和慧見（體悟並在生活中實踐「一即

---

[28] 張世英：《哲學導論》，頁132-135。

一切」或「偶然即必然」的無所求境界，多見於後兩本詩集，見第三節的討論），自是能經常處於海德格所謂「存在於敞開之中」。

4.周氏詩篇首句的「！」與「？」

即以他詩篇首句使用「！」的句子為例：

上帝呀！我求你[29]

又趔過去了！／連瞥一眼我都沒有[30]

不知道那生來就沒有耳朵的怎樣覺得！[31]

不不，你應該是快樂的！[32]

我不知道該如何適應這氣候！[33]

你的軟紅鞋著地時有多輕飄！[34]

沒想到你會藏匿在這兒！[35]

是第幾次？我又在這兒植立！[36]

沒有比脫軌底美麗更懾人的了！[37]

「凡踏著我腳印來的／我便以我，和我底腳印，與他！」[38]

都浮到眼前來了！[39]

---

[29] 周夢蝶：《孤獨國》、〈禱〉，頁3。

[30] 周夢蝶：〈現在〉，《孤獨國》，頁12。

[31] 周夢蝶：〈畸戀〉四首之四，《孤獨國》，頁47。

[32] 周夢蝶：〈無題〉七首之一，《孤獨國》，頁53。

[33] 周夢蝶：〈無題〉七首之二，《孤獨國》，頁53。

[34] 周夢蝶：〈無題〉七首之四，《孤獨國》，頁54。

[35] 周夢蝶：〈鑰匙〉三首之二，《孤獨國》，頁48。

[36] 周夢蝶：〈守墓者〉，《還魂草》，頁10。

[37] 周夢蝶：〈四月〉，《還魂草》，頁30。

[38] 周夢蝶：〈還魂草〉，《還魂草》，頁84。

[39] 周夢蝶：〈一瞥〉，《還魂草》，頁104。

再為我歌一曲吧！[40]

依然空翠迎人！[41]

吃臙脂長大的！[42]

窅然！不知老之已至的／初生之犢[43]

一眼就不見了！[44]

「有你的，總是有你的！」[45]

早該走了！[46]

好球！[47]

入秋了！[48]

我要堅持到六十纔走！[49]

主說：要有火！[50]

所以，睡吧，一笑而得其所哉的睡吧！[51]

魂，斷就斷吧！[52]

由上舉四本詩集首句含驚嘆號（！）的句子大略即可見出周氏內在心境的起伏轉折，比如從早年《孤獨國》的「上帝呀！我求你」、「又蹉過去了！／連瞥一眼我都沒有」、「不不，你應該是快樂

---

[40] 周夢蝶：〈關著的夜〉，《還魂草》，頁108。
[41] 周夢蝶：〈落櫻後‧遊陽明山〉，《還魂草》，頁122。
[42] 周夢蝶：〈紅蜻蜓〉之二，《十三朵白菊花》，頁140。
[43] 周夢蝶：〈血與寂寞〉之四，《十三朵白菊花》，頁186。
[44] 周夢蝶：〈靈山印象〉，《十三朵白菊花》，頁30。
[45] 周夢蝶：〈吹劍錄〉十三則之十三，《十三朵白菊花》，頁198。
[46] 周夢蝶：〈約翰走路〉，《約會》，頁019。
[47] 周夢蝶：〈為全壘打喝采！〉，《約會》，頁027。
[48] 周夢蝶：〈弟弟呀〉之二，《約會》，頁076。
[49] 周夢蝶：〈堅持之必要——光中詞兄七十壽慶〉，《約會》，頁133。
[50] 周夢蝶：〈七十五歲生日一輯〉之〈風從何處來〉，《約會》，頁144。
[51] 周夢蝶：〈所以，睡吧〉，《約會》，頁148。
[52] 周夢蝶：〈斷魂記〉，《約會》，頁157。

的！」、「我不知道該如何適應這氣候！」之帶有祈求、自我警醒、感傷、無所適從的句子，到《還魂草》的「沒有比脫軌底美麗更懼人的了！」、「都浮到眼前來了！」、「再為我歌一曲吧！」、「依然空翠迎人！」之可以坦然面對、迎接、靜觀，再到後兩本詩集之「有你的，總是有你的！」、「早該走了！」、「入秋了！」、「所以，睡吧，一笑而得其所哉的睡吧！」、「魂，斷就斷吧！」之更灑脫、自如、任其所適，大致可看出前中後期詩作的變化，從「探索奧祕」（前階段驚異）到「與奧祕同一」（後階段驚異），這些變化只是由含驚嘆號（！）的詩集首句比較而來的。這種比較看起來像是「偶然」的摘選並列而已，卻定有其「必然」的脈絡可尋。

　　而他詩篇首句使用「？」的句子為例証有：

　　我怎麼好抱怨荊棘呢？[53]

　　天不轉路轉。該歇歇腳了是不？[54]

　　這是什麼生活？[55]

　　誰是心裏藏著鏡子的人呢？[56]

　　誰知？我已來過多少千千萬萬次[57]

　　即使早知道又如何？[58]

　　誰知此生曾暗飲白刃多少？[59]

[53] 周夢蝶：〈無題〉七首之三，《孤獨國》，頁54。
[54] 周夢蝶：〈十三月〉，《還魂草》，頁40。
[55] 周夢蝶：〈六月之外〉，《還魂草》，頁50。
[56] 周夢蝶：〈菩提樹下〉，《還魂草》，頁58。
[57] 周夢蝶：〈蛻〉，《十三朵白菊花》，頁14。
[58] 周夢蝶：〈叩別內湖〉，《十三朵白菊花》，頁100。
[59] 周夢蝶：〈詠歎調之六〉，《十三朵白菊花》，頁180。

血與寂寞／誰大？[60]

悲哀究竟有幾層？／你能看透幾層？[61]

信否？有你的，總是有你的[62]

是否有意比季節的腳步早半拍？[63]

不信一室之內有兩個星期五？[64]

是誰？是誰使荷葉／使荇藻與綠蘋／頻頻搖動？[65]

不信草葉有眼，有耳？[66]

其「惑」（？）的變化與「驚」（！）首句例中由「主與客對抗」
到「主客渾一」的進程若合符節，比如上述十餘例中大致可看出，
由早年「我」與「荊棘」、「路」、「生活」的對應經驗（即外在
的「前階段驚異」）和企盼「不抱怨」、「歇歇腳」、「猶豫」，
到後來內省後的慧見（即內在的「後階段驚異」）：「誰知？我已
來過多少千千萬萬次」、「即使早知道又如何」、「信否？有你
的，總是有你的──」、「是否有意比季節的腳步早半拍？」、
「是誰？是誰使荷葉／使荇藻與綠蘋／頻頻搖動？」、「不信草葉
有眼，有耳？」等的自適自在，與萬物齊一腳步的心態越發明顯，
再一次可看出由「探索奧祕」（前階段驚異）跳昇到「與奧祕同
一」（後階段驚異）的境界成了他後來詩作中的主軸。

---

[60] 周夢蝶：〈血與寂寞〉，《十三朵白菊花》，頁182。
[61] 周夢蝶：〈癸酉冬續二帖〉之一，《十三朵白菊花》，頁49。
[62] 周夢蝶：〈重有感〉之一，《十三朵白菊花》，頁86。
[63] 周夢蝶：〈細雪〉之三，《十三朵白菊花》，頁111。
[64] 周夢蝶：〈仰望三十三行〉，《十三朵白菊花》，頁119。
[65] 周夢蝶：〈垂釣者〉之一，《十三朵白菊花》，頁125。
[66] 周夢蝶：〈不信〉，《十三朵白菊花》，頁147。

三、身心靈三態需求能量圖與周夢蝶詩作的關係

周夢蝶的詩作中可說「五步一惑，十步一驚」，這固然與詩人本身的好學、敏感、好奇、多情、塵緣未盡有關，因「情未了」，也就最多只能「心出身未出」，否則「心出身出」早就出家去了。雖然按周氏自己的標準是「心出身未出」，但更精確地說，應該是「心出身半出」，他待己的簡薄，持的「戒定」，由「戒定」而生的「慧」，比今世的比丘們，更有警醒世人、牽引眾生深沉省思的作用。其實，「心身出不出何礙」，那是世俗觀點或宗教戒律的看法。更重要的，還在這其中隱涵的如何讓自身「自如自在」，這是他一生追尋的目標，雖然，常在掙扎矛盾之中，卻是更真誠的面對自己面對生命面對宇宙，不帶有一絲牽強，非宗教性的選擇，這也是他還能赤子之心猶熾、詩作仍能不輟的原因。

1.物質三相與身心靈三態需求能量圖

周夢蝶這樣認真卻不免猶豫矛盾煎熬的生命追索過程，無疑更值得我們看重和嚮往。而「自如自在」在生命形態中究竟何指？與周氏的驚惑與身心靈三態的釋放何涉？為瞭解此點，或可以科學中熱力學的觀念加以間接理解。前此，筆者曾以「物質三相圖」模擬「語言亂度的三相圖」，談論過管管的詩作，略謂管管許多「蝶飛式」的詩語言宛如從亂度較低的「固著性的日常語言」（相當於物質的固態，s（solid）區），透過「降壓升溫法」（相當於越過或快速通過物質的液態，l（liquid）區），可以快速達到亂度最高的「蹦躍性的語言」（相當於物質的氣態，g（gas）區），因此其理

路難測，屬於不易「偵測追蹤得到」的生命形態和語言模式。[67]而因管管是前輩詩人中「紅塵打滾得最凶」的一位，集「孫悟空、嬰兒、少年、濟公」四生命形態於一身，與周夢蝶的「大隱於市」、「不忍紅塵」，宛如「街頭哲學家」的邊緣觀世是兩個極端，因此我們若以物質之「固液氣三態的變化」來對照周夢蝶的「身心靈追索」的過程，或可改以圖三來表示：

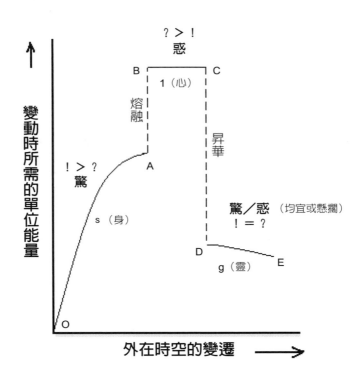

圖1-3　身心靈三態需求能量圖與周氏驚／惑的關係。

[67] 參見白靈：〈不際之際，際之不際——管管詩中的生命熱力和時空意涵〉一文，明道大學主辦之「管管詩作研討會」，彰化，2009年9月。後刊於臺灣詩學學刊第14號。

在討論管管的語言時，所提及的物質的三相，在此則改以「物質三相相互變化」時「所需的單位能量」[68]當縱座標，需要的能量越高越往上移動；而橫座標本代表「溫度」，在此即相當於「外在時空的變遷」（可視為個人各種累積的能量或有形無形「資產」也越高），時間越久越向右移動，形狀如圖三。因此圖三可視為模仿一般「物質三相需求能量圖」製作的「身心靈三態需求能量圖」。

2.兩種需求能量圖的對應和模擬

在原來「物質三相需求能量圖」中，s（solid）代表固態（如冰）的OA曲線，其「需求能量」（圖中OA線）由最低O點逐步向A點移動走高，越往上走越需要吸收更大的能量；若改作「身心靈三態需求能量圖」時，可代表最初由幼至成長過程中身體的變化佔有主導的地位，時間雖短卻顯得緩慢而漫長，所需能量由O至A快速走高，代表吸取大量能量才能向上移動。若對周夢蝶等一代人而言，則是「驚天動地」的時代大變化，人人如驚弓之鳥，各自逃竄躲藏、快速移動以求存活，除了短暫的幼年歲月，幾乎無一處可安身之處，生活的最大困境即是如何讓自己活下去、保存性命和獲得立錐之地，農業社會和溫情主義開始瓦解，他們還來不及搞清楚狀況、問一句「為什麼」可能就已半路喪命、陳屍荒野，那是一段「驚」（！）的歲月，驚魂、驚恐、驚訝、驚心、卻也可能是一生最值得寶藏的「驚奇時光」。

尤其對周夢蝶而言，他離鄉遠渡臺灣時已在老家度過二十七、

---

[68] 在科學熱力學中稱為「熱容量」，即升高溫度一度C需吸收的熱量，一般以Cp（恆壓熱容量）表示，不同相所需熱量不同，圖三則參考Cp對T（溫度）之一般常見的圖形完成。參見Keith J. Laidler, John H. Meisev, Physical chemistry, Benjamin/Cummings Co, 1982, p132。

八年的歲月，他的幼兒、少年、一半的青年時光、四五歲時的戀愛感、和其後的結婚生子等等都已留在那兒，可以說一生最值得回味的幾乎都「埋在老家」了。匆忙離家的決定隨即無可轉圜，命運的大手一下子將所有子民在「間不容髮之瞬時片刻中」、或者極「偶然」的機遇之間——斷裂成兩岸，此後不能不只剩回顧和疑惑而已。面對此「偶然」之前和之後的人生，他的詩如何能不驚（！）、又如何能不惑（？）。這樣絕然的斷裂究竟是「偶然」還是「必然」？還是「偶然」即是「必然」？也因此成了他一生不斷質問的「大問」。

在原來「物質三相需求能量圖」中，l（liquid）代表液態（如水）的BC曲線，而由OA到BC線是一大跳，溫度停留不動，要劇烈吸收極大的「單位能量」（圖中AB熔融虛線），才能由較低的A點跳躍到B點，也才能如由固態冰化為液態水，得到自由如液態流動的機會。若改作「身心靈三態需求能量圖」時，可代表在那時空劇變的瞬時片刻，面對的是選擇了從此數十年難以移動身心的共產社會，還是選擇了可稍稍「流動心情」的資本社會，事實上也不是真正的自我選擇，而多半是「偶然」機遇下被動地作了選擇。由於如留家老家還有一大群親人共同面對變局，而進入可稍稍「流動心情」的臺灣，卻絕大多數是獨自一人，那種絕然的孤寂感可想而知。此後他要比年輕他十歲上下的同輩詩人更甘於自苦之心境，其實與他更長的大陸經驗不無相關，他的視野更高、心境更寬、更冷也更孤寂，自我約制力也更堅定。「大隱於市」卻又「不忍紅塵」，於他眼中日日流動的應是「兩岸新舊風景男女」的交相折疊，是既苦又甘、既澀又甜的，流動的不再是身體而是心情，不是流動，是翻攪。他像離了舊大觀園的寶玉，站在新大觀園的門

檻，質疑著、困惑著，要不要進入，那個門檻的櫺柱，一邊寫著「玉」、另一邊寫著「欲」。他遲疑再遲疑，困惑再困惑，最後乾脆讓「驚」與「惑」自如進出，讓自己成為那門檻。

原來「物質三相需求能量圖」中，g（gas）代表氣態（如水蒸氣）的DE曲線，而由BC線到DE線又是一大跳，溫度再度停留不動，依舊要劇烈吸收極大的「單位能量」（圖中CD昇華虛線），才能由C點跳躍到D點，也才能如由液態水化為氣態水蒸氣，得到自由如氣體更大自由流動的機會，而一旦成為氣態後（D點開始），都不需要太多的單位能量（D到E點皆在縱座標屬於較低的位置），即可獲得更高的溫度（橫座標向右移動時），即無需費太多力氣即能更輕易地達到變化溫度位階的目的。若改作「身心靈三態需求能量圖」來看時，可代表周氏在「自苦也自持自修」的由「戒」到「定」到「慧」往復煎熬過程中常能暫獲解脫，雖不斷活在試煉中，卻也由此而得「慧見」，只需極少許能量（包括日常所需）即能使自身維繫於「既驚又惑」也「既不驚又不惑」、或也是「靈」可自在「俯瞰身心」的狀態，也得以由前節所說由「探索奧祕」（外在的「前階段驚異」）進程到「與奧祕同一」（內在的「後階段驚異」），一朝成為「上帝的耳目」，自然是「驚」「惑」由之了。

由上述「身心靈三態需求能量圖」大致可看出，他的生命觀與宇宙觀早期是「驚多於惑」（OA線／能量需求快速走高／外在時代影響／偶發機緣），其後是「惑多於驚」（BC線／能量需求維持在極高檔／反思求道／生命困境），最後終知人生與宇宙的深義，由其中衍發出「驚惑同觀」（DE線／能量需求大為降低／不假外求／一即一切）的生命美學，且越後期「瞬時自如感」頻率越高。

3.或然之必然與偶然之當然

讀周夢蝶的詩不能不注意他的童年和少年對他一生行為處世的影響、甚至詩作發展的影響。比如他圍繞著母親與兩位姊姊成長（也是他此後更善於與女性相處的原因，何況「自小就圍著家婦轉的人是幸福的人」[69]、也是他一生離不了情、無法說不的主因）、家教極嚴（使得他有高度自律感）、每年要背一次四書（儒比佛道對其影響更徹底，且何以會「心出身未出」）、古典底子極厚（更擅長文言文）、十九歲才正式上小學、以及「驚心動魄」的兩次「愛戀感」（一次五歲、一次十八歲且自己已婚一年），尤其是十八歲那次的「愛戀感」，只見過一次面，「只有短短四、五分鐘」、「半句話不說，只是專注而忘我地你看我、我看你」，卻使得他的感受是「死心塌地」、即使一甲子後「每一念至，便『割心割肝』──分不清是甜蜜還是痛苦的那種『割心割肝』」，而且在耄耋時仍想著若「再見一次面，那該有多好」。[70]比如他詩中常出現的「你」：

> 季節頂著季節纍纍然來／又纍纍然去了！／你在那裏？你，
> 眼中之眼／一切鑰匙的鑰匙……／在見與不見之間距離多
> 少？[71]

> 長於萬水千山而短於一喝！／在永遠走著，而永遠走不出自

---

[69] Andre Parinaud：《巴什拉傳》（上海：東方出版中心，2000），顧嘉琛、杜小真翻譯，頁24。

[70] 劉永毅：《周夢蝶　詩壇苦行僧》，頁173-174。

[71] 周夢蝶：〈絕響〉，《還魂草》，頁114。

己的／人人的路上──／不見走，也不見路／只有你！只有你的鞋底／是重瞳／且生著雙翼。[72]

不論是寫在《還魂草》中「你在那裏？你，眼中之眼／一切鑰匙的鑰匙……」的「你」、或《十三朵白菊花》中「只有你！只有你的鞋底／是重瞳／且生著雙翼」的「你」皆是同一人，「眼中之眼」即是「重瞳」，「一切鑰匙的鑰匙」即是「生著雙翼」。一般人恐難解這樣簡單又複雜的感受，而在周詩中卻成了他一生詩作中屢現的「為情所苦」、不得不尋求解脫、在各式各樣儒、釋、道、基督、上帝、科學、哲學、佛學中上下打滾尋索以了斷自身的決定性影響。這也是現代版的《紅樓夢》中「石頭」的「情結」與「玉」（欲的諧音）的「想像」（弱水三千只取一瓢）和「遺落」的「瞬間縮影」，「偶然」的「四、五分鐘」成了他一生「周式悲劇」的「必然」，恐也是「周式逼問」、「周式禪詩」、「周式驚惑」、和最終「不負如來也不負卿」的最大肇因，其餘的親情、友情、愛情、萬物情的「可感的、動人的瞬間」皆可以此類推。上述討論可以下面圖四表示，或可看出周氏精神能量與孤獨感的關係。

如同巴什拉「屬於整個一生中都注視自己童年的那類人」[73]，周夢蝶不斷注視的是他童年和那個一生最「驚心動魄」的「偶然」，一個「偶然」緜延了他一生，成了他一生「最不肯結冰的那滴水」。巴什拉對這「偶然」形成的「瞬間」有精彩的詮釋：

---

[72] 周夢蝶：〈再來人〉，《十三朵白菊花》，頁56。
[73] Andre Parinaud：《巴什拉傳》，顧嘉琛、杜小真翻譯，頁10。

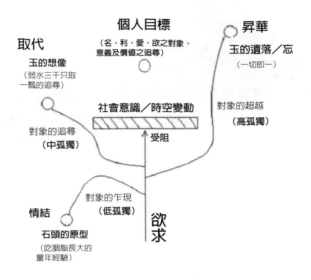

圖1-4　周氏精神能量與孤獨感的關係。

　　時間的本質存在於瞬間之中。……瞬間不是人為切斷的
結果，而持續才是人為延長的結果。[74]

　　回憶是沒有日期的……已逝去的過去在我們身上擁有未
來。[75]

　　要設法通過現在來理解過去，而不是孜孜不倦地由過去
來闡釋現在。……綿延是由無綿延的瞬間組成，我們應當指
出在瞬間……注意力……的地位。……生命在被動的瞻望中
不可能得以理解；理解生命，更甚於經歷生命……生命是強
加於時間的瞬間……總是在瞬間中找到它最初的存在。[76]

---

[74]　金森修：《巴什拉：科學與詩》（石家莊：河北教育出版社，2001），武青艷，包國
　　光翻譯，頁96。
[75]　Andre Parinaud：《巴什拉傳》，顧嘉琛、杜小真翻譯，頁13。
[76]　Andre Parinaud：《巴什拉傳》，顧嘉琛、杜小真翻譯，頁74。

綿延只是一個數，這數的統一體是瞬間。[77]

意識是瞬間的意識，而瞬間的意識才是意識。……未來……就在現在之中。[78]

「時間的本質存在於瞬間之中」、「生命是強加於時間的瞬間……總是在瞬間中找到它最初的存在」，說的是「瞬間」（包括「偶然」造就的）的不可思議性。而且發生的「瞬間」常是不可解的，必須「通過現在來理解過去」，因為「理解生命，更甚於經歷生命」，時間性或時間感，成了「瞬間感的哲學」。

然而那樣的「瞬間」若沒有周氏其後一生詩的創作，恐也是惘然，因為：

時間只有在創造中延續。時間的意識……始終是一種利用瞬間的意識，這種意識總是積極的，從不是被動的……[79]

詩就是瞬間性的形而上學。宇宙的展望、靈魂的秘密、存在的秘密，全部包含在詩中。假如詩只是服從生活的時間，那它就是生活以下的東西。……

幸福的詩性經驗卻能夠在閱讀理解的某一瞬間，使多個生活的時間完全重合。……詩創造出自己的時間。……創造一種複合性瞬間，……使很多同時性結合起來。……稱為垂直的時間。[80]

---

[77] Andre Parinaud：《巴什拉傳》，顧嘉琛、杜小真翻譯，頁75。
[78] Andre Parinaud：《巴什拉傳》，顧嘉琛、杜小真翻譯，頁76。
[79] Andre Parinaud：《巴什拉傳》，顧嘉琛、杜小真翻譯，頁78
[80] Andre Parinaud：《巴什拉傳》，顧嘉琛、杜小真翻譯，頁102-103。

世界只有當它得到再創造時，它的存在才有詩意。[81]

無限小是我們驚奇的幾何中心，它使我們所有一切預見迷失方向。[82]

詩人是形而上學學者的天生嚮導……詩歌是在靜止的瞬間的垂直時間裡找到它特有的活力。[83]

人是欲望的創造物，而不是需要的創造物。……愛，死和火在同一瞬間凝為一體……喪失一切以贏得一切。[84]

因為只有透過「再創造時，它的存在才有詩意」，而且會「創造一種複合性瞬間，……使很多同時性結合起來。……稱為垂直的時間」，此「垂直的時間」彷彿是橫躺著流逝的時間中豎立起的生命座標，插入地聳進天，走得再遠回頭都可以看見，這使得「詩歌是在靜止的瞬間的垂直時間裡找到它特有的活力」，也使得「愛，死和火在同一瞬間凝為一體……喪失一切以贏得一切」。

因此當周夢蝶在詩中不斷重複「一失永失」、「一痛永痛」、「一折永折」、「一有永有」、「一暖永暖」、「一往便不復往」……等等如此絕然的字眼時，其心境是站在「垂直的時間」的尖塔上，一悟再悟的真誠話語，比如；

為什麼悲喜總與意外相約？／離奇的運數啊！[85]
怎樣荒謬而又奇妙的遇合！／這樣的你，和這樣的我。／是

---

[81] Andre Parinaud：《巴什拉傳》，顧嘉琛、杜小真翻譯，頁14。

[82] Andre Parinaud：《巴什拉傳》，顧嘉琛、杜小真翻譯，頁38。

[83] Andre Parinaud：《巴什拉傳》，顧嘉琛、杜小真翻譯，頁79。

[84] Andre Parinaud：《巴什拉傳》，顧嘉琛、杜小真翻譯，頁118。

[85] 周夢蝶：〈一瞥〉，《還魂草》，頁106。

誰將這扇不可能的鐵門打開？[86]

迴眸一笑便足成千古[87]

因緣是割不斷的！／只一次，便生生世世了。[88]

只要眼下這一剎那好就好！……就這樣，便五百世了！[89]

如此輕盈，清清淺淺的一份光／雖則只有──／一流盼／便
三千復三千了／……如乳的／白血・但得一滴飲／三千復三
千的煩渴／便一失永失[90]

昔日之日猶今日之日／今日之日卻迥異於昔日／一痛，永
痛！[91]

　　亞里斯多德在《形而上學》中說「既非必然，也非經常發生，
我們稱之為偶性（按：即偶然）。……機遇或偶性是沒有確定原因
的，而只是碰巧，即不規定」[92]、「……允許變化無常的質料才是偶
性的原因」、「不存在關於偶性的科學，因為全部的科學或是關於長
久或是關於經常的事物。若不然，怎麼可能學習或傳授他人呢」[93]。
因此傳統的哲學、科學對「偶然」是無能為力的，如此又如何明白
周氏「悲喜總與意外相約？／離奇的運數啊！」、「怎樣荒謬而又
奇妙的遇合」之驚惑感，以及把「或然之必然，偶然之當然」[94]、

86　周夢蝶：〈關著的夜〉，《還魂草》，頁109。
87　周夢蝶：〈行到水窮處〉，《還魂草》，頁68。
88　周夢蝶：〈十三朵白菊花〉，《十三朵白菊花》，頁50。
89　周夢蝶：〈漫成三十三行〉，《十三朵白菊花》，頁39。
90　周夢蝶：〈所謂伊人〉，《十三朵白菊花》，頁114。
91　周夢蝶：〈疤〉，《十三朵白菊花》，頁106。
92　亞里斯多德：《形而上學》，苗力田等譯，頁153。
93　亞里斯多德：《形而上學》，苗力田等譯，頁163。
94　周夢蝶：〈竹枕〉，《約會》，頁64。

「若一切已然將然未然總歸之於／必然和當然」[95]視為人生奧祕的內涵、以及因何可達至於「一流盼／便三千復三千了」、「但得一滴飲／三千復三千的煩渴／便一失永失」、「只一次，便生生世世了」、「只要眼下這一剎那好就好」的那種極致的境地？巴什拉說「活躍在我們身心中的，不是歷史的記憶，而是宇宙的記憶。……在一種不綿延的時間中生活」[96]，他說的便是周氏的「一」──一有、一折、一失、一暖、一痛──是時間長流裡站起來的「一」，垂直於人生的「一」，因為我們可以在「每個原子中發現了宇宙全部財富……每個個體都概括著整個歷史」[97]，周夢蝶緊緊「抓住了」或者說「放開了」這個「一」，因此可以一而再再而三的獲得「瞬時的」新生和自如自在。

四、周氏詩中的驚惑變化與內外時空的關係

由第三節所述「身心靈三態需求能量圖」中已大致可看出，周氏的生命觀與宇宙觀之變化趨勢：早期因外在時代環境快速變動及大量偶發機緣，因而能量需求快速走高，屬於「驚多於惑」時期。其後因生存環境受限、轉而反思求道以解決生命困境，因而能量需求維持在極高檔，是「惑多於驚」時期。最後漸得人生與宇宙深義，明白「一即一切」、再不假外求，因而能量需求大為降低，並由其中衍發出「驚惑同觀」（如實觀照）的生命美學，且越後期「瞬時自如感」頻率越高。底下即就此項發展與內外時空環境的變

---

[95] 周夢蝶：〈半個孤兒〉，《十三朵白菊花》，頁206。
[96] Gaston Bachelard：《夢想的詩學》，劉自強譯，三聯書店，1996，頁151。
[97] Andre Parinaud：《巴什拉傳》，顧嘉琛、杜小真翻譯，頁68。

動略述於下：

1.「驚多於惑」時期：驚天動地中時空的膨脹

此時期對應於「身心靈三態需求能量圖」（圖三），即其中的OA線。周氏初到台灣的前幾年，與其他詩人相同，自然是驚恐未平、驚魂未定，而因周氏較為年長，情緒要較其他詩人穩定，且因全民戰鬥意志仍高昂，日日期盼反攻回去，在詩中不免意志堅強，熱血激昂，期待在短時間內可以再一次驚天動地，也因此產生的「時空的膨脹感」非常顯明，表現了他日後較為少見的積極奮勇、樂觀亟望、仍可勉強壓得住陰影的一面，尤其是寫詩的前幾年，此階段使用的「驚」（！）「惑」（？）符號明顯較少，且「驚」（！）多於「惑」（？），且是向外尋索的，多少帶有理想性和夢幻的。比如下舉詩例：

> a.而向日葵依舊在凝神翹望，向東方！／看有否金色的車塵自扶桑樹頂閃閃湧起；／／小草欠伸著，惺忪的睫毛包孕著笑意：／它在尋味剛由那兒過來的觭幻的夢境／它夢見它在葡萄酒色的紫色海裏吞吐馳騁／它是一頭寡獨、奇譎而桀驁的神鯨……／當陽光如金蝴蝶紛紛撲上我襟袖，／若不是我濕冷襤褸的影子澆醒我我幾乎以為我就是盤古／第一次撥開渾沌的眼睛。[98]

> b.今夜，奇麗莽扎羅最高的峰嶺雪深多少？／有否鬚髭奮張

[98] 周夢蝶：〈霧〉，《孤獨國》，頁6-7。

的錦豹在那兒瞻顧踟躇枕雪高臥？／雪落著，清明的寒光
盈盈斟入／石壁深深處鐵樹般影子的深深裏去。／影子酩
酊著，冷颼颼地醸繊著夢，夢裏／鐵樹開花了，開在瞑目
含笑錦豹的額頭上。[99]

c.我愛咀嚼醸郁悱惻的詩／我愛咀嚼「被咀嚼」的滋味／當
「誘惑」把櫻口纔剛剛張開一半兒／我已縱身投入[100]

d.喜馬拉雅山微笑著／想起很早很早以前的自己／原不過是
一粒小小的卵石／「哦，是一個夢把我帶大的！」[101]

e拂去黏在髮上眉上鬢上的露珠／從懷疑瀰漫灰沉沉的夜霧
裏／爬上額菲爾斯最高的峰巔／打開眼，看金雲抱日出[102]

f.拼一生──／把氤氳在我心裏的溫潤的笑／凝鑄成連天滴
滴芳綠／將淚雨似的落花的搖搖的夢兒扶住[103]

上舉詩例a的「而向日葵依舊在凝神翹望，向東方！」、「觭幻的
夢境」、「奇譎而桀驁的神鯨」、「幾乎以為我就是盤古」等的
時空擴張，雖然最後還是被「濕冷襤褸的影子澆醒」，卻已表達
了胸懷的廣闊無比。詩例b「今夜，奇麗莽扎羅最高的峰嶺雪深多

---

99 周夢蝶：〈冬天裡的春天〉，《孤獨國》，頁35-36。
100 周夢蝶：〈四行八首（三）我愛〉，《孤獨國》，頁59。
101 周夢蝶：〈四行八首（四）夢〉，《孤獨國》，頁59。
102 周夢蝶：〈四行八首（五）悟〉，《孤獨國》，頁60。
103 周夢蝶：〈四行八首（七）青春〉，《孤獨國》，頁61。

少？／有否鬚髭奮張的錦豹在那兒瞻顧躊躇枕雪高臥？」、「鐵樹開花了，開在瞑目含笑錦豹的額頭上」，說的是再高冷春天也終究會到達，把時間帶入空間的至高處，即使再冷的身體也終得溫暖。「疑惑」也有「驚喜」的可能。詩例c「我已縱身投入」誘惑的櫻口，說的是對愛欲的急切感。詩例d及e兩度再提到地球的高峰，詩例f是「拼一生」也要把「在我心裏的溫潤的笑」鑄成「連天滴滴芳綠」（他一生在詩中都經常呈現這樣的慈悲情懷），藉時間的長度來完成空間的寬廣，從驚天動地的時代暫獲休憩的周氏果然有儒家淑世的襟懷。

2.「惑多於驚」時期：寂天寞地中時空的壓縮

此時期對應於「身心靈三態需求能量圖」即其中的BC線，宛如物質因能量大幅度的吸熱由固態進入液態，相當於周氏由一個時空被丟入另一時空，且相對於五、六〇年代大陸其後的思想禁錮，在臺灣至少還維持了某一限度的自由，可以寫詩可以發表可以出書。此時周氏由前一期的「等待再度驚天動地」（返回大陸老家），但等待等到末了卻不了了之，最後熱血冷卻，激情消褪，一切皆落入「寂天寞地」之中。古今中外不知有多少詩人就這樣被「政治是高明的騙術」給唬弄了，周氏的「孤獨感」末了圍成了「孤獨國」，企盼求得一株絳草，讓自己可以「還魂」。可惜的是，天底下難以求得這樣的「還魂草」。最後只剩下過往的「瞬間」可以拯救他，他的時空一如同時代的其他詩人，從大江大海無望地「坐困愁島」，那過往的「瞬間」逐漸展現巴什拉所謂「垂直時間」的作用（見第三節），以詩的神話語言拯救了他。此時他的時空是被壓縮的，從被動的外在到主動的內在，對自身的運命

大大質疑，「惑」（？）因此也明顯多於「驚」（！）。比如下舉詩例：

> a.這是十月。所有美好的都已美好過了／甚至夜夜來弔唁的蝶夢也冷了／／是的，至少你還有虛空留存／你說。至少你已懂得什麼是什麼了／是的，沒有一種笑是鐵打的／甚至眼淚也不是……[104]

> b.是誰？聰明而惡作劇地／將攣生的他們和我／將攣生的快樂和快樂／分割。誰稀罕這鱗刺？這鰾與鰭／這累贅的燕尾服？這冷血[105]

> c.誰曉得我曾睡扁時間多少？／夜長如愁，寒冷寸寸龜裂／那自零下出發／載著開花了的十二月的郵船擱淺在那兒？[106]

> d.天不轉路轉。該歇歇腳了是不？／偃臥於這條虛線最後的一個虛點。鏘鏘／我以記憶敲響／推我到這兒來的那命運底鋼環。[107]

> e.當夜色驟亮時／我必須努力忘記我是誰！[108]

[104] 周夢蝶：〈十月〉，《還魂草》，頁36-37。
[105] 周夢蝶：〈濠上〉，《還魂草》，頁15。
[106] 周夢蝶：〈十二月〉，《還魂草》，頁36-37。
[107] 周夢蝶：〈十三月〉，《還魂草》，頁36-37。
[108] 周夢蝶：〈六月之外〉，《還魂草》，頁51。

f.這是什麼生活？／一年三百六十日，三百六十日風雪！／我囚凍著，我被囚凍著／髼髼地獄門下一把廢鎖──／空中嘯的是鳥，海上飛的是魚／我在那裏？既非鷹隼，甚至也不是鮫人／我是蟑螂！祭養自己以自己底肉血。[109]

g.都浮到眼前來了！／那些往事，那些慘痛的記憶／（有如兩株攣生的樹生生給撕散劈開了的）／都浮到眼前來了！[110]

h.我是為領略尖而冷的釘錘底咆哮來的！[111]

上舉詩例a的「至少你還有虛空留存」、「沒有一種笑是鐵打的／甚至眼淚也不是」是對壓縮時空的始作俑者的反諷；詩例b則直接以詰問方式控訴「將攣生的他們和我／將攣生的快樂和快樂／分割」的惡作劇者；詩例c說自零下出發的「夜長如愁，寒冷寸寸龜裂」、詩例d說我要「以記憶敲響／推我到這兒來的那命運底鋼環」、詩例e說「我必須努力忘記我是誰！」、詩例f說「我被囚凍著」「我在那裏？」「我是蟑螂！祭養自己以自己底肉血」，皆是將自身壓縮至時空的最底層的呼告和吶喊，是客體對主體不均衡的欺逼。到詩例g說「都浮到眼前來了！／那些往事，那些慘痛的記憶」，他開始以傷養傷，以愛的內在的傷治療恨的外在的痛和孤寂。到詩例h「我是為領略尖而冷的釘錘底咆哮來的！」時，他則已開始明白自身具有的能耐了，他要以昔日的「偶然」對抗今日之「必然」。

---

[109] 周夢蝶：〈六月之外〉，《還魂草》，頁52。
[110] 周夢蝶：〈一瞥〉，《還魂草》，頁102。
[111] 周夢蝶：〈絕響〉，《還魂草》，頁112。

3.「驚惑同觀」前期：修天禪地中時空的交疊

　　此時期對應於「身心靈三態需求能量圖」即其中的DE線，相當於物質由液態進入氣態，體積空間活動極為自由，再有變動時所需單位能量大為降低，相當於內在能量提昇後再無需外求。此時也相當於詩人不論處在什麼樣精的座標和時空，不會始終甘願被綑被綁，坐困其中而毫無抗爭，以是在漫長被壓制的現實環境當中使用各種方法對命運展開反擊和抗爭，此即周氏開始求道後於詩創作中集聚的焦點。其後才逐漸明白個人力道之有限、由外求轉為內省，這是他詩作的大轉折。何況周氏是何等用功之人，除詩藝不恥向人討教外，更向多位修禪禮佛者尋求解脫之道，如是因緣，使得他開始成為一位街頭哲學家、坐在臺北大觀園門口側觀人生的打禪者。他在詩中的領悟與他的求道禪坐與是並進的，如此歷經數十年的沉思，使得他的詩深得人生與宇宙的深義，由其中衍發出「驚惑同觀」（如實觀照）的生命美學。他一度被壓縮的內在時空，再度獲得激昂和開敞，對命運這怪獸也改採寬容的態度對待，不同時空的同時收放、並置、對比、和觀照也更加自如。比如：

　　　a.一株草頂一顆露珠／一瓣花分一片陽光／聰明的，記否一
　　　　年只有一次春天？／草凍、霜枯、花冥、月謝／每一胎圓
　　　　好裏總有缺陷孿生寄藏！[112]

　　　b.誰是心裏藏著鏡子的人呢？／誰肯赤著腳踏過他底一生

---

[112] 周夢蝶：〈乘除〉，《孤獨國》，頁20。

呢？／所有的眼都給眼蒙住了／誰能於雪中取火，且鑄火
為雪？[113]

c.不是追尋，必須追尋／不是超越，必須超越——／雲倦
了，有風扶著／風倦了，有海托著／海倦了呢？隄倦了
呢？／／以飛為歸止的／仍須歸止於飛。／世界在我翅上
／一如歷歷星河之在我瞻邊／浩浩天籟之出我脇下……[114]

d.說火是為雪而冷的／那無近遠的草色是為誰而冷的？／宇
宙至小，而空白甚大／何處是家？何處非家？[115]

e.為一切有緣而忍結不斷／為一切有緣／你向劍上取暖，鼎
中避熱。／且恨不能分身／如觀世音／為人人／渴時泉，
寒時衣，倦時屋，渡時舟，病時藥……[116]

f.活著就是痛著！／疤結得愈大愈多／世界便愈浩瀚愈巍峨
愈蒼翠／而身與天日愈近／心與泥土愈親[117]

周氏於此時期對人生的驚惑較能如實觀照，再度展現他早年宏大的
宇宙觀和早期即具有「拼一生」也要把「在我心裏的溫潤的笑」鑄
成「連天滴滴芳綠」的慈悲情懷，從上舉詩例a的「每一胎圓好裏

[113] 周夢蝶：〈菩提樹下〉，《還魂草》，頁58。
[114] 周夢蝶：〈逍遙遊〉，《還魂草》，頁67。
[115] 周夢蝶：〈絕響〉，《還魂草》，頁113。
[116] 周夢蝶：〈焚〉，《十三朵白菊花》，頁57。
[117] 周夢蝶：〈疤〉，《十三朵白菊花》，頁107。

總有缺陷孿生寄藏」是很早即有的體會。其後於詩例b的「誰是心裏藏著鏡子的人呢？／誰肯赤著腳踏過他底一生呢？／所有的眼都給眼蒙住了」是說無人可明亮如鏡、也無人能堅苦赤腳走一生，但禮教與政治道德卻可能以此要求，因此須知自身之不足實為常情，於是求道修行乃是必經之路。詩例c的「世界在我翅上／一如歷歷星河之在我瞻邊／浩浩天籟之出我脅下……」將小我與世界交疊合一，是由「修天禪地」所得的領會，而得以回復早年宏觀的時空視野。詩例d的「何處是家？何處非家？」、詩例e的「如觀世音／為人人／渴時泉，寒時衣，倦時屋，渡時舟，病時藥……」、以及詩例f的「活著就是痛著！／疤結得愈大愈多／世界便愈浩瀚愈巍峨愈蒼翠／而身與天日愈近／心與泥土愈親」皆是回復自身所具良善本性、以己度人，也是他藉與不同時空的對比、觀照（如身與天日／心與泥土）而獲得存在感與同一感。

4.「驚惑同觀」後期：耳天目地中時空的懸擱

此時期對應於「身心靈三態需求能量圖」即其中的DE線的延伸，相當於物質進入氣態後，只需更少能量，即能使活動空間更為自由，相當於周氏在內在能量提昇至再不假外求後，獲得「瞬時自如感」的頻率越發提高，對生命本質、所謂「宇宙之根的疑惑」（宇宙即世界即時空）不再窮追，甚至將之「懸擱」，因為面對世界或宇宙，必須「用讚賞代替感知」[118]、因為「活躍在我們身心中的，不是歷史的記憶，而是宇宙的記憶」[119]，何況「每個原子中」皆可發現「宇宙全部財富」，且「每個個體都概括著整個歷

---

[118] Gaston Bachelard：《夢想的詩學》，劉自強譯，頁150。
[119] Gaston Bachelard：《夢想的詩學》，劉自強譯，頁151。

史」[120]，「一」其實即「一切」的縮影和展演，是具體自足的，如此所有的「瞬間」皆是「永恆」，所有的「或然」都是「必然」，所有的「偶然」都是「當然」，只需與奧祕同一，成為上帝可自由進出來去的「耳」和「目」即可，因為「宇宙之根」的謎題同一朵花的謎題相同，「是沒有底的」。比如下舉詩例：

> a.如果每一棵樹皆我，我皆會飛，想飛／飛到那裏？／那十字：冷冷的，與我相終始的十字／是否也會飛，想飛／飛到那裏？／／所有的樹，所有的我──／唉，所有的點都想線／線都想面，面都想立體／立體想飛／飛想飛飛／一直飛到自己看不見自己了／那冷冷的十字，我背負著的／便翻轉來背負我了／雖然時空也和我一樣／沒有翅膀[121]

> b.何所為而去？何所為而來？／這世界，以千面環抱我／像低迴於天外的千色雲影／影來，影在；／影去，影空。／／頓覺所有的星是眼。所有的／大如蚊蚋，細如月日／長宙與長宇都在我視下了／當雲湧風起時／誰在我底靜默的深處湛然獨笑。／／而拂拭與磨洗是苦拙的！／自雷電中醒來／還向雷電眼底幽幽入睡。而且／睡時一如醒時；／碎時一如圓時。[122]

> c.直到有一天這望眼／已彼此含攝；直到／天上的與天下的

[120] Andre Parinaud：《巴什拉傳》，顧嘉琛、杜小真翻譯，頁68。
[121] 周夢蝶：〈想飛的樹〉，《十三朵白菊花》，頁77。
[122] 周夢蝶：〈圓鏡〉，《還魂草》，頁116-117。

／已彼此成為彼此；／不即不離，生於水者明於水[123]

d.而今歲月扶著拄杖／──不再夢想遼闊了──／扶著與拄杖等高／翩躍而隨遇能安的影子／正一步一沈吟／向足下／最眼前的天邊／有白鷗悠悠／無限好之夕陽／之歸處／歸去／／微瀾之所在，想必也是／滄海之所在吧！[124]

e.識得最近的路最短也最長／而最遠的路最長也最短：／樹樹秋色，所有有限的／都成為無限的了[125]

f.一一無限好的事物都安立在／無限好的所在／鳥和他的巢／鶯花和他的啼笑／有你的，總是有你的／信否？一瓢即三千／而涸轍之鱗之可樂／凡冷暖過的／應各同其戚戚……[126]。

g.至於花，花的謎題／是沒有底的！[127]

h.不可待不可追不可禱甚至不可遇：／何來的水與月！／千水中的一水／千月中的一月／或然之必然，偶然之當然／不相知而相照：居然在掌上，在眉邊。／／從來不曾一而二二而三三而／無量無邊的飛過；／而飛自今日始！[128]

---

[123] 周夢蝶：〈荊棘花〉，《十三朵白菊花》，頁81。
[124] 周夢蝶：〈鳥道〉，《十三朵白菊花》，頁132。
[125] 周夢蝶：〈鳥道〉，《十三朵白菊花》，頁133。
[126] 周夢蝶：〈於桂林街購得大衣一領重五公斤〉，《十三朵白菊花》，頁166。
[127] 周夢蝶：〈率然作〉，《十三朵白菊花》，頁200。
[128] 周夢蝶：〈竹枕　附跋〉，《約會》，頁64。

i.最最奢侈的狩獵，也是／最最一無所有的狩獵吧！／／風
在下／浩浩森森的煙波在下／撒手即滿手[129]

到後來，周氏的體悟更深，果然是「以讚賞代替感知」，遂無往
而不自如、無遇而不自得，比如上舉詩例a的「時空也和我一樣
／沒有翅膀」，時空即宇宙，其「根」不必求，但反求諸己即是。
詩例b的「所有的／大如蚊虻，細如月日／長宙與長宇都在我視
下了」，將蚊虻放大，日月縮小，宇與宙即不必遠求，「睡時一
如醒時；／碎時一如圓時」即事事皆歸位，不完美即完美的形式
之一。詩例c的「這望眼／已彼此含攝」、「天上的與天下的／已
彼此成為彼此」，意即此即彼，彼即此，既不同又相同，互為含
攝，何須他求。詩例d的「不再夢想遼闊了」、「微瀾之所在，想
必也是／滄海之所在吧！」，及詩例e的「所有有限的／都成為無
限的了」、詩例f的「花的謎題／是沒有底的！」、詩例g的「一
一無限好的事物都安立在／無限好的所在」、詩例h的「或然之必
然，偶然之當然／不相知而相照：居然在掌上，在眉邊」，涵義皆
相近。而詩例i的「最最奢侈的狩獵，也是／最最一無所有的狩獵
吧！」、「撒手即滿手」，與第三節提到的巴什拉所言「喪失一切
以贏得一切」的意義相近，到後來，周夢蝶已走到哲學的前頭了。

五、結語

周夢蝶的一生都活在或者說猶疑在驚嘆號「！」與問號「？」

---

[129] 周夢蝶：〈即事—水田驚豔〉，《約會》，頁67。

兩端，他是自有新詩以來，使用這兩個符號頻率最多的詩人。他的詩基本上皆是直接與自我、隱性的他者、自然、和宇宙對話，但他要探求的卻是人面對生命和人心最底層時的驚訝與困惑。本文僅對他愛用擅用常用也越用越頻繁的驚嘆號「！」與問號「？」為焦點，探討他不斷標示的符號背後所欲呈現的生命的偶然與必然、驚駭與疑慮究竟為何？

　　他在四本詩集兩百多首詩中，總共使用了驚嘆號（！）三百四十九次，及問號（？）三百六十三次之多，而且後兩冊詩集比前二冊詩集使用的次數還多，第一本詩集驚嘆號（！）五十五次多於問號（？）的三十九次，第二本詩集問號（？）九十八次多於驚嘆號（！）的六十六次，第三詩集一百一十三對一百一十、及第四本詩集一百一十五對一百一十六，二個符號使用次數都非常接近。更特別的是，幾乎很少詩人在詩篇首句即使用驚嘆號（！）的，周氏共使用二十四次，他在詩篇首句即使用問號（？）的，則有十四首詩。

　　他的詩以探索人與情與欲的糾纏、自然事物與宇宙時空的奧秘、以及「一」與「一切」之關係為最大宗。他前中後期詩作的變化，大致是依循「具體人生經驗」到「道的抽象經驗」的路徑。如果由「物質三相需求能量圖」所模擬出的「身心靈三態需求能量圖」來看時，大致可看出一個謹守儒家傳統、古典文學涵養深厚的知識份子，如何在時代的大變動中「由苦到持到修到自行解脫」而得「慧見」的過程，由此「慧見」，到末了他只需極少許的能量（包括日常所需）即能使自身維繫於「既驚又惑」也「既不驚又不惑」、或也是「靈」可自在「俯瞰身心」的狀態，也得以由「探索奧祕」（外在的「前階段驚異」）進程到「與奧祕同一」（內在

的「後階段驚異」），一朝成為「上帝的耳目」，自然是「驚」「惑」由之了。

他的生命觀與宇宙觀早期是「驚多於惑」（能量需求快速走高／外在時代影響／偶發機緣），其後是「惑多於驚」（能量需求維持在極高檔／反思求道／生命困境），最後終知人生與宇宙的深義，由其中衍發出「驚惑同觀」（能量需求大為降低／不假外求／一即一切）的生命美學，且越後期「瞬時自如感」頻率越高，本文即就此項發展與內外時空環境的變動，做了探討，並略分為四個時期。「或然之必然，偶然之當然」是他的慧見，他從「抓住了」沒有「底」的「一」到「放開了」這個「一」，是經過漫長的「磨折」的，因此其後可以一而再再而三的獲得「瞬時的」新生和自如自在。「最最奢侈的狩獵，也是／最最一無所有的狩獵吧！」、「撒手即滿手」是他一生最終的標竿，而中間艱苦的過程即是他詩集的總呈現。

約束與湧現
——商禽詩的形式與精神意涵

摘　要

　　此文先就商禽在超現實主義貫注臺灣詩壇的突現時期所據有的關鍵地位加以凸顯，次以突現現象的兩項原則與宇宙生成的四元關係探討其詩中呈現的兩種主要展現形式，最後舉例闡明其詩中的精神意涵。

關鍵詞：商禽、混沌邊緣、約束、湧現、宇宙四元關係

一、引言

　　如果魯迅是中文散文詩界的先知，那麼商禽可以說是海峽兩岸散文詩的教主，即使他的門徒稀少、教眾不多，而且也不為海峽彼岸的詩家和閱眾所熟知。他不只為臺灣散文詩吹響了第一把號管，甫出手即以奇型怪招的散文詩體、似真如幻的敘述手法，占領詩壇高地一隅，他一生在散文詩形式中完成的質地、建樹和影響，迄今仍未見有誰能出其右者。

　　他是幻覺型的詩人，但又非絕然遠離現實的，現實在他的詩中是經過反思、想像而變形而重新拼貼而扭曲演出的，其核心仍是指向現實的，甚至是它內部最不堪、破敗、腐朽的部份。他詩的場景和色澤常是遠離白天的，他喜愛隱身黑夜說話，因此讀他的詩必須有伸手不見五指的準備。他更常在界線模糊地帶出出入入，舉凡黃昏、黎明、窗、門、梯、手套、影子、沼澤等可真假莫辨虛實猶疑的物象，都成了他常變妝、化身、自我取代之境、之物、或地帶。

　　他是用語言画畫的詩人，他的詩隱涵了六分的夏卡爾（Marc Chagall, 1887~1985）、三分的米羅（Joan Miro, 1893~1983）、和一分的魯迅（1881~1936）。他的詩兼有夏卡爾的冷、米羅的趣、魯迅的刺，但卻是更內斂的、是苦澀而憂鬱的。他的每首詩都是一面窗，開向一齣齣悲劇的人生舞臺，他一生所經歷的人生體驗絕對比他們三位都精彩，卻還沒有他們一樣的耀眼光芒，他是站在時代的缺口上，被時間與戰爭、夾帶東西方文明的大河，沖刷削磨得差一點不見的眾多小石礫中的一塊頑石，但未來終究是會突顯在新詩史上的一粒晶鑽。余光中說「六〇年代，不少『難懂』的詩，或虛

無，或晦澀，往往以此自許，但是真能傳後的傑作寥寥無幾」，[1]那「寥寥無幾」中絕對少不了商禽。

要瞭解米羅和夏卡爾是不必也不能出以言語的，只宜站在畫面前，看他們如何重塑、擷取他們的童年、鄉土、和人生歷練的元素或片段，加以夢境似的並置、重構、聯想和變形，畫面就是他們的夢土、出口、和內心宇宙，連時代傷口也隱含其中。因此商禽的詩透過其精確或難析的意象和語言張力常能給人一股逼人的「冷濕的歷史感和世情的滄桑味」，[2]是那年代的「新的迷歌」。[3]

但「商禽的詩有時像夢不易解，有時又像寓言般使人在一個新世界中與幾乎要遺忘的舊經驗重逢」（陳義芝語），[4]即使與他同時代、同詩社、又同為超現實技巧之高手如洛夫卻也說：「解商禽的詩很難，解商禽有超現實意味的詩尤為不易」，[5]這可能由於他「善於運用語言的歧義性和意象的迴旋性」，[6]卻也使得他的某些詩「意象有多次轉折」、「關係在轉化中好似確定而實曖昧，所以其意蘊也就難以言詮，但又不像純詩那樣有意摒除意義」[7]，但不可否認的，不易言詮和難釐清是讀商禽諸多詩作極易遭遇的處境，正是「歧義」和「迴旋」，使其詩意不易確定，因此閱讀商禽的詩有時最好也能「不求甚解」，否則難免「狹化了，甚至僵化了詩的

---

[1]　余光中：〈後記〉，《五行無阻》（臺北：九歌出版社，1998）頁177-178。

[2]　洛夫：〈商禽「屋簷」一詩小評〉，見梅新、鴻鴻主編：《八十二年詩選》，臺北：現代詩季刊社，1994年，頁115。

[3]　瘂弦、張默編：《六十年代詩選》（臺北：大業書店，1961），頁120。

[4]　陳義芝：《不盡長江滾滾來──中國新詩選注》（臺北：幼獅文化事業，1993），頁193。

[5]　洛夫：〈商禽「雪」一詩小評〉，見洛夫、杜十三主編：《八十三年詩選》（臺北：現代詩季刊社，1995），頁159。

[6]　張默等：《中國當代十大詩人選集》編者案語（臺北：源成文化圖書供應社，1977），頁377。

[7]　同註5。

想像空間」。[8]

　　但畢竟商禽使用的是語言，是承繼自魯迅《野草》一樣的散文
詩體，而不是顏色、線條、和形狀，它逼使讀者在試圖進入商禽的
世界時，必須更專注、更深切、更反思、更曲折、也更直覺又更知
性，是必須知感更能交錯行進的。因此除了有心探索者、秉賦迥異
者、或前衛猛衝之人外，常會在他某些詩行中迷途，或碰到不同程
度的困難和阻礙，或不得不選擇性地閱讀某幾首、或某個片段，若
要「全面」閱讀商禽，就不能不有「享受痛苦」的準備。但畢竟他
是1949年後台灣現代詩真正堅定舉起超現實主義旗幟、「引發火種
的第一人，其後由洛夫、瘂弦的宣揚而使風起雲湧」[9]的先知先覺
者，是前行代詩人中「最最具有超現實主義精神的一人」，[10]因此
本文即擬先就商禽在超現實主義貫注詩壇的突現時期所據有的關鍵
地位加以闡明凸顯，次就其諸多散文詩中表現難易不同的形式加以
區別、分類，並探討其詩中可能的精神意涵。

二、混沌邊緣、突現、與超現實主義

　　瘂弦說超現實主義得以在臺灣充分發展，歸功於一個詩社（紀
弦的現代詩社）、兩個畫會（東方畫會及五月畫會）、和一名憲兵
（商禽）。尤其是詩人與畫家的互動中，「商禽的談鋒最健，他討
論起文學來滔滔不絕，觀念新銳，見解獨特，舉座為之傾倒」，
原來由於長期在陽明山老總統官邸值勤，工作之餘在官邸附近圖

8　　同上註。
9　　張默編：《小詩選讀》（臺北：爾雅出版社，1987），頁66。
10　同註3。

書館有大量禁書可讀，對布魯東的超現實的思潮最為傾心，後來此火種帶至左營，與瘂弦彼此交換「禁書手抄本」，互相研討。[11] 這恐怕也成為1957、1958兩年會是瘂弦「前現代」的「野莘期」（1953~1958）與現代感十足之「深淵期」（1957~1959）交匯的關鍵。[12]恐怕也是《創世紀》1959年4月第11期會轉型擴版之重要轉折人物（商禽1956年加入紀弦倡議的現代派，1959年加入成為創世紀同仁），該刊一躍而為前衛性的詩刊，不再鼓吹「新民族詩型」，而改提出詩的「世界性」、「超現實性」、「獨創性」與「純粹性」等主張。洛夫的〈石室之死亡〉即刊於第11期，瘂弦的〈深淵〉則刊於第12期。這也使得改版後的《創世紀》，「比『現代派』更『現代派』」[13]，也令「六〇年代」成了「《創世紀》的黃金時代」[14]，於是乃有「這一次現代派運動最大的受惠者應該是《創世紀》的詩人們」（林亨泰）[15]的說法。

1.混沌邊緣、兩次突現、與兩項原則

在那由兵荒馬亂突然進入整頓重新排序的時代，當他們開始尋求相互適應及自我調和時，乃能進入到百年也難一遇、複雜科學所謂的「混沌邊緣」。[16]在「混沌邊緣」才易有「突現」

---

[11] 瘂弦：〈他的詩他的人他的時代——論商禽《夢或者黎明》〉，《創世紀》詩雜誌第119期，1999年6月，頁22。

[12] 見白靈：〈宇宙大腦的一點燐火——瘂弦詩中的神性與魔性〉一文的討論，為2005年7月4日應邀於武漢舉行之「瘂弦與二十世紀華文文學研討會」發表的主題演講論文，此會由香港大學中文系、武漢大學文學院、徐州師範大學主辦。

[13] 林亨泰：〈台灣現代派運動的實質及其影響〉，見中時晚報《時代文學》周刊，1992年5月31日。

[14] 張默：〈追風戲浪五十年〉，見《他們怎麼玩詩》序文（臺北：二魚文化出版，2004）。

[15] 同註13。

[16] 陳天機等：《系統視野與宇宙人生》（香港：商務印書館，1999），頁42。

（emergence）或「湧現特性」，亦即當一系統由混亂無序「開始」進入有序的當頭，大自然或生命「彼此相互作用後，會讓整體『突現』出一個新的、獨特的性質」、「豐富的互動關係使整個體系經歷了自發的自我組織過程」、因此各組成部分乃能「獲得群體特性，例如生命、思想、及意向，這是他們個別可能無法擁有的」、「主動的把發生的情況轉變為自己的優勢」。[17]亦即個人很難單獨躍昇，必得「複合」後的群體才有此湧現的效應。

因此純就現代詩運動而言，紀弦的「現代派大集結」（1956）是此「混沌邊緣」時期[18]的第一次突現，《創世紀》第11期的改版（1959）則是第二次突現，由現代主義轉折為超現實技巧的集中試驗。而就突現現象而言，其實在其中任何時程皆隱涵有兩個特質，它們像是一體的兩面：

其一，約束原則：突現性質必然伴隨的是一個「受約束的生成過程」，能適應的行動者會依照一些非常簡單的規則進行行動和相互作用，此一過程被稱做「受限（或受約束）生成過程」（constrained generating procedures）。其意是說，即使系統具有無限的可能性狀態空間，但會有一些簡單規則在行動者的相互作用中不斷約束這個狀態空間，聯繫與作用越多，穩定性便越大，自由度就越小。當組成部分相互聯結或形成一個網路時，就獲得了一個「受約束的生成過程」，突現與複雜性便由此而產生。

其二，湧現原則：突現遵守「自發的多樣性原理」（the principle of spontaneous variation），只有在沒有中央控制下，「自組織」[19]適

---

[17] 沃德羅普（M. M. Waldrop）：《複雜》（齊若蘭譯）（臺北：天下文化，1995），頁6。

[18] 在臺灣指1949年之後的二十年，在大陸則遲至1976年文革結束後才發生。

[19] 指初始的獨立組成間因相互作用，而導致一個全局的相干模式。

應系統的突現機制才會產生，突現性質是自主地進化的。而這裏的多樣性指的是，存在著「構型種類的多樣性」（如文學、繪畫、攝影）、和同一種類的構型在「功能、行為上的多樣性」。亦即系統的突現類型越多，或行為的多樣性和變異性越大，它就越能對抗環境的干擾，從而存活的機率就越大。[20]

因此，如果沒有一大群軍人、流亡學生、公務員、和他們的眷屬彼此在混沌不明的時空狀態下搓摩傾軋、相互探索、彼此對立或聯結，不可能產生五、六〇年代一整票的詩人，也就不可能有今日商禽的存在。

而由於這些人都是同時間由同一個時代的缺口被「傾倒」在同一座島嶼上，在空間範疇急劇縮小、思想受到可以理解的控制和檢查、但行動者仍能保有相互聯繫（比如通信和辦刊物）的窄小自由，但又非已處在完全平衡穩定的政經環境下，因此可以說正處在「受約束的生成過程」中，符合了上述突現的第一項特質。

而當年參加過現代派、使用超現實技巧的詩人、畫家何其繁多，但「真能傳後的傑作寥寥無幾」（余光中語），那「寥寥無幾」中又少不了商禽的原因，即因他的超現實符應了突現的第二項特質（多樣性和變異性），他採用了少人採行、讀者表面較易踏入的散文詩形式（比如第一本詩集《夢或者黎明》58首中有41首），以及戲劇化建構（詩中宛如短劇演出或即興荒誕的表演）。五、六〇年代中在此散文詩形式的建構上因納入超現實技藝而能卓然成家的，唯有他一人而已，因而免除了時間和其他詩人大量作品的干擾，從而存活的機率就大為提昇。

---

[20] 顏澤賢：〈突現問題研究的一種新進路〉，見中國社科院哲研所網頁http://philosophy.cass.cn/chuban/zxyj/yjgqml/05/07/yj0507018.htm。

2.商禽的懷疑與擁抱

上述「突現」的二性質，第一項「受約束的生成過程」可說是時空「外鑠」的，第二項「自發的多樣性原理」可視為是自主「內發」的。若對應於商禽的詩作，則：

（1）時空「外鑠」的「受約束的生成過程」可對應於作品中表現出之「外顯」的手法：主要因外來西方的影響，故土的落空，「兩個遠方互濟」，使得「受限的、受約束的現實」（如戒嚴體制思想鉗制、和鄉愁無解），經轉化、變形而予以反制和顛覆，以超現實手法迴避此約束成了「上上選擇」。而因「生成作品的過程」，如上所述，在「混沌邊緣」誕生的條件中，對必然伴隨的「受限」「受約束」之時空，商禽對此反思和回擊時始終如一均以超現實技法對應，又上承魯迅《野草》散文詩形式及其刺的膽識和精神，乃融合形成一己獨特的風格。

當然，此「受約束」過大時（即自由度幾乎零），則「突現」將窒息而無以產生（如1949年後的大陸文壇），若「受約束」取消，無約束則無突現的可能。此點顯現了適度「受約束」的特殊時空條件之極不可預期，非人力所可掌握。於是五○年代的臺灣由混亂無序到局部「受約束」而逐漸冷卻為有序化的時空環境，竟成了現代主義、超現實主義試驗的溫床，商禽即是此詩人群中極度關鍵的人物。

（2）主觀「內發」的「自發的多樣性原理」可對應於作品中「內涵」的人生觀：此點可由早年商禽寫給辛鬱、施善繼的信函中略加揣度：

我發現，不管我要以何種角度來寫，很明顯的我只有那麼一個角度，就是我慊慊終日，引以為自苦的，對「人」的地位這個問題的思考。[21]

這個社會的精神內貌是如何值得我們深入探索，但如果不窺見它的內裏形狀，而僅在事物的外在繞圈子，以為自己是這個那個都明白了，那是不夠的，這樣的人太多了……。我以為一切的創作藝術其目的都在企圖找出生命的原質……。[22]

雖然在回憶中我們也常能觸及事物的神髓，但畢竟不是有把握的，朋友，而那多半是類乎傷感的又往往流於浮誇，不若面對事物之當時，便趨前與之寒喧握手乃至深深的擁抱，那樣便不僅是我們攫住了事物的神髓，並且我們亦也賦予事物以我們自己的精神，借用一句近似的老話「天人合一」大概略可一遊此種親緣。[23]

　　第一封信說自苦於「人」的地位這個問題的思考和質疑，第二封信說創作是為探索精神內貌、生命的原質，第三封信說鄉愁易流於浮誇、擁抱當下事物才能攫住其神髓、且能「賦予事物以我們自己的精神」，嘗試達至「天人合一」。
　　「懷疑之必要、擁抱之當然」是這三封信傳達的人生觀，也

---

[21] 商禽寫給古渡（即辛鬱）的一封信，未標明年月，見張默編：《現代詩人書簡集》（臺中：普天出版社，1969），頁154。
[22] 商禽寫給古渡（即辛鬱）的另一封信，未標明年月，見張默編：《現代詩人書簡集》，頁150。
[23] 商禽寫給施善繼的一封信，寫於1968年3月25日，見張默編：《現代詩人書簡集》，頁155。

可看成他所有詩作所要傳達的主要內涵。懷疑，因而需將現實轉化、使用超現實；擁抱，因而能擁抱更真實的夢與黑夜，對小孩、女人、和各種小動物（狗、火雞、老鼠、蚊子、鴿子、雞、杜鵑鳥）齊物同觀，和各種無生命的人為事物互動（滅火機、站牌、躍場、電鎖、平交道、結石），超越「人為界線」，甩開「世俗名目」[24]，「賦予事物以我們自己的精神」，多樣性和變異性因而擴增，也更能向真靠攏、向「超級現實」、「更現實」貼近。

所有生命最大的困境即在於未知性與偶發性，此真實難以言語傳達，它常和混沌相互聯結，一般人常想避開的錯誤或失敗卻有時才能創造新的分歧點，反而「使真實開始產生擴大效應」，「敞然面對所有所有的不確定性」、甚至沉浸其中，「把疑慮和不確定，視為一種途徑，才得以擴展生命原本受限的『自由度』」、「獲得某種『自由度』，激發出新的自我組織」，是混沌理論面對世界的態度[25]，說的正是商禽對生命原我、真我、黑暗之我、夢中之我、超現實之我的認同，即使他是「快樂想像缺乏症的患者」（由於不斷冷靜的質疑），但「詩中沒有恨」（願意接受擁抱生命的悲哀）[26]。而透過不斷地質疑與思考來看待這個世界，透過「小小感受」以接觸真實的脈動，眾所皆知是「塞尚的懷疑」，如今，我們在超現實詩的世界中，或可稱為「商禽的懷疑與擁抱」。

---

[24] 奚密在討論商禽的詩作的世界時，曾用「變調」與「全視」二詞予以涵蓋。「變調」是指文字行進中將意義的逆反或扭轉，是針對戕傷人性的體制和思想鉗制之反制和顛覆，語言上則採用二法，包括語境語義的重疊、錯位、轉位，及意象的並置、流動。「全視」即與超越「人為界線」、甩開「世俗名目」有關。參見奚密：〈「變調」與「全視」：商禽的世界〉一文，見《商禽世紀詩選》序文（臺北：爾雅出版社，2000），頁11。

[25] J. Briggs & F. D.Peat：《亂中求序——混沌理論的永恆智慧》（先覺出版社，2000），頁34。

[26] 參見商禽：〈商禽的詩觀〉一文，見《商禽世紀詩選》，頁9。

三、米羅式和夏卡爾式的商禽

上述商禽所說的「賦予事物以我們自己的精神」,當然是指不論面對的是什麼事物或人,都可「趨前與之寒喧握手乃至深深的擁抱」,但仍必須探索「它的內裏形狀」,此「內裏形狀」即「我們自己的精神」投注所在。而這正是如A.佛洛姆(A. Fromm)所說的,時空、環境、人事物等外鑠的影響終究會變質,一切還得「取決於我們自身對它的感覺。以致個人對自己的影響遠比身外事物和他人為大」、「最能挑起我們感情的仍是我們自己,這是心理學中最重要的定理」[27]。此也與赫曼・赫塞(Hermann Hesse, 1877~1962)所述相近:

> 我們不必為生的殘酷、死的頑強痛哭流涕,可是我們應該完完全全地體會自己的絕望之情。唯有在我們體驗了一切自然的殘酷與無意義之後,我們才能面對其真相而賦予意義。這是人類所能成就的最高境界,也是他所唯一能做的。其他方面他都比不過動物。[28]

「殘酷與無意義」極可能或即商禽說的「內裡形狀」,赫塞「面對真相而賦予意義」即商禽說的「賦予事物以我們自己的精神」,勇於面對則不避不逃,但在呈現此真相或形狀時卻不能不透過「我們

---

[27] A・佛洛姆(A・Fromm):《自我影像》(Our Troubled Selves: A New and Positive Approach)(陳華夫譯,臺北:問學出版社,1978),頁141。

[28] 赫曼・赫塞(Hermann Hesse):《赫塞語粹》(顧燕翎譯,臺北:金楓出版有限公司,1987),頁35。

自身對它的感覺」而予以變形、拼貼、或演出。而當將這一切透過超現實技巧表現於外時即是他的詩作的形式與內涵。

1.「囚感」與「逃感」

　　不論是商禽、或碧果、洛夫、及那一代人皆可以「囚感」與「逃感」的反覆交錯來形容當年他們的處境，被「囚」的是「形」、是肉身、是看似有限的部分，想「逃逸」的是「神」、是能量的紓解、是無限可能的部位。[29]而弔詭的是，「內」囚的反而是身體難以移動的「外」形，「外」逃的反而的精神易於出遊的「內」心。此處使用的「囚」與「逃」二字或可補充說明商禽此散文詩作的兩個主要形式，「囚」字對應了夏卡爾式，也對應了上節突現現象所述的「約束原則」，而「逃」字對應了米羅式，也對應了該現象所述的「湧現原則」。二者像一個循環、矛盾的心理現象，比如他的〈行徑〉一詩：

> 夜鶯初唱的三月，一個巡更人告訴我那宇宙論者的行徑，想起他日間折籬笆的艱辛，我不禁哭了：「因為你是一個夢遊病患者，你在晚上起來砌牆，卻奇怪為何看不見你自己的世界……。」[30]

「宇宙論者」是不受拘束、宏大的視野、「逃」的主張者，而「折籬笆」則是自限、區隔自我與他人的行徑、「囚」的行動者，但

---

29 參見白靈：〈水的上下，火的左右——碧果與他的二大爺〉一文，收入碧果：《肉身意識》（臺北：爾雅出版社，2007），序言。
30 商禽：《商禽詩全集》（臺北：印刻文學生活雜誌出版有限公司，2009），頁51。

「籬笆」猶有自內向外窺視的可能，但沒想到詩中的「他」還是夢遊病患者，還「在晚上起來砌牆」，大大違抗了宇宙論的行徑，正是這兩者的無法將內與外、身與形、主張與行動、日與夜所為合一，說一套做一套，乃有「我」的哭訴，而詩中的你、我、他可能皆是同一人的自我對話，而言行不一正是那時代普遍矛盾的社會現象。因此商禽看似由自己的「囚」與「逃」出發，實質上卻是整個時空環境具體的、非常「超現實」（心與口、日與夜形成對抗）的反映。

2.定向（組織）與非定向（離散）

前面說他的詩是六分的夏卡爾、三分的米羅、一分的魯迅合組而成的，此處再簡單說明。「六分的夏卡爾、三分的米羅」這樣的說法主要還在指其於散文詩中展現的兩種形式，一種是以相對易解的、較具戲劇性、不失散文邏輯定向的表現手法，也是較可理解的商禽，即使是夢幻或超現實，也較易捕捉到、相對上較完整的敘事形式，可說是「夏卡爾式的商禽」。另一種以不易解的、較具「自動寫作」形式、較不具散文邏輯定向的表現手法時，也是較不可理解的商禽，常是流動或變形快速的夢幻或超現實，也是較不易捕捉到、相對上較碎亂、跳躍快速的，可說是「米羅式的商禽」。當然也非絕然可以區分，但在閱讀過程中可以感受二形式交互進行或相疊前進的過程。

榮格（Carl Gustav Jung, 1875~1961）以為人類的思想作用可分兩種：一為定向思維（Directed Thinking）；另一為非定向思維（Indirected Thinking）。他說前者以言語為工具而思索；後者以影象為憑藉而思索。前者對於實際事物是想有以切近之，即可以左右

之。後者對於實際事物反而遠離，而只求主觀的自在。[31]二者的差異和區隔可以下表表示之。

定向思維	以言語為主／知性的、研究的（想有以切近之）	趨向有序的、組織的	有意的／自覺的	向外的／客觀事物的尊重	以超現實呈現時較接近於「夏卡爾式的商禽」（敘事性較顯著）
非定向思維	以影像為主／感性的、直覺的（出於幻想或白日夢）	趨向無序的、離散的	自發的／半自覺的	向內的／主觀的自適自在	以超現實呈現時較接近於「米羅式的商禽」（敘事性不明顯）

3.夏卡爾式的商禽

此兩種思維模式若與商禽散文詩表現形式比對，則定向思維形式較近於有意的、自覺的，當與事物有關時，較「似」現實事物，是向外的、較尊重客觀事物的；即使使用超現實技巧，方向性也較為明確，近乎戲劇性的演出，與夏卡爾的繪畫人飛在城市上空，或是牛在拉小提琴等之戲劇性演出和拼貼模式貼近，如其散文詩〈電鎖〉、〈手套〉、〈長頸鹿〉、〈塑〉、〈鴿子〉、〈梯〉、〈站牌〉等，而且超現實手法經常出現於尾端，其餘前面的敘事常是定向的、朝末尾集中前進的。即使寫於1996年的〈泉〉一詩的尾段：

> 我再次俯身下去。人的顏面不斷從泉眼中向上閉目，而且一臉比一臉年輕，我急忙把他們捧起一張一張不斷澆在自己的臉上：六十，五十五，五十，四十五，四十，三十五，三十，二十五，二十三，二十二，二十一……。[32]

---

[31] 參見丁夫：《佛洛依德心理分析》（臺中：普天出版社，1969），頁58。此處的「定向思維」書中譯為「直接思維」，「非定向思維」譯為「間接思維」。

[32] 商禽：《商禽詩全集》，頁366。

此詩最後衍伸出的超現實意象是寫作者在大陸拜訪覃子豪紀念館，看到覃之石像被雕塑得宛如僅二十歲，因而由泉湧與石像倒影相疊而突生重返青春的衝動行為，卻象徵了作者與前行者、生者與逝者、老年與年輕可能的精神合一感。

而當商禽說我們當探索事物的「內裏形狀」，面對事物時當與之擁抱，他是與夏卡爾的說法接近的：「我們對一切都感興趣，不單是外部世界，還要有不現實的、充滿夢幻和想像的內部世界。」[33]。而商禽說自己的詩是「超級現實」，也與夏卡爾所說「我不喜歡『幻想』和『象徵主義』這類話，在我內心的世界，一切都是現實的、恐怕比我們目睹的世界更加現實」[34]極為相似，上述〈泉〉一詩即是精神的超現實與身體的現實在短瞬間可以重疊的例証。還好，他們一個是詩作，一個是繪畫。

4.米羅式的商禽

非定向思維形式則屬自發的、半自覺的。後者較「不似」現實事物，精神力不直趨於所赴的目的物，而是返身向內的。比如米羅畫作裡各種符號化的形象看似隨意組合所為，拋卻外在現實、幾乎取消了繪畫語言的敘事性，反而出營造非常規的、童趣的、嬉戲的效果，如此企圖打破閱眾出自理性、意識的辨識方式，超現實式地透過拼貼、自動書寫等手法，以掙脫、破壞理性與成見，游移於秩序與失序、結構與即興之間，以此而予人無法思議的驚奇感。[35]而

---

[33] 馬克・夏卡爾的畫及語錄，轉引自http://blog.roodo.com/non2005/archives/2454149.html，2010年3月20日。

[34] 見維基百科網站「馬克・夏卡爾」項下，引自http://zh.wikipedia.org/wiki/%E9%A6%AC%E5%85%8B%C2%B7%E5%A4%8F%E5%8D%A1%E7%88%BE，2010年3月20日。

[35] 參見方婉禎：〈另一種交會的現實——〈吠月之犬〉的詩畫演繹〉一文，發表於「疆界／將屆：2004年文化研究學生研討會」（交通大學人社二館2004年，12月18

「米羅式的商禽」比如〈阿米巴弟弟〉、〈不被編結時的髮辮〉、〈流質〉、〈木星〉、〈雪〉等。比如〈不被編結時的髮辮〉一詩：

> 被捲起的塵埃有被製造時的帆纜之痙攣緊絀的繩索有被編結時的髮辮之張惶。
> （那是假的。）
>
> 不被編結時的髮辮　早春之黃昏　在早上十點猶賴床的人
> 陽台上一隻斷了絆的木屐　不被編結時的髮辮　髮辮下細長
> 的白頸　一個在下水道出口處乘涼的乞丐　下班了的夜巡警
> 　溫泉浴室裡搖響的耳環廢彈及棄船以及棄船上的纜索；以
> 及不被編結時的髮辮；以及賴床的人，呵欠；以及右眼的淚
> 流到左眼中：「我還以為你們這裡的湖水是甜的哩。」以及
> 在眼的淚巴流經耳門——告訴她晚風在市郊時那股子懶勁
> ——之後流到不被編結時的髮叢中去了。[36]

此詩的詩意建立在文字的文白夾雜、意象的快速跳動、幾近意識流似的筆調，加上「（不）被編結時的髮辮（叢）」在詩中穿插了五次，隱約可以看出「被編結」的張惶、與「不被編結」時的情感自然流露，其他的景象交叉其間，全詩幾近散離的碎片，需讀者自行組合，純然自動寫作似的手法，由於編結時的髮辮、淚、眼不停出現，造成音樂狀的流動感，只可觀賞、自行拼貼、而不宜硬行分

日、12月19日）。
[36] 商禽：《商禽詩全集》，頁52。

析，其美感宛如只能門縫中窺見。這是散文詩中極為殊異的風景，
而為商禽所獨創。

5.兩形式比較

　　如果「米羅式的商禽」與「夏卡爾式的商禽」兩類詩稍予區隔
粗分，則其在詩的形體、詩的空間、詩的表現形式、詩畫的關係、
整體風格、自然觀等等的不同約略可整理如下表：[37]

	米羅式的商禽	夏卡爾式的商禽
詩的形體	較「不似」現實事物	較「似」現實事物
詩的空間	流動、不確定的	戲劇性演出，或多視點、多個空間的並置
詩的表現形式	變形＞拼貼＞演出	演出＞拼貼＞變形
詩畫的關係	音樂性的、混沌式的影像畫面	時間行進以言語定向的畫面
整體風格	趨向抽象風格、抒情的、感性的	敘事風格、冷肅的、知性的
自然觀	自然是可變的，亦可自我生長的／或「有機式的超現實」	接近中國「天人合一」的自然觀／或「自然式的超現實」
與兒童畫比對	類似學齡前階段兒童畫的塗鴉	近似於「擬寫實階段」的兒童畫
欣賞的起點	由瞭解其意象語言的流動開始	由探索他詩中主題的意義出發
商禽詩舉例	如〈阿米巴弟弟〉、〈不被編結時的髮辮〉、〈逃亡的天空〉、〈樹中之樹〉、〈遙遠的催眠〉、〈醒〉、〈無言的衣裳〉、〈用腳思想〉、〈胸窗〉、〈溫暖的黑暗〉、〈蒲公英〉、〈流質〉、〈木星〉、〈雪〉等均是。（部份為分行詩）	如〈電鎖〉、〈躍場〉、〈手套〉、〈長頸鹿〉、〈塑〉、〈火雞〉、〈蚊子〉、〈滅火機〉、〈鴿子〉、〈梯〉、〈站牌〉、〈泉〉、〈屋簷〉、〈叛逃〉、〈平交道〉、〈飛行垃圾〉等均是。（上舉皆為散文詩）

---

[37] 此表製作參酌同傑：〈從超現實主義及米羅、夏卡爾的繪畫創作談「幻想畫」的幾個問題〉一文中的討論，參見網頁http://www.aerc.nhcue.edu.tw/paper/%A6P%B3%C7──%B1q%B6W%B2%7B%B9%EA%A5D%B8q%A4%CE%A6%CC%C3%B9%AEL%A5d%BA%B8%AA%BA%C3%B8%B5e%B3%D0%A7@%BD%CD%A4%DB%B7Q%B5e.htm，2010年3月19日。

四、宇宙四元關係與商禽詩的精神意涵

如果詩是詩人建立的身心靈系統所呈現出來的外顯物，那麼詩人內在的精神貫注的所在，或也可略窺詩人精神面貌的一鱗半爪。因此當商禽說「賦予事物以我們自己的精神」時，似乎也只有藉他表現的事物反推其內在精神情狀了，這就如同由影子反推人的身形、由人與社會的結構、自然事物的組成反推宇宙的變化和奧祕，雖不可必得，卻也是唯一的途徑。

1.兩原則與商禽的詩

本文第二節提及的「約束原則」與「湧現原則」或可進一步說明商禽詩展現的精神面貌。此二原則是任何系統中均同時具備的可能性，當系統由「約束原則」控制過度時，易趨於「過度重複單一」（囚），對系統的多樣可能性造成窒息。而若另一極端，當「湧現原則」過度展現時，即易趨於的「過度變幻多樣」（逃），有可能導致系統內組織的崩潰、四分五裂。但二原則之間並無「最佳狀態」或「不偏不倚的中間狀態」。[38]因此在相同類型的系統中，有的系統裏宏觀（整體）和微觀（個人）的湧現占統治地位（如五、六〇年代臺灣新詩），有的系統裏壓抑和束縛占統治地位（如五、六〇年代大陸新詩），「它們之間有天壤之別」。[39]而商禽的夏卡爾式散文詩的形式略偏於「約束原則」，是商禽與事物

---

[38] 埃德加・莫蘭：《方法：天然之天性》（吳泓緲、馮學俊譯，北京：北京大學出版社，2002），頁110。

[39] 埃德加・莫蘭：《方法：天然之天性》，頁108。

「寒暄」、「擁抱」的精神，是他「像寓言般使人在一個新世界中與幾乎要遺忘的舊經驗重逢」[40]的部份；其米羅式的散文詩或分行詩則略偏於「湧現原則」，是商禽「懷疑」的精神，是他「像夢不易解」[41]、是「解商禽的詩很難，解商禽有超現實意味的詩尤為不易」[42]的部份、也是商禽以「非理性」對抗「非理性時空」的展現。其精神面貌即此二者的輪迴互動，既互補又相互對抗，既展現了個人，也突顯了時代的形（囚／傳統／中國）與神（逃／現代／西方）極為矛盾分離拉扯的特殊時空環境和文化形態。

2.四元關係與兩形式

而由於宇宙的發生可精煉成「無序」、「互動」、「有序」、「組織」四部曲相互迴環的關係，人既是宇宙之子乃至其縮影或投影，人之一生當然也會反覆此熱力學三大定律衍伸的四元關係，地球上的自然、事物、及社會也是如此。而此四元關係主要的律動方向有三：（1）無序（在互動相遇中）產生有序和組織；（2）有序和組織化（在改變中）產生無序；（3）所有產生有序和組織的東西都在產生無序。[43]因此「現實」、「具象」、「物質」趨於「有序」；「超現實」、「夢」、「抽象」、「精神」趨於「無序」；前者「重組」，後者「離散」，從來不能固定不變。赫曼赫塞說：

> 在把混亂（按：即無序）變為秩序以前，我們應當先認清混亂、經歷混亂。

---

[40] 陳義芝語，見第一節前言註5。
[41] 同上註。
[42] 洛夫語，見第一節前言註6
[43] 埃德加・莫蘭：《方法：天然之天性》，頁57。

商禽的人生即在大混亂（極端的離散）與大秩序（極端的束縛）之間大幅度地擺盪，翻轉再翻轉，他比他同時代的其他詩人經歷了更多的磨折和苦痛，回憶對他而言比他人要痛苦得十倍以上，這是他「囚」與「逃」的重要部位，他只能於「慨慨終日，引以為自苦的，對『人』的地位這個問題的思考」[44]之中輾轉反覆其一生。

以是如果我們將上述二原則、四元關係、與商禽詩展現的兩形式一起思考，或可得出下列的圖形：[45]

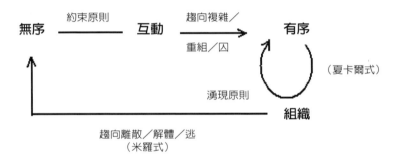

圖2　宇宙的四元關係與商禽的兩種表現形式。

3.五種精神意涵

而由商禽的詩作中大致可看出下列五種精神意涵：

（1）釋放當下體驗的火焰性格

商禽的人生像被火鍛煉過的，火焰性格極端強烈，紅焰（湧現／逃）與灰黑（約束／囚）並存，有時「囚感」出現時則「揭開你

---

[44]　參見商禽的信，見註21。
[45]　參考埃德加·莫蘭：《方法：天然之天性》，頁39的四元關係圖並予增添和修正。

|078　新詩十家論

的心胸，發現一支冷藏的火把」（〈冷藏的火把〉）[46]，有時「逃感」出現時則「悲哀是高溫也除不盡的雜質／火焰在爐窟中有唸不完的咒語」（〈捏塑自己〉）[47]、「我將園中的樹／升為火把」（〈捏塑自己〉）[48]。而這與他年少可怖的經驗有關，而且影響其一生，令其「身影總是忽明忽滅」，[49]雖然「回憶」二字是他避免提起的，比如他1987年寫的〈火燄〉一詩的後半：

> 遂想起那年，他們在打斷了整綑扁擔之後，竟捨棄刀槍不用而改以一壺冷水灌進我的鼻孔我的嘴巴，直到我停息了謾罵。

> 難道，他們那時就已經得知，我的生命本是一團火燄，是一盞從古佛殿前逃亡的明燈？[50]

「我的生命本是一團火燄」、「一盞從古佛殿前逃亡的明燈」說的是他精神本質，可以被「冷藏」，不可以被熄滅。

（2）溶入暗黑空間的隱身意識

商禽的「黑夜意識」是其自我「火焰性格」可以發揮的空間，當其「囚感」與「逃感」嚴重時，那成了他可以隱身消失之處，也成了他詩作的重要商標，如分行寫的〈遙遠的催眠〉、〈天河的斜度〉、〈夢或者黎明〉、或〈逢單日的夜歌〉均是其「黑夜意識」

---

[46] 商禽：《商禽詩全集》，頁166。
[47] 商禽：《商禽詩全集》，頁342。
[48] 商禽：《商禽詩全集》，頁134。
[49] 商禽：《商禽詩全集》，頁211。
[50] 商禽：《商禽詩全集》，頁211。

的名詩，佳句俯拾即是，音律感十足。而最著名寫暗黑的散文詩是他寫於1987年的〈電鎖〉，其後半段寫鑰匙插在門上身影投射的心臟位置：

> 我也才終於將插在我心臟中的鑰匙輕輕的轉動了一下「咔」，隨即把這段靈巧的金屬從心中拔出來順勢一推斷然的走了進去。
>
> 沒多久我便習慣了其中的黑暗。[51]

「沒多久我便習慣了其中的黑暗」，那「黑暗」成了他可「囚」的護身符，卻也是他「逃」的空間開展處，比如：

> 等晚上吧，我將逃亡，沿拾薪者的小徑，上到山頂；這裡的夜好自私，連半片西瓜皮都沒有；卻用我不曾流出的淚，將香檳酒色的星子們擊得粉碎。（〈海拔以上的情感〉）[52]

（3）縮放時空界線的漂流心境

商禽在詩中處理時空幾乎已到毫無界限的地步，最有名的是分行詩〈逃亡的天空〉，詩中由「臉」至「沼澤」至「天空」至「玫瑰」至「雪」至「淚」至「琴弦」至「心」至「荒原」，由人與天與地不斷地輪轉運動，由較「有序」（臉）湧現、離散到較「無序」（沼澤／天空）之處，再約束重組至暫時「有序」（玫瑰／雪／淚／弦）、又再離散至較「無序」（心／荒原）處，人因此進入

---

[51] 商禽：《商禽詩全集》，頁192。
[52] 商禽：《商禽詩全集》，頁73。

與宇宙四元關係不分之糾纏循環中，形成不斷變幻界線的漂流狀態。散文詩〈木星〉是另一名例：

> 窗子那面的爐灶旁，在滾動著的地球的後面，天空是落寞的媽媽的眼睛。雲在發炎。菜鏟子舞動著，聲響是受驚的鳥從熱鍋中飛起。而且一個小孩在一瞬間長高；一隻剛剛從午夢中醒來，因為咬不著自己的尾巴而不斷旋轉的是黃狗亦是木星。[53]

窗、灶、地球、天空、眼、雲、鏟、鳥、鍋、小孩、尾、狗、木星是彼此相距甚遠的事物，甚至毫無關係（比如鳥與鍋／狗與木星），並非不可解，但卻用語言意象的快速轉換達至其人與天地相互競逐的快意，一種不安而需在時空中不斷漂流的心境。

（4）認同弱勢微物的齊物思維

第二節提過商禽對弱勢的小孩、女人、和狗、火雞、老鼠、蚊子、鴿子、雞、杜鵑鳥等各種小動物常付與大量的關注，而對滅火機、站牌、躍場、電鎖、平交道、結石、垃圾等各種無生命的微物大量與之互動，可說將「無序之心」因約束於「有序之物」而獲得暫時的移轉和安定。他的〈鴿子〉、〈火雞〉、〈滅火機〉、〈飛行垃圾〉、〈狗〉等詩均是名例。以〈玩具旅行車——給夭亡在皺皺的粉紅色的天空中的諸子侄〉為例，其前半寫道：

---

[53]　商禽：《商禽詩全集》，頁95。

　　　　孩子們玩具旅行車在剛剛揚花的高梁林中碰笑發光的葉
　　片。一大群沒有主人的夢在冒黑泡的水溝中飄流；有的甚至
　　將它們歪扭的輪子露在外面。（中略）
　　　　棒棒糖在逐漸融化的加濃炮管上閃閃發光。[54]

詩中以「碰笑發光的葉片」來對比「一大群沒有主人的夢」，產生
極大反諷和人道注目。「棒棒糖在逐漸融化的加濃炮管上閃閃發
光」更是令人不忍，商禽以弱勢（孩子）微物（玩具旅行車）當下
演出的方式呈現了荒亂歲月的不堪和慘境。

（5）調轉真假實幻的逆反精神

　　非理性的語言策略、真幻難分的時空演出常被用來表達非理性
的現代社會或獨裁壓抑的政經環境。商禽對極度約束原則下的「囚
感」，即常以暴制暴的行徑試圖予以反擊，似乎由其中可以反轉成
為湧現原則下的「逃感」、離散感。比如〈醒〉一詩中：「他們在
我的兩眼裝上發血光的紅燈／他們把齒輪塞入我的口中」[55]這樣非
理性的刑求方式，令人難以卒讀。如〈捏塑自己〉的前半：

　　我用兩個手指／對準眼窩的部分按下／這就出現了眼睛　盲
　　眼／沒有眸子就能看見時間／／我用拇指和食指／把頭頸弄
　　歪一點／端正的脖子測不準距離／祇有斜傾的頭了解空間[56]

---

[54]　商禽：《商禽詩全集》，頁94。
[55]　商禽：《商禽詩全集》，頁161。
[56]　商禽：《商禽詩全集》，頁341。

挖出眼睛才能「看見時間」，扭歪頭顱才能「了解空間」，此種以幻為真的演出方式展現的是逆反心理，是對現實物理時間空間的懷疑和不信任，弄擰了現實的「形之囚」，才能看清和了解「神之逃」的可能，企圖由此而獲得主觀的自在感。

3.生命原質的無盡迴環

由於得先有約束原則才有湧現原則，因此天地自然現實事物本身是先生的、無序的，而意識、自由、真理、愛情則是因人事物互動而後生的、有序的和組織的，前者是元件和基石，後者是鮮花和果實，之後再進入無序－互動－有序－組織－無序等無止盡的循環之中，由天體運行到細胞到人到社會到個人創作無不如此往復行進。由於商禽在生命史中經歷了大混亂大無序，再因與同輩詩友們的互動而使整個詩壇達至混沌邊緣，進而得以突現其個人在詩藝上的特質，可說是宏觀的湧現中之微觀的湧現，但在其中又隱涵了要自這湧現中逃脫的離散感，如此費盡一生反覆表現於他在事物內在精神的追尋上，在他詩中正符應了宇宙生成四元關係的這項迴環現象：

> 藝術和相貌之美，芬芳，甜美的魅力，我們所追求的崇高目的，這一切均是系統之系統之系統所開出的花朵，湧現之湧現之湧現所奉獻的蜜果……。它們最脆弱，最易受傷：死神最先打擊的對象，稍不經意它們就會凋謝、風化，可我們卻想比它們或以為它們會永垂不朽。[57]

---

[57] 埃德加・莫蘭：《方法：天然之天性》，頁105。

商禽說：「我以為一切的創作藝術其目的都在企圖找出生命的原質……」，[58]我們在他的詩形式的展現上看到了生命的原質即宇宙生成原質無盡迴環的變化。

五、結語

　　紀弦的現代詩社、東方畫會及五月畫會、以及商禽這名老兵加起來，就是超現實主義於五、六〇年代得以在臺灣充分發展的主因，但紀弦太過浪漫，最後還是得靠商禽擎起這面大旗，他在散文詩中釋放的特異能量和表現形式，將使他於海峽兩岸的散文詩壇成為教主而永無法被撼動。此文即先就商禽在超現實主義貫注臺灣詩壇的突現時期所據有的關鍵地位加以闡明突顯，次就突現現象中約束原則與湧現原則與宇宙生成的四元關係加以探討，以此理解其諸多詩中呈現的「囚感」與「逃感」的不同展現形式，最後並對其詩中的火焰性格、隱身意識、漂流心境、齊物思維、和逆反精神等幾項精神意涵加以舉例闡明。

---

[58] 商禽寫給古渡（即辛鬱）的另一封信，未標明年月，見張默編：《現代詩人書簡集》，頁150。

不際之際，際之不際
──管管詩中的生命熱力和時空意涵

摘　要

　　管管的詩，有「正經」與「不正經」的雙重特質，「正經」是他的赤子似的天真，卻滿含了靈動跳躍的思維方式、或歷經滄桑的人生體悟和智慧，「不正經」的是他的語言，是他任意撥弄時空和事物原樣出入甚巨的相關詞彙，他老愛把讀者的腦袋敲個夠或打個洞才過癮的頑皮性格，一生都沒變過。「大鬧語言宮殿」、「打破一切界線」成了管管的正字標記。不鬧不成管管，這一點當今兩岸詩壇無人可以出其右。本文首先即探討管管本性中那種在「正經」與「不正經」之間「不斷地逾越」的緣由，尤其是他童年那種「沒有母奶界線」的成長過程。文中以莊子「不際之際，際之不際」（沒有界線的界線，有界線也等於沒有界線）的觀點，看出他一生都在尋找「沒有母奶界線」的人生。

　　此文另以「語言三相圖」得悉管管處理他眾多題材最好方式就是「降壓、升溫法」。這是管管的詩中會詠物、寫女人、小孩、自然、自身欲望等題材特別多以及生命熱力如此高亢的重要原因。他的詩集合了「孫行者」、「嬰兒」、「少年」、「濟公」等不同角色的特質，此四形象都有「打破界線」的本能和欲望，彼此也相互

角力。本文最後即從縱跳時空挑釁界線、打翻時空集萬物原力、濃縮時空測度「性」能量、搬弄時空說世間真象等觀點，分別討論他詩中「孫行者」、「嬰兒」、「少年」、「濟公」等角色特質的時空意涵。

關鍵字：管管、界線、語言、時空

一、引言

　　前行代詩人如管管一輩，可說是「國家不幸詩家幸」的最典型代表，在1949年大陸改朝換代的轉折點，因緣際會地於一島嶼上集合了各路好漢，相濡以沫，於五、六〇年代，在時代與思想擠壓的隙縫間，蹦出一道道耀眼的光芒，在其後的一甲子終於成就非凡，創造了自有新詩以來最光燦的典型和詩人群。但這樣的成績，絕非一、二人之力而已，而是一大群人長久不懈地相互激盪，才可以成就這一代詩家「集體性蜂巢式的湧出」──名家輩出、旗幟鮮明，而管管可說是半途殺出，最「不伏他管啦」的一位。

　　有些詩人的人與詩判若兩人，有些，人不如詩，有些，詩不如人；極少詩人的詩與他的人是完全吻合的，管管正是其一。他像「永恆的彈簧」一樣，永遠比任何一代的年輕人具有更大的熱力、火氣、無厘頭、蹦跳思考，又創意十足、唱作俱佳。一甲子以來，他是極少數「有能量」可以把詩壇「打出一個洞」的詩人之一，沒有誰可以輕鬆用五指山將他的語言「壓伏」在腳下。他的心中卻始終有四種角色在互相角力，一個是「沒有肚臍」、從石頭蹦出來、火氣十足無法無天大鬧天庭地獄龍宮最後被戴上金箍咒的孫悟空，一個是天真爛漫、對世界充滿好奇、把什麼都要放在嘴巴裡嚐的嬰孩，一個是狀若頹靡其實是青春正旺性壓抑不住的少年，一個是非氓非丐、裝瘋賣狂、好戲耍詼諧、喝酒吃肉的濟公，這四個人加起來，平均年齡不超過二十歲。「管管老矣，尚能詩否」的現象，恐怕還得等百歲管管時再來問他。

　　也因此，讀管管的詩有時像是要捕捉蛺蝶飛行的線路一樣，是

極其費心的，而且吃力不討好，他的詩思永遠超脫逾越你的思維和預期，最後僅能「整體性」的欣賞，而且不能也不必在乎他的細節和線索。試想，孫行者、嬰兒、少年、濟公，哪一個你跟得上他們行蹤或行為？以是，要探討管管的詩不能依尋常路數，而需另覓途徑。由於管管具有超人的能量，他的思維方式超乎常人思索方式，而且其逾越的程度可說大膽驚世，到了幾乎讓人無以跟隨的程度。本文擬透過莊子關於「界線」的看法，及取道科學，由「語言亂度」（或暫且名為語言熵）的觀點切入，試圖理解管管詩作所代表的生命熱力和時空意涵。

二、管管「沒有母奶界線」的生命觀

遲至1972年，也就是管管四十三歲時，才出版他的第一本詩集《荒蕪之臉》，離他收於集中最早的作品1959年，已有十三年，離他學習寫詩的二十五、六歲，至少已有十七或十八年。不論是起步或出詩集，管管都較其他詩人遲了許多年。他寫詩的前四、五年，也就是三十歲前寫的二十多首詩，並未收入此集中，而這在五、六〇年代的詩人群中是極少見的，由此可看出他對出版自身詩集的似乎不著急、不在意，又對自身作品選擇之無比謹慎的心境。也因之，表面上，他在處女詩集中已呈現了他一生詩作中諸多膾炙人口的作品，實際上那並非他創作的初貌，三十歲前寫的作品「少作」並未之見，倒是自1960年起強烈管管風的作品，卻足可把讀者與評家「吹」得東倒西歪。

對語言的「逾越」是他詩作的最大本領，此種「逾越」正是他對生命或「活著這件事」的一種測度。他也是臺灣詩壇最能「把詩

拉進生活裡來」的人，詩即他生活的內容，生活即他詩的一種表現形式，詩與生活是一件事，而非兩件事。他與世間一切事物相處的方式率皆如此，不斷地跨越世人自以為是的「分別心」或所謂「界線」，於是散文、詩、小說在他的詩中乃至散文中是沒有分別的，幼兒、少年、青年、老年在他處世的哲學中是沒有分別的，月亮、梨花、荷花、蒲公英、女人、臉在他的詩中是沒有分別的，缸、甕、歷史、戰爭、流水、酒在他的詩中也是沒有分別的，青蛙、池塘、春風、鼻子、孩子在他的詩中也是沒有分別的，許許多多的「沒有分別」表示「分別」仍然是存在的。當世諸多人事物間「差異」的「同一」是不可能的，但短暫的、表現式的「同一『化』」卻是可能的，此短暫的、表現式的「同一『化』」卻也是長時間、永恆式「同一」（即一，即道）的縮影，當世的「差異」並非其真象，短暫的「逾越表現」反而更能顯現世上人事物更底層的、永恆的真象。因此「不斷地逾越」之「敢」之「能」之「必要」在世人是不可思議的，在管管的生活中卻不斷發生，從嬰幼兒期到老年常常在發生，但畢竟人事物之間無法用世俗方式或科技方法將之「同一」（相互轉變），只能「同一化」（找出共性），於是詩語言成了他將諸多世間人事物「大膽同一之」、「盡其所能地踰越」的試驗場域。

但表層與深層沒有分別，中心與邊緣沒有分別，界線這邊與界線那邊沒有分別，或者說質與能雖然站在愛因斯坦質能方程式的兩邊其實是沒有分別的，有限與無限礙於我們肉眼對物的世俗認知其實二者構建是沒有分別的，這皆是後現代社會對宇宙真實越來越能理解的認知。於是質即能能即質、有限即無限無限即有限、有即無無即有、色即空空即色、實即虛虛即實、象即意意即象、能指即所

指所指即能指，其間的「不斷往還、互動」，即是宇宙永恆的奧秘和真相。從世俗眼光來看，則界線明顯、分別鮮明，將兩端「等同起來」，自然成了不可能的、離經叛道式的「逾越」，最多彼此間也只能慢慢「演變」而已。

也因此，莊子對「不形之形，形之不形」（從無形體到有形體，從有形體到無形體）認為「是人之所同知也，非將至之所務也」[1]（此乃人所共同知曉的，非將至於道的人所從事的），反而更認同的是：

> 物物者與物無際，而物有際者，物際者也；不際之際，際之不際者也。[2]

其意思是說：使物成為物的，與物沒有分際，物若彼此有分際，是物自己使之有分際；沒有分際的分際，即使有分際也等於沒有分際。末兩句或者可說是，「沒有界線的界線，有界線也等於沒有界線」[3]。因此重要的不在現實之人事物本身如何「逾越」其間的界線，或超越、超脫、逸離於這些現實的人事物之上，而是從根本態度、角度、和眼光上，如何去看待這些人事物與自己的關係，透過

---

[1] 黃錦鋐：《新譯莊子讀本》之〈知北遊〉（臺北：三民書局，2007），頁296。

[2] 同上註，頁297。

[3] 將《莊子》一書譯為英文的華特生（B. Watson）則將此二句譯為「The unlimited moves to the realm of limits, the limited moves to the unlimited realm」，似乎非兩岸莊子研究者所能認同，參見劉增福《莊子精讀》一書，水牛圖書出版，2007，頁430。其實其意是「無界線會移向有界線，有界線會移向無界線」，就科學觀點而言是成立的，因為任何的「有限」均是「無限」的集合體（如18毫升、約360滴的水，是6.02乘上10的23次方分子所集合），看似「無限」者仍有其「有限」（如有一千億顆太陽的我們的銀河系之外，至少還有一千億條狀似銀河的星系存在），有限其實即無限，無限其實即有限，二者無法絕然劃分。

本身生命熱力的釋放和滲透與之往還互動，找到「同一化」（界線的解除）的可能，即使是短暫的綻放（解除）也無妨。

在「不際之際，際之不際」（沒有界線的界線，有界線也等於沒有界線）這一點上，管管天生就是好手、能手、高手。比如他九歲大了還吵著要喝奶，他媽媽不得已只得背著他到村子裡求有奶水的年輕媽媽，給一碗碗香甜的乳汁，卻又死皮賴臉說非自己所求，他可說是「一村子的母親們」一起養大的，「一村子的母親」與自己的母親是沒有分際或界線的。這種「沒有母奶界線」的成長過程既殊異、又不尋常，世上恐不易有他例，因此一方面推遲了他的童年歲月，一方面也推遲了他的少年、青年、中年、和老年，甚至不是推遲，而是「同一化」了他的一生，乃至他一生都在尋找「沒有母奶界線」的人生。

本來這樣的人是不易長大的，偏偏時代的大手抓住了他，拉拔著他快速抽長，且只在眨眼之間就永遠被扯離了那樣充滿奶香味、人情味的世界。因此時代和戰爭再怎麼殘忍，他都不可能惱怒以對、仇恨以對，只能悲劇性地幽默以對、裝瘋裝傻以對、搞笑以對，因為「沒有界線」並非單項選擇，是一切都是。因此表面上管管看似一輩子皆頑童似拙樸天真，以「逗樂萬事萬物」為他處世的最高原則，但在背後，卻早已悄然埋下了那一整代人同樣千鈞重萬斤重思鄉的苦，但他有本領把「時空的界線」也給泯除，把埋了父母的故鄉整個當作「一座墳」來看待，天天在心中過清明節寒食節。[4]但回頭面對人生時，還是照樣用說故事方式說唱那樣的時代，還是要過其「沒有母奶界線」的人生。他的詩行中固然生機處

---

[4] 管管：《管管詩選》之〈清明〉一詩（臺北：洪範書局，1986），頁166。

處、趣味噴飯、笑淚兼灑、悲喜同臺，三字經夾雜、性事不隱晦，有著臺灣絕大多數詩人都表現不出來的大膽、衝勁、生命熱力、和幽默（humor）。尤其這幽默還兼帶小說或說書意味，並非單純一種喜劇形式，內部隱涵滲透的是更驚人的悲劇，它是「通過世人看得見的笑和他們看不見也不明白的淚來直觀生活」（別林斯基語），是兼融滑稽與悲哀的，但卻意有他指地揭露事物真象，並自諷地暴現自身缺點，風趣地「示眾」，又能輕鬆地「與之訣別」。比如他的〈七絕〉之一與〈車站〉二首幽默詩：

1. 〈七絕〉之絕句3[5]

只因為一個噴嚏

他的將軍竟未當成

那是總統召見，並賜餐八寶蛋炒飯的時候

因為吃的太快，一個噴涕

把一粒米自鼻孔直射到，總統的額頭

偏偏是在說他當年，怎樣推翻帝制的時候

2. 〈車站〉[6]

車站上的臉是

　　一張　　　　一張

一張　　　　　　　　一張　　　　一張

　　　　　　　　　　　　　　　　　張張

　　　一張一張

---

[5]　刊於《創世紀詩雜誌》第111期「四川詩專號」，1997年夏季號。引自瘂弦、陳義芝編：《八十六年詩選》（臺北：現代詩季刊社，1998），頁84。

[6]　管管：《管管詩選》，頁275。

　　　　　　　一張張

一　　　　　　　張

的舊報紙

雖說每個版面都有不同的新聞

卻都是一條一條落滿蒼蠅的臭魚了

只有跑過來的那張小孩臉是張

　　　號

　　　　外！！！

〈七絕〉之「絕句3」說的是威權時代體制的僵化（如「賜餐」等字眼），「犯上」者幸未被殺頭，又顯示那是緊中有鬆的年代，畢竟還可呼吸及殘喘，說的是別人，寫的也是那年代人人必須隨時立正稍息敬禮必恭必敬、心裡無時無刻也想「犯上」的處境。而〈車站〉寫了小孩是舊報紙臭魚新聞之外的「號外」，也等於自嘲了身處其間的窘困和難受，既無法脫身，又不得不魚貫尾隨，直到「發現」了「小孩」這張「號外」，他不但與舊報紙「沒有界線」，也有能力找出新界線「小孩」而輕易地與之「沒有界線」，彷彿自己也成了「號外」的一部份。

　　管管「固執地」不肯與任何事物有「界限」、一生只想過其「沒有母奶界線」的人生，在他的詩中出現甚多次的荷花、梨花、杏花、蒲公英、老鼠、星星、太陽、螢火蟲、小河、烏鴉、蚊子、蝴蝶、春天、楊柳、月亮、青蛙……等等看似眼前事物的描述，不可避免地皆是他童年少年時裝得滿滿家鄉泥土味道的畫面和回憶、試圖透過「時空界線的泯除」而能與之對話，「沒有母奶界線」的童年經驗使其「有能量解除」時代強加予他的「界

線」和「限制」，再負面的事件他都能輕輕鬆鬆消泯之解除之轉化之。而這恐怕也是他喜愛的事物會那麼多、欲將「大能」普灑甘霖於天下的緣由：「愛吃花生米、魚、水果、酒，喜歡素食，愛小孩、女人、月亮、春天、山水、樹、蒼草、自然，愛稀奇古怪事物，喜歡超現實，喜歡八大，梁楷、米羅克利、陶潛、王維、寒山、李白、秦磚、漢瓦古詩及原始藝術，喜歡一切原創性東西」[7]。

這也是使他不得不於詩中藉助語言和其形式「縱躍」或「蝶飛」的原因吧？否則要他「奔波」或「奔馳」於如此眾多人、事、物之間，豈不累斃，否則恐也將難以維繫一生。

三、語言亂度三相圖與管管詩作的關係

只要管管喜愛或涉及的人、事、物之間，他隨時隨地皆可立即消泯其界線，使尋常事物的分際因其「逾越的本領」而產生互動、乃至流動，甚至蹦躍至無可跟隨的地步。這若在科學上或可以熱力學的觀念加以間接理解，比如：世上最低溫只有零下273.15°C，但最高溫卻無人知其極限（比如太陽中心可能高達一億度），零下有限，零上無限（在地球上則很難加溫高過二千度），又比如「宇宙趨向最大熵」（熵可解釋為亂度，詩可以理解為日常語言加溫至適當亂度的展現），但無人知道「最大熵值」的極限，因此語言的「適當亂度」和「最大亂度」的差距有多大，恐怕很難測度，管管就是不斷朝向「語言最大亂度」實驗的詩人。

---

[7] 管管：《管管‧世紀詩選》之〈小傳〉（臺北：爾雅出版社，2000）。

科學的熱力學中，認為許多物質皆有其三相圖（形狀如圖一），縱座標代表壓力，橫座標代表溫度，圖一為模仿「水的三相圖」製作的「語言亂度的三相圖」。在原來「水的三相圖」中，s代表固態冰的區域，其「亂度」（相當於熵，分子自由運動的能力）最低，外在壓力高又溫度低時（如AOB左側區域／如政經高壓專制、社會抗爭力不足時），物質熵值低。但在l液態水可流動的區域，其「亂度」增加，代表即使外在壓力高、但溫度能加高溫度時（如BOC上側區域／如政經高壓專制、但社會抗爭力足夠），則亂度比s區高出許多。而在g代表氣態水分子可大幅竄動的區域，其「亂度」最高，區域最廣（如AOC下側及右側區域），AO下側代表壓力下降，溫度也低（比如民主社會外壓小，社會抗爭亦低），仍有機會在亂度高的g區。OC右側代表即使外在壓力高（靠近C點／如政經高壓專制），但只要自身生命熱力足夠（或社會抗爭力足夠的革命時期），溫度能加高至極高溫度時（如橫座標最右側），一樣可以獲得更大幅竄動的機率，則亂度比l區高出更多。而由此圖也可以發現，若能沿著OA、OB、或OC線走，則易自由出入其中兩個區域。也就是站在區域與區域的界線上，或甚至站在三相點O點[8]之上，則易自由出入s、l、g三個區域。

　　「界線」的發現是「泯除界線」、使之「沒有界線」的先決條件，因此在區域與區域的往還互動中，「發現界線」且「逾越界線」是世俗觀點，皆不若站在三相點O之上，不只解除過高的外在壓力（比如語言百無禁忌和喜歡宇宙諸多事物）、也解除過高的

---

[8]　三相點是指在熱力學裏，可使一種物質三相（氣相，液相，固相）共存的一個溫度和壓力的數值。如水的三相點在0.01°C（273.16K）及611.73Pa出現（此值遠遠低於一大氣壓101,325Pa）；而汞的三相點在-38.8344°C及0.2MPa出現。參見Keith J. Laidler, John H. Meisev: *Physical Chemistry*, (Benjamin: Cummings Co, 1984), p.183.

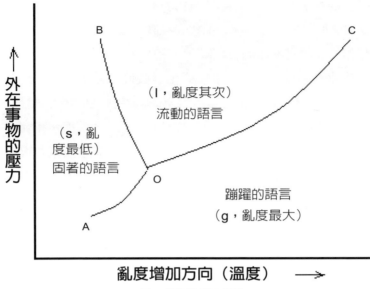

圖3　語言亂度三相圖。

社會抗爭（比如返身處理山山水水、身邊的人事物），管管「沒有母奶界線」的生命觀較貼近這個三相點，他以幽默輕鬆自嘲的方式處理被禁制外壓極高的人事物，出發點就與他人不同，使得嚴肅事件因他的語言形式而獲得「界線的解放」，第二節所舉〈七絕〉一詩即是例証。看來不是「有無逾越界線」的問題，而是看待人事物的「態度」或「生命觀」的問題，如此的「立足點」也的確是他能「處理匱乏」的妙招，是他「百無禁忌」的開端，也是他「一切原創性東西」的起點。

　　而若以圖一視之，s區語言亂度最低的「固著的語言」，可說是日常性用語、科學性用語等的範圍，是被社會外在制約的，很難具有新意，而且常以散文式表達。l區語言亂度居中的「流動的語

言」較接近有新意的、非實用性、詩的語言，其理路雖已非邏輯所能概括，但仍在「大致可追蹤得到」的範疇。但 g 區語言亂度最高的「蹦躍的語言」較易描述管管許多「蝶飛式」的詩語言，其理路難以預測，在「難以偵測追蹤得到」的範疇。

　　而若要快速達到 g 區的最好方式就是「降壓、升溫法」。外在壓力高（圖一中縱座標上移／如寫嚴肅題材、負面的事件），則「溫度」必須升得很高（圖一中橫座標向右移／常需批判或抗爭或笑罵加劇）才能進入 g 區，若「先降壓」（圖一中縱座標下移／在詩中則比如題材的生活化、抒情化、幽默化、超現實化），則「再升溫」（圖一中橫座標右移）就不必右移多少即馬上可進入 g 區，這是管管的詩中會詠物、寫女人、小孩、自然、自身欲望等題材特別多的重要原因，如此就較易投入更多生命熱力，天真搞笑、裝瘋賣傻、自我嘲諷、笑淚俱出，而達到「降壓升溫」至「蹦躍的語言」之 g 區。即使對時代有所不滿、批判、控訴、甚至訐譙，也都儘可能會與上述題材聯結，如此才能保証管管風不會偏移。

　　比如下列幾首詩寫的是外壓較低、較貼近情感波動的題材——管管只要面對的是女子、小孩、和自然時，他的眼睛就睜得特別大，馬上可使「生活降壓」（圖一中縱座標下移），「生命溫度」就上昇（圖一中橫座標右移），或者說「生命熱力」就特別高，則出現在圖一 g 區的可能就大為增加，其「蹦躍的語言」就非常活潑而不可捉摸：

3.〈水薑花〉[9]

白白的水薑花旁有浣衣的女子

涉水而過的是個黑黑的漢子

黑黑的漢子探手折一枝水薑花

那被折去的水薑花竟是那浣衣女子的臉

那浣衣女子的雙睛竟是那水薑花莖中的淚

而那涉水而去的漢子呀就是那隻振翅的水禽

那振翅而去的水禽呀竟是那

浣衣女子的雙眉

啊啊那翅膀的雙眉

4.〈春天像你你像煙煙像吾吾像春天〉[10]

　　春天像你你像梨花梨花像杏花杏花像桃花桃花像你的臉
臉像胭脂胭脂像大地大地像天空天空像你的眼睛眼睛像河河
像你的歌歌像楊柳楊柳像你的手手像風風像雲雲像你的髮髮
像飛花飛花像燕子燕子像你你像雲雀雲雀像風箏風箏像你你
像霧霧像煙煙像吾無像你你像春天
　　春天像秦瓊宋江成吉思汗楚霸王
　　秦瓊宋江林黛玉秦始皇像
　　　　「花非花
　　　　　霧非霧」

這兩首詩都使用了大量的頂真句，當然會容易逸離原先切入的主

9　管管：《管管‧世紀詩選》，頁115。
10　管管：《管管詩選》，頁79。

題，但像〈水薑花〉那樣不離「現場」，只轉換「角色」，由女子而漢子而水薑花而臉而眼而淚再轉回漢子而水禽而雙眉而雙眉與翅膀的合一，作者藉一再誤讀而引導讀者的視域轉換，使讀者產生想像力也跟著「蝶飛」的快感，此時可說既快速流動又無預警的蹦躍，且因純然有一定的美感的距離，因而衍生幻影式的「極速忍者術」。

〈春天像你你像煙煙像吾吾像春天〉一詩中「能指」的不斷轉換如果僅止於第一段的任意更替，產生的效果其實有限（管管有些詩就有時難免過度使用），然則末四句卻突如其來地插入，令讀者不僅錯愕，繼之大二金剛摸不著頭腦，既之開始抓狂，這是典型管管醍醐貫頂式的寫法。不僅所寫秦瓊是唐開因名將，門神之一，對應的宋江是宋朝梁山泊山寨頭頭，成吉思汗是大元建立者，楚霸王是秦末未成大業的項羽，林黛玉是清朝紅樓夢當家女主角肺癆成疾而亡，秦始皇是一統六國建構長城的皇帝，皆跟「春天」或「你」何干，又跟白居易的「花非花，霧非霧」何關？如果繼讀白居易「花非花，霧非霧，夜半來，天明去。來如春夢不多時，去似朝雲無覓處」則或可領會一二，原來一切皆是一刻之「煙」、數日之「花」、一瞬之「河」、一喉之「歌」、一季之「燕」等等，難以掌握，因而也特別可愛或可恨、可歌或可泣，而你之「美」之「壯」之「哀」之「勇」之多面向難以盡知難以可「握」，說不定即這些事、物、人的切片或集合體。此種不同事物的「任意拼貼」經常是管管的拿手好戲。

5. 〈鬼臉〉[11]

突然一個夏闖進來

把一車廂的臉，熬成了糯米稀飯，只有一些黑棗兒在稀飯裏
　　浮動著。

那個急急要下車的女子，只好用手捧著那張臉，擠了出去，
　　大勢去矣！

那張捧在手裏的臉已經有一些自指縫裏溜掉！流在月臺上那
　　株梨樹上。

而且還多捧了別人一把鬍子。

而另一個跳車的少年，卻只捧了一張臉，把鼻子眼睛和眉
　　毛，忘在車廂那鍋稀飯裏一株荷花的臉上

一株荷花的臉上！

6. 〈蟬聲這道菜〉[12]

大清早，妻就拿著菜籃子撿拾蟬聲，一會工夫

就撿拾了滿滿一籃子蟬聲回來

孩子們卻以為家裏有了樹林

他們正在樹底下睡覺呢

妻卻把蟬聲放進洗菜盆裏洗洗

用塑膠袋裝起來放進冰窖了

妻說等山上下雪時

再拿出來炒著吃

如果能剩下

---

[11] 管管：《管管詩選》，頁127。
[12] 管管：《管管詩選》，頁232。

在分一點給愛斯基摩人

聽說

他們壓根兒

也沒吃過蟬聲這種東西

第五首具有濃厚的超現實意味，幾乎像一齣精彩的短劇或極短篇，從「夏」的擬人化闖入到車廂擁擠成粥、人頭成黑棗，擠得出去還得靠一點本領，女子「多捧了別人一把鬍子」說的是對留鬍乘客的印象極深，第二個擠下車的少年暗指作者自己，少了把「鼻子眼睛和眉毛」帶走，自然是對還在車上有荷花臉女子印象難去。寫來趣味兼幽默，即在其能將諸多人事物的「界線」輕易地即予抹除，使讀者一路讀來興味十足。第六首詩將尋常聽慣的「蟬聲」當作可食用的一道菜來對待，將聽覺「通感」為味覺，而且說得理直氣壯，還全家大小配合演出，連「愛斯基摩人」也拉來跑一下龍套，這是管管最拿手的、可以將「生命熱力」貫注至一切事物之中，天真而活力十足，令人不得不直起腰桿，生怕與他一比，就顯老了。

　　即使說到嚴肅之事，他總也能加入一些佐料調味之、降壓之、升溫之，使得生命不那麼不可貼近，比如下一首：

7. 〈梨樹〉[13]

屋前

梨樹上掛著一臉女子的臉

某年春天一門被兵士所遺棄的舊砲

---

[13] 管管：《管管詩選》，頁98。

掛著一臉女子的臉的梨樹守候著那門舊砲被遺棄在屋前

遠方一聲犬吠
炸開了遠方的天

明明是「一張女子的臉」，管管就是要說是「一臉女子的臉」，使得梨樹所掛彷彿是梨樹本身所生長，這一句是使此詩能「降壓、升溫」的關鍵句。而梨，離也，管管在甚多詩中均以此梨字表達其對往昔離家的悲痛。「一臉女子的臉」在六行中出現兩次，顯示了男人引發的禍端到後來都得女人來收拾、哀悼、和守候，也由於此「臉」的出現而有了超現實意味，「遺棄的舊砲」對比「一臉女子的臉」既突兀又具張力，卻用「梨樹」和「守候著」表達泯除其間「硬界線」的可能，末兩句中的犬吠竟可「炸開了遠方的天」，表示連「犬吠」都令人驚魂未定、對戰爭充滿了惶恐和疑慮。但這樣的「冷靜手法」，已是管管的極限了。

四、「孫悟空」「嬰兒」「少年」「濟公」相互角力
      的時空意涵

　　管管喜愛的事物都不具侵略性，都愛自由自在、奇思幻想，有想回到一切原初的原力，他是「孫行者」、「嬰兒」、「少年」、「濟公」的集合體，都有「打破界線」的本能和欲望，也是他們彼此之間的相互角力。從「少年」起即性苦悶強烈，解決身體過多的能量成了詩中常處理的主題；心理卻一直想拔離那樣的衝動和荒唐，有所領悟，他就會來半詼諧半正經來一段說書式的演出，此時

「濟公」的角色就會出現；而「嬰兒」的無機心、無所忌諱、對事事物物充滿新奇感和大膽嘗試的能量，則貫串其一生，到老未歇，而且甚至更能「返老還童」。而「孫悟空」翻天覆地的本領是他一生「玩盡語言」最大的倚靠，「大鬧語言宮殿」、「打破一切界線」成了管管的正字標記。不鬧不成管管，這一點當今兩岸詩壇無人可以出其右。

因此硬要分哪首詩有幾分「孫悟空管管」或幾分「嬰兒管管」或幾分「少年管管」或幾分「濟公管管」，其實並無太大意義或樂趣。僅能說他青年期的作品「氣盛的少年管管」成分多一些，「少年老成」的「濟公管管」也多一些，中老年的作品反而「天真的嬰兒管管」多一些。底下僅就上述這些角色在詩中所引發的時空演變各舉數例，略述其可能意涵。

1.藉縱跳時空挑釁界線嘲笑其存在

如意來去的孫悟空，鑽天入地潛海，沒有什麼界線可以攔得住他，看什麼都不順眼，直到金箍咒框住了他，而「一村子的母親」成就了管管「沒有母奶界線的生命觀」，這也是管管的金箍咒。孫悟空沒有肚臍，管管腹部則有「一村子的肚臍」，「一村子的肚臍」也等於沒有肚臍。打破「天地界線」、「人神鬼妖魔界線」、「人獸物界線」、「時空界線」、「質能界線」是孫悟空最大的本領，但他雖然精力充沛，對異性卻沒有欲望，對管管而言那是不可能的且不堪的，於是在語言中、在觀察事物的火眼金睛上，縱跳時空，挑釁界線，嘲笑其存在，即是「孫悟空管管」的看家本領。比如下舉詩例：

〈星期六的白星期天的黑〉[14]

一大早電臺就搶著報告號外

在郵政大樓院子裡那棵梧桐，昨兒晚上竟誕生了三片輝煌的
　　葉子

奇怪的是那三片輝煌的葉子的拳頭竟打破了七扇高貴的玻
　　璃窗

有人走著，他硬說他躺著

而那個睡著的男人的鞋子依舊在外面串門子

可是坐著還不走的鞋，據說就有坐著不走的鞋的瀟灑

　　有人親眼看見一群鳥白白叫汽車給嚇死

也親眼看見一架低飛的噴射機塞了一個炸彈給那個吃著香菸
　　的人的口袋裡

可是，誰也沒有看見那個小孩把三朵大便竟拉成一種挺好看
　　的樣子

有人拿著杯子

有人拿著天氣

有人就跑去大廟後面看有枚從越南散步過來的砲彈

有間房子裡砸過來一架鋼琴

有間房子裡嬰兒的啼聲差一點砸扁那個人的腦袋

可是，有個人把一條小街踩成寬寬的

又把一條大街踩成窄窄的

而且還踩進去一部份月亮

---

[14] 管管：《管管詩選》，頁88。

〈饕餮王子〉[15]

　　吾總想弄到一部製冰機　　然後吾用鞭子趕出一群海來
同吾妻愛吃的拌拌凍起來　　一個美麗的拼盤　　然後吾同妻
（她穿著小紅襖）　　殺著下酒

　　吾們切著吃冰彩虹　　把它貼在胃壁上　　請蚯蚓看畫展
把吃剩的放在胭脂盒裡　　粉刷那些臉　　再斬一塊太陽剮一塊
夜　　吃黑太陽　　讓他在肚子裡防空　　私婚　　生一群小小黑太
陽　　生一群小豬　　再把月和海剁一剁　　吃鹹月亮　　請蚯蚓們
墊著鹹月光作愛　　吹口哨　　看肉之洗禮　　把野獸和人削下來
咀嚼咀嚼　　妻說　　應該送一塊給聖人嚐嚐

　　然後把飛彈和衛星狠狠的凍住　　叫狗去咬他們尷尬的腿
把嘴和舞姿狠狠的凍住　　看他們尷尬的演技　　把皇帝和床
第狠狠的凍住　　看他們尷尬的耕耘　　床上可以收穫麥子　　把春
夏秋冬狠狠凍住　　看尷尬的時間　　看報喪的錶給自己唸祭文
　　於是　　吾們把憤怒憂鬱微笑連結起來　　吃　　吾們就雙雙
睡去　　然後隨便他們去聯合國或什麼地方喊冤
吾們是冰的兒子　　吾們是雪人
　　吾們知道　　吾們知道吾們正吃著太陽

上述兩首詩展現了管管「搬天弄地」、「化不可能為可能」的超現
實技藝，其底層是「看一切都不順眼」、非得把天上人間地獄大海
都翻攪一遍不可的孫潑猴特質。〈星期六的白星期天的黑〉一詩
中，對世間的黑白不分、是非善惡沒界線極盡嘲弄，詩人主觀所重

---

[15] 管管：《管管詩選》，頁26。

視的常非世俗觀點，好像有「千里眼」，可以見人所未見，推崇自然事物，諷刺人造事物，因此梧桐的三片葉可以很「輝煌」地砸破「七扇高貴的玻璃窗」，因此可以「看見一群鳥白白叫汽車給嚇死」、當然是「誰也沒有看見那個小孩把三朵大便竟拉成一種挺好看的樣子」、也當然有本領「把一條小街踩成寬寬的／又把一條大街踩成窄窄的」，詩人的心境起伏動盪劇烈、小中見大，非白即黑、大驚小怪、任意而行，十足潑猴撒野習性。〈饕餮王子〉一詩就更肆無忌憚，化諸行動，可以拉天搶地將之狼吞虎嚥，可以指點日月，把一切不順眼的都冰凍起來，「把飛彈和衛星狠狠的凍住」、「把嘴和舞姿狠狠的凍住」、「把皇帝和床笫狠狠的凍住」、「把春夏秋冬狠狠凍住」，去「吃冰彩虹」「吃黑太陽」「吃鹹月亮」，不把「偉大的事物」看在眼裡，並看盡他們如何醜態百出，這正是由年輕管管到老年管管「最不能管」、「管也管不住」的看家本領。縱跳不同時空、挑釁任何界線，嘲笑其存在，也正好與「管管」二字站在完全對立面。

2.藉打翻時空吮遍人間集萬物原力

管管說：「我對寫作看成一種遊戲，是兒童們認真的自願的沒有另外目的的那種遊戲。」這是純然天真爛漫、對世界充滿好奇、一切都跟自己一樣充滿生命力、把什麼都要放在嘴巴裡嚐的嬰孩的觀點，是自己與世界萬物無分別、生活與遊戲也無分別、自己即一切的那種「萬物即心」的最純粹的、初生之犢似的眼光。比如：

〈早晨這個孩子〉[16]

　　早晨這個孩子的臉是月的。而月的臉是潭的，小潭落葉，落葉掩住了月亮的腿。腿是斷柯，斷柯是荷莖。

　　荷莖上面是早晨這孩子的臉，早晨這孩子的臉，是隔壁王家的嬰兒，隔壁王家的嬰兒在母親的懷裡吸食著泉。

　　泉水淙淙，只因你吸食了母親之泉，你也就成了小小的淙淙的泉水，永遠捉不住自己名姓的泉水。淙淙淙淙地淙淙遠了母親，淙淙淙淙地淙淙去了遠方。

　　每天每天早晨有一群鴿子環著吾們的房子飛

　　竟然把這塊青空裝滿了翅膀

　　竟然把這塊青空飛得睜開了眼睛

　　竟然把這塊青空飛得挺漂亮

　　有人說早晨這孩子是把絨線衣圍著脖子騎在院牆上的月亮

　　有人說早晨這孩子是一隻大公雞

〈春天的耳朵〉[17]

蝴蝶　　拉著春天長長的耳朵

蝶來了

他把春天的耳朵

放在一株杜鵑花上

---

[16]　管管：《管管詩選》，頁90。
[17]　管管：《腦袋開花》（臺北：商周出版社，2006），頁15。

又蝶去了
杜鵑呢？
就愁得一瓣一瓣地撕她的頭髮辮兒

〈四月〉[18]
小雨們已經開始在嫩葉上練習跳板飛人了
準備去參加太陽馬戲團呢

那些在草地上放風箏的螢火蟲兒
並沒有帶走戀人掉在草上的悄悄話

有人說螢火蟲是是貓頭鷹的丫環
只是掌燈給老貓讀讀捕鼠的隨筆

「錯啦錯啦」蟾蜍說：「那是掌燈為我進晚膳」
螢火蟲笑笑說：「我只是挖夜這塊煤的礦工」

〈早晨這個孩子〉這首詩從早晨寫起，然後早晨＝孩子的臉＝月＝
潭＝嬰兒＝泉＝公雞，再加上中段後夾雜了鴿子＝翅膀＝眼睛，幾
乎無一物不充滿了新奇和自如轉換的可能。也不管所寫事物彼此在
天在地或在水、是大是小是圓是扁或是叫是流是跳的關聯性，自信
而任意指點，反而沒關係也似乎有了關係。〈春天的耳朵〉則是春
天的耳朵＝杜鵑花＝頭髮辮兒，〈四月〉則從小雨＝跳板飛人＝太

---

[18] 管管：《腦袋開花》，頁22。

陽馬戲團的角兒，到螢火蟲＝貓頭鷹的丫環＝老貓讀隨筆掌燈的＝蟾蜍進晚膳掌燈的＝挖夜這塊煤的礦工，幾乎無所不能的角色變換，就像還在地上爬行就已打翻一切時空秩序、哪管事物的大小圓扁、只想吮遍人間萬物的小精靈。他藉嬰兒原生的眼睛和身體觸碰，不停地警醒我們對尋常事物的輕忽和漠視，但其中可能充盈了生命幹細胞似的原力。

3.藉濃縮時空點燃綻放測度「性」能量

　　對管管而言，這一生沒什麼是需要避諱的，活得爽快、自在是他的最高原則。對被時代壓得喘不過氣來的詩人而言，古人常以「酒」澆愁，李白、陶淵明均如今，即使無以解決的「家愁」，比如五子均不長進，陶淵明也只能說：「天運苟如此，且進杯中物」[19]，好像所有的不愉快均可以「濃縮」為「杯中物」。此種轉移焦點、自我於酒中迷醉，正是「濃縮時空」如「掌中物」，以便逃竄其中重新釋放（縱放）的方式。本文上節曾提到，管管因要達到「降壓升溫」至「蹦躍的語言」之 g 區（見圖一），古人用酒（人造物），管管則用更自然的女人、小孩、自然、自身欲望等等，比如性（自然物）即是其常觸及的，管管那一代詩人都很少寫得像他那樣大膽，彷彿不滿和氣恨都可以「濃縮」在與異性碰撞的那瞬間、那一刻綻放。也因此，對管管而言，子宮和乳房是他的黑洞和白洞，即使狀若頹靡，其實是精力正旺、性壓抑不住的另一展

---

[19] 陶潛〈責子〉詩：「白髮被兩鬢，肌膚不復實。雖有五男兒，總不好紙筆。阿舒已二八，懶惰故無匹。阿宣行志學，而不愛文術。雍端年十三，不識六與七。通子垂九齡，但覓梨與栗。天運苟如此，且進杯中物。」轉引自玉溪師範學院「中國古代文學」網站之「陶淵明詩集」，參見http://jpkc-gdwx.yxtc.net/article_show_cata.php?cataid=64，2009年10月5日。

現形式。比如下舉詩例：

〈七絕〉之絕句1[20]
不小心，十六歲時身上長出來一枝槍來
從此他就成了槍瞠裡一顆子彈
射出來是一種危險
不射出來也是一種危險！
說出來是一種危險
寫出來更是他媽的危險
直到現在，還是在他媽的危險危險
危險呀，革命老在革命
射與不射都是危險
愛人同志這麼告訴吾

〈七絕〉之絕句6
當燈來了以後
可怕的時間也來了
如果沒有燈
就不知道有燈的可怕
如果有了燈
就不知沒有女子的可怕

---

20 引自瘂弦、陳義芝編：《八十六年詩選》，頁83-85。

〈老鼠表弟〉[21]

一群黑人自鼓裏舞出。踐踏你的腦袋。自二樓。自這扇被小喇叭吹碎的彩玻璃窗。舞出。這種推磨的臀。這種純流質的歌。這種月經的唇。溢在你張大牙齒的眼上。你的眼死咬住癌症花柳病。以及在高壓線之上。警報器之下。這種被起重機吊起的大乳。這種繫以緞帶的什麼什麼彈。

在廣告牌上

在樓與噴射機之間。你痙攣的臉。你拉長的喉嚨。你疲憊的鞋子

「救火呀……救火！」

終於輾斃你躲在陰溝裏的尾巴。一輛紅色車。

你逃。你逃進那門饕餮的大腿。在床與金錢地帶。

你祇監視錶面。哀求錶面。瞻望錶面。計算盤尼西林之後有幾c.c.真實自十五歲以後。你妹子就被新聞紙搧開。搧開你美麗的機器。為了機器和愛國你也去搶購賀爾蒙。

這是對的。自莓莓走後。這是對的。

在廣告牌下

靶場上子彈們正在用著早餐。（反芻著吃大菜的好年月）

且罵著菜單。且議論著價錢

戰車在嚼嚼草。嚼嚼野薔薇

砲在啜飲星。啜飲蝙蝠

刺刀在割麥子。收割野菊

鐵絲網在纏繞蔦蘿割裂風戀愛一匹海色

---

[21]　管管：《管管詩選》，頁24。

陣雨過後。只有一匹狗子在欣賞月色

在槍與墳墓地帶。應該贊成子彈。雖然都不夠吉利。

〈魚〉[22]

　　吾那一株垂著一頭長長柳條的十六歲之女孩。她就喜歡當著月亮的面脫光衣服。躺在草地上問吾：「奴與月亮孰美？」這叫吾說什麼好呢？誰都知道只有伊不知道，那天晚上吾是在面對著：

　　　　一個有著柳條之髮的

　　　　一個有著小樹之膚的

　　　　一個有著青果之乳的

　　　　一個有著一叢蒲公英之陰阜的

　　盛滿了水之陶瓶般的鼓鼓的月亮

　　每當這時我就去摘一帽子的野薔薇花。吻她一口，給她蓋上一朵野薔薇花；吻她一口，給她蓋上一朵野薔薇花：因為吾的女孩這時已被月亮曬熟而成為一枚桃子。吾怕雀鳥來啄呀。

　　祇等吾的女孩全身都蓋上了野薔薇花。最後，吾再來吻伊之雙眉，以及那一叢嫩柔柔的蒲公英。

　　然後，就把伊抱起來，丟進有著藻荇的溪裡去；讓溪水沖去伊滿身的月光；讓溪水沖去伊滿身的野薔薇。

　　讓伊成為一條有著長長雙腿的魚

---

[22]　管管：《管管詩選》，頁120。

〈七絕〉一詩的「絕句1」中說：「十六歲時身上長出來一枝槍來／從此他就成了槍膛裡一顆子彈」，「槍」（男性性器）明明是「他」長出來的，卻又說「他」「成了槍膛裡一顆子彈」（事實上每一精子的基因的確都是他縮小的分身），這是將自我濃縮其中，欲藉之脫逸而去的方式。「射與不射都是危險」，寫了自身的為難和矛盾，也寫盡天下眾生的為難和矛盾。〈七絕〉一詩的「絕句6」是管管善於詭辯的代表作，「當燈來了以後／可怕的時間也來了」，是說時間多出來乃由燈的發明所致，因此「如果沒有燈／就不知道有燈的可怕」，也等於說「不知道有了時間的可怕」，而「如果有了燈／就不知沒有女子的可怕」，是說「如果沒有燈／才知女子的可怕」，也因此或可以推論說「如果沒有女子／就不知道有女子的可怕」、「當燈來了以後／就不知女子的可怕了」，亦即燈是破壞者，「如果沒有燈，才知女子的可怕」是一件多麼美好的事，那時不必怕時間。此詩等於間接歌詠了女子，時空濃縮於一女子身上任其揮霍，不復有時間觀念是多麼愜意的事啊。〈老鼠表弟〉一詩中所寫的均與性有關，要救的「火」、要輾斃的「尾巴」，都是壓抑不住的慾望，那雖宛如站在「高壓線之上，警報器之下」，卻不得不去「搶購」，即使「在槍與墳墓地帶。應該贊成子彈」，此「子彈」與射精無異，詩寫來轉折極多，但充滿了激情與煽動的力道，將人類原始本能的力道展現無遺。〈魚〉一詩中十六歲的女子＝柳條之髮的女子＝小樹之膚的女子＝青果之乳的女子＝蒲公英之陰阜的女子＝陶瓶般鼓鼓的月亮＝被月亮曬熟的一枚桃子＝一條有著長長雙腿的魚，不論何者，女子均濃縮成溪邊溪上溪底的清晰可見的自然事物中的一部份（樹、花、草、月、魚），使女子身體與周遭一切溶為一體，卻充滿無比的激情和溫柔，將魚水

之樂寫得既真實又虛幻。

4.藉搬弄時空詼諧警世說世間真象

　　管管那一代詩人經歷的時空變化和心境轉折是史無前例的，從極落後到極前衛、從超慢速到超速度、從地上到天上、從荒野到繁榮，彷彿電影般，幻化無窮、變動迅捷，這在過去的歷史即使活上幾百年也難得見上幾分之一。也因此，流動過他們眼前的事事物多到不可勝數，再難得一見的明天也可能搭機就看到、或被送過來到你眼前公開展覽。如此景象，可說「無常之極致」，詩人自然有話要說，或對之有所心領神會。這時的管管應該是最正經的了，卻還是不怎麼正經，這時他很像濟公，非氓非丐、但還是要裝瘋賣狂、戲耍詼諧一番不可，其中卻隱含了世間的真象或真理。比如下舉詩例：

　　　　〈荷〉[23]
　　　　「那裡曾經是一湖一湖的泥土」
　　　　「你是指這一地一地的荷花」
　　　　「現在又是一間一間沼澤了」
　　　　「你是指這一池一池的樓房」
　　　　「是一池一池的樓房嗎」
　　　　「非也，卻是一屋一屋的荷花了」

　　　　〈夜之鼓〉[24]
　　　　冬夜如酒

---

[23] 管管：《管管詩選》，頁108。
[24] 管管：《管管詩選》，頁136。

躺在
　　深
　　　深
　　　　深
　　　　　地
　　　　　　底
　　　　　　　下
　　　　　　　　的
　　　　　　　　　甕
　　　　　　　　中
天地之間僅僅那隻更鼓
由
遠
而
近
由近而遠
急急的
敲著
（聽！譙樓上鼓打三更！）
漸
漸
漸
漸
那隻甕

被敲出

一個

洞

洞中流出的

是嬰兒的

一隻

驚啼

〈荷〉一詩是管管的代表作，被選入各種詩選中，也隱含了管管
「正經」與「不正經」的雙重特質，「正經」是他的赤子似的天
真，卻滿含了歷經滄桑的人生體悟和智慧，「不正經」的是他的
語言，是他任意撥弄時空和事物原樣出入的相關詞彙。此詩中形
容泥土、荷花、樓房、和沼澤的量詞「一地」、「一湖」、「一
間」（一屋）、「一池」卻拿來交錯形容，形成荒謬卻無理而妙的
景象，指出了事物的變幻無常，字彙少而旨意深，數十字勝過千言
萬語。〈夜之鼓〉一詩也充滿禪機，冬夜本難熬，詩人卻說他「如
酒」，藏在深深地底的「甕」中，無法任意取出，僅能由居高臨下
觀測的譙樓的鼓聲引動時間，直到把結果敲出，沒想到「洞中流出
的／是嬰兒的／一隻／驚啼」，期待的是甲（如酒或靈感），出現
的是乙（嬰啼），出乎意料之外，卻可能是完全不能預期的收穫。
不可預測正是人生真象。

　　管管另有一首長達千字的散文詩〈說一部『秋冬收脂後無疤
無節上等梨木乾隆版木刻大藏經』的閒話〉，由題目「收脂」（類
似減肥用語）、「無疤無節」、「閒語」等用語，即可預期管管又
打算用「不正經」的詩語來說「正經」的人生，而「正經」的人生

可能是「不正經」的政經社會現象，「不正經」的詩語可能指出的
是很「正經」的生命真象。即使本詩所說的「開雕」與完成年代與
史實略有出入[25]，也無妨視為管管「不正經」地硬要與「火燒紅蓮
寺」「香妃」等或野史或正史事件相連結的刻意動作。詩中要諷刺
的是，「正經」的佛經完成雕刻過程中不知主事者做了多少「不正
經」的苟當，因此詩的第二段說：

> 刻工四百五十人，個個皆是天下武林高手，集天下名刀於一
> 部大藏經上。一百卅一位高僧來校訂，不知有無校訂出字裡
> 行間雍正乾隆那雙血腥龍爪在字裡行間滴下的血腥，佛經裡
> 的「桃花扇」乎？

管管此段中「不知有無校訂出字裡行間雍正乾隆那雙血腥龍爪在字
裡行間滴下的血腥，佛經裡的『桃花扇』乎？」說的是：即使刻成
經的七萬塊梨木朽了腐了，只要有一絲不正經的手段隱於其中，皆
是可恥的。而倒數第五、六小段管管又說：

> 你要大藏經？還是要會開花會結梨的梨樹？你要古董還
> 是要活不了四百年的梨樹？
> 大江匆匆東去，浪淘盡了風流及不風流的人物。花與梨
> 很快便化為糞土，那七萬九千多塊骨董再住上幾個四百年也

25　此經全稱為《乾隆版大藏經》，又名《龍藏》、《清藏》，是清代唯一的官刻漢文大
　　藏經，清世宗雍正十一年（1733年）在北京賢良寺設立藏經館，十三年（1735年）正
　　式開雕。至清高宗乾隆三年（1738年）完成。全藏共收經1669部，7168卷，分作724
　　函。參見中國圖書網臺灣網頁http://www.bookschina.com.tw/Book_Detail/this.asp?book_
　　id=1052204，2009年10月5日。管管所述「開雕」提前兩年，完工則延後兩年。

將化為糞土。

因為「花與梨很快便化為糞土，那七萬九千多塊骨董再住上幾個四百年也將化為糞土」，說得真切無比，調皮地譏諷「不朽」的不可能，以及時間才是一切的核心，因此再多的掩飾（以刻大藏經掩飾不義）或堂皇的說詞（經典可永存），均終將不攻自破。詩末尾則說：「如今只見會殺人的昏君。未聞殺了人來刻大藏的皇帝。」「黃鼠狼生耗子一袋不如一袋！」到了近代，連「刻經」的皇帝也沒了，只剩一群殺人的昏君，顯然欲藉往昔時空點撥批判當下時空為政者的無能，在在顯現了管管的孫行者（見不得不義者）和濟公（點化頑靈不醒者）特質。管管一生便以「不正經」的手法數落了這世間無數看似「正經」卻一點也「不正經」的人間真象，卻又精準地直指核心所在，教陰影和黑暗無所遁形。

五、結語

管管的詩，有「正經」與「不正經」的雙重特質，「正經」是他的赤子似的天真，卻滿含了靈動跳躍的思維方式、或歷經滄桑的人生體悟和智慧，「不正經」的是他的語言，是他任意撥弄時空和事物原樣出入甚巨的相關詞彙。管管一生常以「不正經」的詩語數落這世間無數看似「正經」卻一點也「不正經」的人間真象。但他「不正經」的詩語可能指出的很「正經」的生命真象，而那些乍看似「正經」的人生可能是「不正經」的見光死之政經社會現象。本文首先即探討管管本性中那種在「正經」與「不正經」之間「不斷地逾越」之「敢」之「能」之「必要」的緣由，尤其是他童年那種

「沒有母奶界線」的成長過程，於世人眼光中是不可思議的，在管管此後的生活中卻不斷發生，從幼兒期到老年常常在發生。文中以莊子「不際之際，際之不際」（沒有界線的界線，有界線也等於沒有界線）的觀點，看出他一生都在尋找「沒有母奶界線」的人生。

　　此文另以「語言三相圖」看出管管處理他眾多題材最好方式就是「降壓、升溫法」。這是管管的詩中會詠物、寫女人、小孩、自然、自身欲望等題材特別多的重要原因，如此就較易投入更多生命熱力，天真搞笑、裝瘋賣傻、自我嘲諷、笑淚俱出，而達到「降壓升溫」至「蹦躍的語言」區域。如此即使對時代有所不滿、批判、控訴、甚至訐譙，也都儘可能會與上述題材聯結，如此才能保証管管風格不會偏移。

　　他喜愛的事物都不具侵略性，都愛自由自在、奇思幻想，有想回到一切原初的原力，他是「孫行者」、「嬰兒」、「少年」、「濟公」的集合體，都有「打破界線」的本能和欲望，也是他們彼此之間的相互角力。本文最後即從1.藉縱跳時空挑釁界線嘲笑其存在、2.藉打翻時空吮遍人間集萬物原力、3.藉濃縮時空點燃綻放測度「性」能量、4.藉搬弄時空詼諧警世說世間真象等觀點，分別舉例討論他詩中「孫行者」、「嬰兒」、「少年」、「濟公」等角色特質的時空意涵。但硬要分哪首詩有幾分「孫悟空管管」或幾分「嬰兒管管」或幾分「少年管管」或幾分「濟公管管」，其實並無太大意義或樂趣。僅能說他青年期的作品「氣盛的少年管管」成分多一些，「少年老成」的「濟公管管」也多一些，中老年的作品反而「天真的嬰兒管管」多一些，而天不怕地不怕穿越一切界線的孫悟空本領則貫串其一生。

持「序」不斷
——瘂弦書序中的虛靜美學

摘　要

　　瘂弦的第一首詩〈我是一勺靜美的小花〉的題目「一勺」、「靜」、「美」等字，就隱藏了中國傳統傳遞下來的「虛靜美學」的訊息，瘂弦可說自寫詩起，早已不自覺地承繼了這樣的傳統，並於「半知半覺」下歷經西方文化的洗禮，因而創新了傳統，他的詩、詩論、與美學思維均可作如是觀。本文由他早年與友人季紅的來往信函，探討其「詩的未竟之業」及「編輯的偉業」間與其如何在「大引力的人間」建立「保持『真我』之道場」的關係。並由厚近七百頁、收八十二篇書序的兩冊《聚繖花序》中看出「對待社會方式」是文人有「狂放型」與「謙沖型」之分野所在。此文並以之與「虛靜美學」中的兩路徑及西方「崇高」的思想做一較比，由此得知「激情」與「悲壯」間奇妙的「均衡」是其心目中文人精神卓越的典型。通過此「均衡觀」或「平衡觀」，瘂弦因而提出了「美思力三質素說」（藝術性、創造性、思想性）、「三因說」（自因、共因、他因）、「三層界說」（小我、大我、無我）等等文藝美學的思維，此思維均與「虛靜」傳統的兩路徑、及西方「秀美與崇高」等美學思想有關，並通過文學場域的實踐而

能由其中重新體悟、創發而得，最後並列表說明其文藝美學思維間
的相互關係。

關鍵字：瘂弦、虛靜、平衡、三層界

一、引言

　　瘂弦是臺灣、乃至兩岸新詩史上的一則傳奇，他三十歲前後的詩創作僅留下了一本詩集，卻為臺灣詩語言的現代化創造了一個高峰，他詩中出現的「兩個遠方」（大陸與西方）[1]比他同時代的詩人都要走得「遠」，出現在他詩中的「現代事物」比他同時代的詩人也多了很多，甚至比後起的諸多詩人都要來得「現代」得多。他的詩是「從上帝那裡借來的語言」[2]寫出來的，卻在1966年戛然停筆，從此「絕唱」，留下海內外讀者和評論家的「不解」和「深為惋惜」[3]。

　　然則他雖然從做一個「狹義的詩人」（寫詩的詩人）回到做一個「廣義的詩人」（讀詩而生活有詩意的人），[4]對詩的認真是始終不渝的，雖曾自嘲是「五、六十年代臺灣現代詩的活化石，也是寫詩朋友中未能貫徹創作導致藝術生命衰竭的一個病例」和「文學老病號」。即使有一天恢復創作，重作馮婦，還是要寫「現代詩——現代主義的詩」，並稱自己「是一個無藥可救的現代主義者，衣帶漸寬終不悔，對於早年秉持的文學理想我仍然堅守不渝，那是一種自我期許，也是從沒有一日或忘的未竟之業」。[5]我們當然可

1　白靈：〈桂冠與荊棘—全球趨勢下臺灣新詩的走向〉，見《桂冠與荊棘》（北京：作家出版社，2008），頁12。文中將臺灣新詩六十年依其特徵簡分為「兩個遠方」、「兩個鄉土」、「兩個詩壇」三個時期。

2　陳芳明：〈哀麗的深淵曲〉，《聯合文學》第288期，2008年10月，頁7-11。

3　李元洛：〈清純而雋永的歌〉，蕭蕭主編：《詩儒的創造》（臺北：文史哲出版社，1994），頁37。

4　瘂弦：〈一日詩人，一世詩人〉，見鄭石岩等著：《生活處處是學習》（臺中：晨星出版社，2001），頁178-208。

5　瘂弦：〈從文學評論到文化評論〉，見瘂弦著：《聚繖花序II》（臺北：洪範書店，

以相信他所說的「不是說不認真所以不寫了，而是太認真不敢再寫了！」、「所以對於詩的愛好，除非你沒有接觸、沒有深入，深入以後大概終其一生都不會改變對詩的重視，而且會把詩放在第一位，其他的文類都是居於次要地位」[6]，這幾段話可說是他對詩忠誠一生的「誓言」。我們從他1980年至2004年所寫的厚厚近七百頁的兩冊《聚繖花序》也可看出他對詩的情有獨鍾。此書收入了八十二篇為老中青三代文人所寫之書序，計有詩集序三十二篇、散文二十六篇、小說八篇、藝術論述十六篇，光詩就占了一冊的篇幅。而他的每一篇皆非短製之作，下筆即常長達數千言，都寫得認真到不行，均非輕鬆應付，而是篇篇都在痛苦中、花長長的數月或半年甚至一年才寫就。而八十二篇中竟有七十篇是在他擔任忙碌的聯合報副刊主編生涯（1977年10月至1998年8月）中完成的。

在他從上尉才要升少校軍官，離其初步在《幼獅文藝》的編務生涯（1969年3月起）尚有五年的1964年，即在寫給季紅的長信中（約兩千字）談及詩人不能「祇啖果子而不種果樹」，「因為要在『取』」後有『予』，因為要盡那份文化傳遞的『責任』」，「只要能抱著『無心插柳柳成蔭』的心情，無所為而為的態度」，就能在煩擾與喧囂中「保持一己鳳凰的獨鳴」，「在『一切引力中保持一個真我』」[7]，這些話早已展現了他願「在『取』」後有『予』」、「為別人種樹」、「無所為而為」[8]的人生觀，和如何在世俗煩擾中保持「獨鳴」和「真我」的處世哲學，卻已顯然為自己往後數十載歲月下了標注。近七百頁的兩冊《聚繖花序》或許仍

2004），頁332。

[6] 瘂弦：〈一日詩人，一世詩人〉，見鄭石岩等著：《生活處處是學習》，頁181。

[7] 見張默編：《現代詩人書簡集》（臺中：普天出版社，1969），頁212。

[8] 此信寫於1964年5月13日，升少校是6月之時。

不算是他「未竟之業」的一部份，卻可以視作他「種果樹」、「在『取』後有『予』」的最具體表現，更是他「保持一己鳳凰的獨鳴」、「在『一切引力中保持一個真我』」的一種方式。但在季紅看來，「社會我」（一切引力）與「藝術我」（真我）很難並存、世代之間也無「取予」的必然關係。瘂弦在與季紅的爭辯中，季紅似乎預見了「社會我」對瘂弦「藝術我」的壓抑，瘂弦卻仍要「無所為而為」、「盡那文化傳遞的『責任』」，季紅採「退」以保持「真我」，瘂弦採「進」卻欲「在『一切引力中保持一個真我』」。一個近乎「逸離」、「化外修行」，最終不知踪影，一個試圖「動態平衡」地在「人間」建立「道場」，保持一個「不滅之真火」，其結果是使詩創作成了「未竟之業」，但最終是引領台灣文壇在1987年解嚴前後創造了「空前絕後」的「文學副刊」乃至「文化副刊」的輝煌史，也同時寫下了文化界恐怕是最多的、近五十萬字的書序。季紅與瘂弦兩人不同的「修行模式」和表現方法，似乎與文化傳承中的「虛靜美學」的不同取向有若干牽連，而「虛靜」的「真我」所包括的範疇、以及瘂弦心儀的「真我」究竟為何，本文即試圖由兩冊《聚繖花序》中的論述內容去驗證瘂弦「在『一切引力中保持一個真我』」的可能和其意涵。

二、狂放型、謙沖型、與練人

《聚繖花序》分成I與II集，共厚六百七十二頁，2004年6月出版，分成四卷，這些書序（也包含導言和跋）涉及了文藝的各個領域和老中青三代的作家和藝術家。I集為卷一的「詩與詩論」，討論了包括沙牧、梅新、張默、莊因、向明、夐虹、尹玲、蕭蕭、杜

十三、陳義芝、杜十三、陳家帶、鴻鴻、金良植（韓）……等近三十位詩人的作品集、詩論集、或編選集，以及由其主編的《當代中國新文學大系》、《聯副三十年文學大系》、《八十一年詩選》、《八十六年詩選》的前言或導言。II集收了卷二至卷四，卷二的「散文」有張曉風、三毛、席慕蓉、黃碧端、漢寶德、林燿德、楊蔚齡、梁實秋、保真、無名氏、李家同、丁果、曾麗華、許世旭、侯吉諒、周腓力、羅任玲、何瑞元……等二十餘位作家的散文作品論述；卷三的「小說」有衣若芬、黎錦揚、於黎華、無名氏等的小說作品集和聯合報書系的四本小說選集的論評；卷四的「文學藝術論述」包括了曾永義、鄭樹森、李惠芳、韓舞麟、孟樊、康白、金士傑、高全之等的學術、繪畫、戲劇、世界文壇等領域的作品集，及《聯合文學》「戲劇專輯」、「戰爭與文學專號」、「愛情文學專輯」、「高陽歷史小說專頁」等的前言或導言。他的序言總從如何與人「互動」或如何由此領域「受惠」、千絲「牽連」萬縷「往還」開筆，常常旁徵博引，筆筆沾滿情誼、儒雅敦厚，顯然篇篇下了真情、下了工夫。比如他曾帶著杜十三的詩集《地球筆記》到印度恆河邊，「遵照十三的囑附把河中聖水潑灑在詩集封面上祈福」[9]（1986年）；比如當他寫到三毛時更是語語情真意摯，說「朋友們也常說我是寫信最勤的一個人，但是要跟三毛比起來恐怕那還差了一大截呢」[10]並舉證了一堆事例，說三毛的死「是為了她的文學事業、她的朋友、為了社會公益、心力交交瘁而死！除此之外，沒有別的理由」，而且還要包括她的朋友、文學界人士、「甚

---

[9]　瘂弦：《聚繖花序I》（臺北：洪範書店，2004），頁73。
[10]　瘂弦：《聚繖花序II》，頁94。

至心理學家們」的大家「一起來支持這個論點」[11]（1993年），他這些舉動、對待朋友的熱心熱情等之點點滴滴，多少可由他兩厚冊的書序中略為窺見。

　　但這些序言除敘述了與作家間的良好互動和情誼、對新世代作家的挖掘和力薦外，對老作家作品未受重視的大聲疾呼（比如無名氏的長篇鉅製）[12]，更重要的是在行文中還涵蓋了：1.文學史料的整理、濃縮、和提煉（比如現代詩抒情傳統、散文、小說、極短篇、報導文學、戲劇、歷史文學、民間文學等等的歷史回顧、當下現象、未來展望均深入博覽、研究、匯集、和期待）；2.文化傳統的承接、傳遞和超越（比如鼓勵人學習杜甫「虛待博覽」、「從『吸收傳統、反哺現代』著眼」[13]，比如認為「在巨人的影子下，永遠長不出一個壯大的自己」、「要把巨人吞進肚裏，才能誕生出活潑潑的文化新生命！」[14]）；3.人文在科技社會「逆流而進」的堅持和可能路徑（比如提及「吾人要想把科技的枷鎖掙脫，必須要透過哲學的反省、批判和轉化，在冰冷的科技理論模式裡注入哲學的溫熱，重建一個有意義的人文世界，在科技與人文兩者之間，找出平衡的融合基點」、又說「有中國傳統文化做我們的後盾，我們敢於『逆流』而進！只要我們回歸自然，解除科技的羈絆，把文化、藝術活動落實到現代生活，我們就可以在鋼筋水泥的叢林中種植文化」）[15]；4.文學理想的期許和建言（比如1998年他為現代詩「織夢」時提出了「五點芻議」：「批評制度的提昇」、「中國詩

---

[11]　瘂弦：《聚繖花序II》，頁97。
[12]　瘂弦：《聚繖花序II》，頁147。
[13]　瘂弦：《聚繖花序I》，頁80。
[14]　瘂弦：《聚繖花序II》，頁128-129。
[15]　瘂弦：《聚繖花序II》，頁228-229。

學的建構」、「現代詩劇的編製」、「新詩音庫的創設」、「電子網路的開發」等）[16]；5.文藝美學的思維和建構（比如「美、思、力」三質素說的提倡、「自因共因他因」三因說、「小我大我無」三層界說的追尋）。4、5兩項是其中最可注意的，尤其對文藝作家的類型、其心儀或理想的作家典型、「練人」的重要、文學不同境界的價值和意義、以及文學質素的可能品評標準等等的論述，由這些內容最可看出瘂弦一生行事風格和其詩風文風的一致性，也為文學界提供了積極的、有用的、良性的思維方向。

其中好幾篇書序均涉及文藝作家類型的議題，比如他曾於〈文人與異行──懷念沙牧〉一文（1986年）中提到，文人、藝術家「對待社會的方式」有兩種傾向：「一種承認社會的現狀，處之以和諧的態度；另一種則帶有排拒、抗議的色彩」，並將前者歸為隨和的「哥德型」，後者歸為狂狷的「貝多芬型」，並說張大千屬前者，齊白石屬後者，「從唯美的角度看，自然是貝多芬與齊白石較富詩意，也浪漫得多」。且自己在少年時對哥德「有幾分不屑」，直到成年以後，讀了他的「浮士德」，其「形象才偉岸起來，也才明白了哥德平易性格中崇高的一面」[17]。而成年後哥德的「平易而崇高」正是瘂弦心目中的文人藝術家典型的「初模」。

他在〈為永恆服役──張默的詩與人〉一文（1988年7月）中則再提出「非理性藝術家」與「理性藝術家」兩種措辭更強烈的典型，前者舉福克納的嗜財、孤傲、難以親近為例，後者舉胡適與俞大綱的平易近人為例，說：

---

[16] 瘂弦：《聚繖花序I》，頁225-233。
[17] 瘂弦：《聚繖花序I》，頁67。

當年俞先生的辦公室，每天座無虛席，全是來訪的年輕人，俞先生和他們談詩論文，從不厭倦，遇到特別值得栽培的，更是提拔呵護，盡心盡力，新一代如史惟亮、楚戈、林懷民、郭小莊都是從他的門下成長的。

對於這兩種藝術家，我比較心儀後者。當然，從純粹文學藝術的立場來看，作品才是唯一的標準，但就整體的意義來觀察，我更欣賞後者。以詩人為例，我就覺得應該先做好「人」，才能做「詩人」，因為詩是人格的呈現，是人類良心的代言人，也是人類靈魂最崇高的象徵。特別是中國，自古以來對詩人的要求，就是人格與風格的統一性；如果人格與風格分裂、甚至背道而馳，總是美中不足。因此，對第一種藝術家，只要親近作品就可以了：至於第二種藝術家，除了欣賞作品，更重要的是親炙他的人，從言談、風采中體會更多的精神美質。所謂如沐春風，只有面對本人才可能產生這種境界：而當人的魅力與作品的魅力交相融匯、印證時，那真是讀者作者之間最美妙的經驗了。[18]

「人的魅力與作品的魅力交相融匯、印證」是他所「心儀」的，呼應了前面提過的「哥德型」的「平易而崇高」，似乎也為自己的「文學和人格傾向」作了註腳。

其後他又在〈意趣詼諧，興味雋永——小論周腓力散文的敘述風格〉一文（1988年12月）中再度提出更具體的「文人兩類型」：一類是「狂放型」的，「自我意識非常濃厚」，「他們的作品在茫

---

[18] 瘂弦：《聚繖花序I》，頁88。

茫紅塵中有一種提昇的力量，教人心生嚮往」；一類是「謙沖型」的，「他採取低一點的姿態，以幽默自嘲的方式來表達他的看法和情感」、「我們通常覺得又親切又喜歡，因為幽默風趣彷彿天籟，為苦悶的塵世帶來許多人生的趣味」[19]，前一類舉屈原與紀弦為例，後一類舉金聖嘆、林語堂、梁實秋為例，但迄1988年止「謙沖型的幽默文學始終沒有很好的表現」。

可見得瘂弦雖多次作了上述文人類型的分類，但似乎能入榜「真正狂放型」或「真正謙沖型」的文人仍然有限。這一方面顯示人的複雜度，除了極少數人，很難那麼「兩極化」、或「絕對地」加以歸類，總是「此多彼少」或「此少彼多」的傾向；另一方面恐也與年齡、經驗、時代環境、人生歷練、生命體悟有關，也有「與時推移地」由年少時的狂狷激情「修練」成中老年的謙沖有禮的可能，只是其性格最底層的「傾向」恐仍難有大幅度變化。

之後在他即將離開「三十載編輯枱」的那一年（1998年）於〈學院的出走與回歸——讀陳義芝《不安的居住》〉一文中終於說了作為一位「看盡文壇風華與滄桑」的老編的深深感慨和建言：

> 新的觀念是：一切從生活出發，從人出發，與其去找詩，不如去找人，人的更新，就是詩的更新!或曰：練字不如練句，練句不如練意（意境），練意不如練人；從人到意，從意到句，從句到字，形式出現，風格誕生![20]
>
> ……今天的詩奇則奇矣，玄則玄矣，可就是不親和、不「可愛」，用一句老掉牙的話來說，就是無法引起普遍的共

---

[19] 瘂弦：《聚繖花序II》，頁65-66。
[20] 瘂弦：《聚繖花序I》，頁214。

鳴。一首只見技巧、不見性情,只見形式賣弄、不見情感內
涵,只見詩,不見詩人的作品,讀之何益?[21]

既說「練人」、「更新」,即表示不論「謙沖型」或「狂放型」均
不可驟得,而須經一番「修練」而成,尤其是「平易而崇高」的
「謙沖型」。而「人的更新,就是詩的更新」、「練句不如練意
(意境),練意不如練人」、「只見詩,不見詩人的作品,讀之何
益?」這是「敢於」「勇於」棄詩創作而從事了三十載編輯生涯的
老詩人語重心長鼓勵後進的肺腑之言,值得從事文學藝術創作者警
惕與思考。

三、真我、悲壯、與虛靜美學

　　上節提到瘂弦將文人、藝術家分為「狂放型」與「謙沖型」兩
種傾向,是由於他們「對待社會的方式」有的「帶有排拒、抗議的
色彩」,有的「承認社會的現狀,處之以和諧的態度」。這樣的論
述其實可往前追溯到當年(1960年前後)季紅要自詩壇「隱退」的
例證,即約略可看出其後三十多年瘂弦所作的選擇皆與其「對待社
會的方式」有關。

　　那時最早寫信勸季紅不要「悄然地隱退」的友人應該是張默,
且語帶「威脅」希望季紅把「詩之諸貌」的稿子寄下,「我將等
著,一直等到你寄來,否則『創世紀』這期是不會面世的」(1960
年4月19日張默致季紅信)[22]。而瘂弦則對季紅說眾人努力了十年,

---

[21] 瘂弦:《聚繖花序I》,頁215-216。
[22] 張默編:《現代詩人書簡集》,頁330。

已對新詩「有了好的影響」、「使我們不知不覺地走進了歷史……你怎可以撥馬而回？棄我們於不顧？」、「『停止一切可見的活動』，未免太可惜了」（1964年5月13日瘂弦致季紅信）[23]，瘂弦在這封長信中，唯恐季紅的「消極不為」是受「比儒家的哲學更接近純粹，或更為哲學」的老莊哲學影響，因此批評他們「高則高矣，純則純矣」，但若人人清靜無為，「人類的文化將何以延續？」：

> ……我無意反對老莊，事實上老莊的世界恆予我極大的引力，特別是作為一個現代人，一個社會人，一個政治生活中的個體。老莊的世界之甘甜美好誰不羨慕？但那是宿命了的不可能，止於思想階段，影響生活態度則可，完全「代入」實際生活則不可。[24]

其後瘂弦於此信中提出他的建言和期望：

> 問題的關鍵在於詩人對這些所持的態度為何，只要能擺脫「強烈之引力」，只要能抱著「無心插柳柳成蔭」的心情，無所為而為的態度，不「捨我趨附」，詩人仍能在燕雀嘈嘈的喧囂中，保持一己鳳凰的獨鳴！詩人仍能在「一切引力中保持一個真我」。事在人為，問題沒有那麼絕對，季紅，季老大，你又何必如此「悲壯」？（一笑）[25]

23　張默編：《現代詩人書簡集》，頁213。
24　張默編：《現代詩人書簡集》，頁212。
25　張默編：《現代詩人書簡集》，頁212。

季紅於1964年的5月18日回了瘂弦約三千字的長信，還畫了兩張圖，信中強調了「我思，我寫，因其使我愉悅」：

> ……我並非真地要回頭走，和朋友們背道而走，而是暫時地，表象上地暫時歇歇。……倘若我是光，這光仍在點亮，亦未蒙在斗裏，它祇是自己在亮著，而不有意高抬，而不作某種自許，或與別的光爭亮。我思，我寫，因其使我愉悅；我將它們發表也望它們能使和我有同樣心境的人愉悅。倘若藝術有它的社會功用，這便是我們所期望於它的唯一的社會功用。——這便是我的發表觀。[26]

其後是有關「寫作不應是一種責任，倘其被置於責任之鞭笞下寫作便無意義，縱令其能發生巨大的社會影響」，以及寫作的「社會意義」是次要的，「使人生喜悅才是重要的」，而且「不能把我們喜悅的基礎建築在欲望的污泥上同時又建築在藝術的純美上」。由此而導出「藝術之中沒有責任，因為藝術家（真我）本不欠人什麼」的看法。季紅此封長信的後半則是對社會人與自然人（真我）提出區隔，說「真我於孤獨清醒中見之，社會我於忙碌應酬中見之。真我的樂趣在觀照，在於洞見，在於靈魂舒展的甘美；社會我的樂趣在於利祿、在於聲色、在於軀體短暫的刺激」，即使「社會我在履行其社會責任時可提供真我以作為一個藝術家所需的體驗材料」。末了，季紅語氣稍有轉圜，說：

---

[26] 張默編：《現代詩人書簡集》，頁20。

> 我也並不認為發表即不能保持真我。我也並非永遠不再發
> 表，只是暫時歇歇而已，阿弦，何必因此而悲壯呢？[27]

一直到1966年8月2日季紅給張默的信中仍強調詩人不應陷於「譽之欲」（「每個人皆『欲』有所成，這欲是好。但每個人皆欲成名，成為『大詩人』，這欲就值得分析」）中、強調「光榮地生活」的重要、強調「多作思考而趨於純粹」的重要。[28]由此看出季紅「獨善其身」「孤獨清醒」「舒展靈魂」的渴求和必須「排斥應酬利祿聲色」才能保有真我的人生觀、以及「使人生喜悅」「藝術家沒有社會責任」「為藝術而藝術」的創作觀；而瘂弦則強調「兼善天下」的「使命感」，若不「捨我趨附」、「無所為而為」則自能「保持一己鳳凰的獨鳴」、「在『一切引力中保持一個真我』」的人生觀，以及「藝術家有取予責任」「不能清靜無為」無妨「為人生而藝術」的創作觀。

在上述瘂弦與季紅的一住一來的信件中，瘂勸季「事在人為，問題沒有那麼絕對，季紅，季老大，你又何必如此『悲壯』？」結果季也回勸瘂「我也並非永遠不再發表，只是暫時歇歇而已，阿弦，何必因此而悲壯呢？」瘂弦先而季紅後都使用了同一辭彙「悲壯」二字。表面上「悲壯」二字或如瘂弦在一場演講上所說是那時詩人間的流行語[29]，但也顯然與那時代戰亂剛過人人創傷未癒心中

---

28 張默編：《現代詩人書簡集》，頁25-26。

29 當年流行語「悲壯」二字見於瘂弦下列這段話：「詩人甚至溺愛他的民族語言，愛到溺愛的程度，創作了好多新的語言，豐富了我們的日常語言。譬如說，……一個人失戀了，我們說，哎，你老兄何必那麼悲壯呢，天涯何處無芳草啊。這不是引的古人的詩嗎？所以這就是說它已經變成我們生活語言的一部分了。詩人從實際生活裏提煉語言，再把更好的語言還諸給社會。」參見2005年11月12日瘂弦在廣西師大中文系的演講「人人都可以成為詩人」見http://blog.sina.com.cn/s/blog_48d2efdd010004zd.html。2011

重石未落的整體感受有關。此時二者雖套用流行語，唯意義稍有不同，瘂弦或因季紅有「藝術的潔癖」、要「純粹」「光榮」地生活而「暫時」隱退，因而形容其何必如此「悲壯」地離眾而去；季紅或因瘂弦強調發表也是「取予」的社會責任、只要在「在燕雀嘈嘈的喧囂中」保持清醒、「盡那文化傳遞的『責任』」、「在『一切引力中保持一個真我』」，即宜繼續向前推進，但季紅自認為不可能做到而勸瘂弦不必再勸，即返身回勸其不必「因此而悲壯」、難過或難受。季紅雖有調侃之意，恐也認為瘂弦能「在『一切引力中保持一個真我』」是一種「悲壯之舉」吧？但此後兩人一離開詩壇、一自此使詩創作「絕唱」、成為「未竟之業」，轉而奉獻文壇文化事業數十年，如今看來，均可視作「悲壯之舉」吧？比如瘂弦下面這兩段話或可佐証：

> 我後來把報紙副刊的工作提高到很高的位置。我不太喜歡人家說編輯是為人作嫁，我覺得編輯本身是個事業，是個偉業，是個勳業，是個霸業。我當時提三軍路線：論說的文字是在探討真理；報導的文字是在反映真相；抒情的文字是在教人真情。三軍路線要創造一個紙上的北大。我們希望激進的、保守的各種不同思想者通通在這個副刊上出現。……
> 我在副刊上下的功夫比我在詩方面下的功夫還大。我就是要做一個犧牲者，做一個文學的傳道人。我寫了很多的信，那個信寫的可怕。那個時候電腦還不流行，一天要寫二三十封信，寫信的對象不一定是大作家，也有高中學生，

年3白22日查。

只要投稿，寫了我的名字的這個稿子，我一定會回他幾句
話。[30]

瘂弦從事編輯生涯前寫的詩包括了盲婦、瘋婦、修女、水手、戲
子、軍人、小丑……等，皆與時代的不幸、人生的悲劇有關。那時
瘂弦說「詩人的全部工作似乎就在於搜集不幸的努力上」[31]，其後
投入其中則說「編輯本身是個事業，是個偉業，是個勳業，是個霸
業」、要「三軍路線」（真理／真相／真情）齊出，「下的功夫比
我在詩方面下的功夫還大。我就是要做一個犧牲者，做一個文學的
傳道人」，這些話說得很像「殉道者」似的，但無論如何是「悲
壯」的，也印證了1964年他在給季紅信中所說的那些豪語。更呼應
了他三十餘載後所說「心儀謙沖型」文人的例証。

　　我們由事隔三十餘年後的瘂弦所寫之《聚繖花序II》中可以找
到「悲壯」二字代表的意義，那是出現於為李家同寫的書序中：

　　臺灣文壇一向缺乏道德感高的作品，也就是題旨崇高的作
　　品。在美學上，崇高和秀美本是兩個相對的存在，並無所謂
　　高下之分，但一個文壇如果秀美有餘崇高不足，那就像一條
　　龍沒有龍骨一樣，總覺欠缺力度。不過這裡所說的崇高，並
　　非指物質形式的巨大雄偉，而是指精神品質的超邁卓越，體
　　現在思想行為上，便是道德風貌，也就是一種明知不可為而
　　為之的「英雄激情」，一種勇敢面對一切橫逆的悲壯。激

---

[30]　見瘂弦：〈我是怎麼寫起詩來的？〉演講稿記錄，參見網頁http://www.wretch.cc/blog/
　　　weixiong1215/8688545，2011年3白22日查。
[31]　見瘂弦：〈詩人手札〉一文，《瘂弦詩集》（臺北：洪範書店，1981），頁233。

情，是浪漫與放歌；悲壯，則是虛靜與俠隱。這兩種氣質，
同時存在於李家同的作品中，經過文學的演義過程，產生了
奇妙的均衡。[32]

由於「秀美」（beautiful，又譯優美）與「崇高」（sublime，又譯
壯美或宏壯）、乃至「悲壯」（tragic）等在美學範疇中眾說紛紜，
有的只討論「秀美」與「崇高」，如較早的柏克（Edmund Burke，
1729-1797）、康德（Immanuel Kant，1724-1804），康德又將「崇
高」分為「數的崇高」與「力的崇高」[33]；有的從「崇高」引出
「客觀的」為「自然的崇高」，「主觀的」為「人格的崇高」、
以及「主觀與客觀的崇高」為「悲壯」，如禾爾開特（Johannes
Volkelt, 1848~1930）。有的則將「悲壯」自「崇高」分離出來，認
為「無衝突的美」為「崇高與秀美」，「衝突的美」又分為「悲
哀」（內在的解決之美）、「滑稽」（自我隱瞞以解決之美）、
「悲壯」（超越衝突的解決之美）、「幽默」（由內在的與超
越的綜合的解決之美）四種，如哈爾特曼（Eduard von Hartmann,
1842~1906）。在姚一葦的《美的範疇論》一書中，也將「崇高」
與「悲壯」分屬於不同的範疇，前者屬於量的、美的基準的，後
者屬於質的、非美的基準的（美的卓越）。但因量與質有關，二
者仍有其本質上依存的聯繫。姚一書是先引藉波桑葵（Bernard
Bosanquet, 1843~1923）「狹義的美」與「廣義的美」的審美觀念，
以「純粹快感」設定「美的基準」，此時可依量的大小分為「崇

---

[32] 瘂弦：《聚繖花序II》，頁156。
[33] F. Copleston：《西洋哲學史（六）—盧梭到康德》（陳潔胡、關子尹譯，臺北：黎明
文化，1993），頁484。「崇高」此書譯成「壯美」。

高」（即壯美）與「秀美」（即優美）兩範疇；並以「快感中羼入了諸如恐懼、痛苦、哀傷，甚至不快適的情緒」而設定「非美的基準」，此時可依質的變化而分為「悲壯」與「滑稽」兩範疇。上述四範疇乃「普遍的型」，若再加上「異常的型」（非正常型態）之「怪誕」與「抽象」兩範疇，則共有六範疇。[34]「秀美」與外在的調和、圓滿、纖小、與可愛有關，「崇高」與自然及藝術之無限、巨大、有力、可敬之性質等有關。但「悲壯」與「滑稽」則無法在人以外的自然物中找到，姚書指出「此兩類藝術所表現的係人自身的問題，表現其意志、性格、行為、與遭受，表現其所作的肯定與否定，表現宇宙觀、宗教觀、或道德觀，更表現出其自身之人格價值」[35]，因此自「秀美」到「崇高」到「悲壯」，可說是由「量變」（秀美至崇高）到「質變」（崇高到悲壯）的過程，呈現了人之精神價值與人格價值之依存、肯定、與提昇。

瘂弦文中所說的「崇高」，包含了「激情」與「悲壯」，顯然採取了上述有些美學家將「悲壯」仍納入於「崇高」的說法。瘂弦說此時的「崇高」有可能是「英雄激情」似的浪漫與放歌，也有有可能是「悲壯」感強烈的「虛靜與俠隱」，前者是「面對」，後者是「超越」。此時又不盡然能將「英雄激情」全歸於與美學中與「昂揚奮發」有關的「崇高」（有「熱情的崇高」、「壯麗的崇高」、乃至帶有宗教神秘感的「聖潔的崇高」，表現為生命力或意志力的偉大，但較傾向於「無衝突」的力的美）[36]。反而「悲壯」感強烈的「虛靜與俠隱」定然與「衝突對立」有關，此時悲壯被定

34　姚一葦：《美的範疇論》（臺北：開明書店，1982），頁6-10。
35　姚一葦：《美的範疇論》，頁9。
36　姚一葦：《美的範疇論》，頁80。

義為「來自吾人自覺或不自覺地在面對生存環境與諸般與人類為敵的勢力之衝突中所生的行為或反應」「所流露出來的宇宙觀或人生觀」、「情緒之刺激為痛苦而非歡娛，同時此種行為必具現意義，即對於人生之態度與哲學」[37]。他與季紅為保有「真我」，路數雖不同，但文化特質中為「純粹」而努力之「虛靜專一」的意志和決心是相同的，「悲壯感」受時代影響也相近，但因個性和「對待社會方式」的方向有異，季紅選擇了拒絕和「隱退」，那麼把編輯事業當作「偉業、勳業、霸業」、「下的功夫比我在詩方面下的功夫還大。我就是要做一個犧牲者，做一個文學的傳道人」的瘂弦則應該是想藉寫李家同的序說出取得「奇妙的均衡」（詩創作悲壯式地「隱退」，編輯事業英雄似地「激情」）之必要這幾個字了。這其間的關係可略示如圖一：

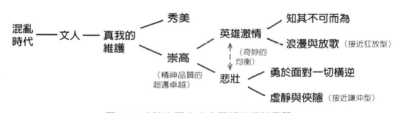

圖4-1　瘂弦心目中文人理想的精神品質。

由於季紅當年對詩壇若干人士「藉藝術之名作奸詐之事」的極度不恥，對某些詩人強烈的「譽之欲」是批判的，他在寫給張默的信中說：

---

[37]　姚一葦：《美的範疇論》，頁96及192。

我太過理想嗎？不。藝術是美好，是真，是善。它與邪惡是
不能溶融。邪惡的心生不出藝術來！──這是我的信念。
（這是多麼樸實的信念！藝術工作者不是應該如此嗎？）我
太過消極嗎？不。我每日不斷我的默想，不斷的積極的工
作，倘若「創世紀」能照此信念前進，倘若它能那末嚴謹與
嚴密，倘若冷靜地丟棄不必要的喧鬧，倘若它成為純正與純
粹，則我仍願獻身。（可是，這幾乎是不可能的！）我多麼
敬重你和瘂弦，你們兩位，（自然還有一些別的朋友），在
我看來是純粹的，所以我敬重你們，所以我說了以上的這些
話。[38]

季紅之追尋百分之百、「嚴謹與嚴密」的「純正與純粹」是令人尊
敬的，但那種如中國「虛靜美學」中老莊哲學的「強烈地超功利」
的「哲學理想」，在現實社會中很難實現，因此季紅無法容忍其
「自然人」的「真我」因社會的侵擾以致「喪失而敗壞」，只好選
擇「悲壯的俠隱」，但其「對待社會的方式」卻是「狂狷」地「拒
斥」的，因此季紅亦不全然是「狂放型」的。如季紅所說：

我（真我）常欲向外擴展，（非社會地位，社會勢力那個意
義）而含納一切，而社會也攜其感染力向我侵襲，得勝者是
誰？倘若是社會，則社會也終將因每一個人的真我喪失而敗
壞，倘若是真我，則社會也將因每一個人的真我發光而明
亮。[39]

---

[38]　張默編：《現代詩人書簡集》，頁25。
[39]　張默編：《現代詩人書簡集》，頁23。

季紅拒斥了「社會我」勢力的切近而選擇逸離，「超脫人生」而去。但瘂弦則深信只要不「捨我趨附」，在「大引力中仍可保持真我」，且認定透過「練人」（均衡？）而有可能使「純粹之真我」向外擴張，使「社會我」退縮，而可能實現「文學理想」，則瘂弦心目中文人的理想典型會不會有可能是七、八分「謙沖型」、二、三分「狂放型」之「奇妙的均衡」呢？

四、動態平衡、虛靜說、與三層界說

在宇宙各物質系統中無不存著「動態平衡」（Dynamical equilibrium），此時各個組成份份間「微觀」看來仍始終處在不斷運動和變化情況下的「宏觀」平衡。以是世界上沒有絕對的、「靜止的」平衡，平衡根本上是一個「動態的」過程。[40]即以密閉容器內水的「氣／液平衡」為例，在恆定條件下液態水H_2O（1）和水蒸氣H_2O（g）的平衡可用下式來表示：

$$H_2O \; (1) \; \rightleftharpoons \; H_2O \; (g)$$

假設經過一段時程單位時間內從液相進入氣相的水分子數（水之蒸發）恰好等於從氣相進入到液相的水分子數（水之凝聚），該體系「宏觀」上就不再有「淨值」的變化，即密閉容器中水的蒸氣壓趨於某一定值，此時水分子的蒸發和水分子的凝聚即處於「平衡」狀

[40] 參見Keith J. Laidler, John H. Meisev: *Physical Chemistry*, (Benjamin: Cummings Co, 1984), chap.4, p.135。

態，而且是一種「動態平衡」（宏觀上的「靜」），這是因於「宏觀」看來，已經沒有變化，但「微觀」上水分子的蒸發與凝聚仍在不斷進行。而當外在條件或環境改變時（常在瞬間產生），此「平衡」遭受破壞，系統此時反而產生「驅力」，逼迫朝消除此「不平衡」的方向前進（宏觀及微觀上的「動」），直到取得另一「新的平衡」為止（整個過程中宏觀趨向是「由動之靜」，常需一段時程才能平衡），然而此時的「新的平衡」已與「舊的平衡」處在不同的位階。以上所述表面上雖是水的狀態的「動態平衡」方式，然而此思維方式也適用於一切的「動態平衡」（包括宇宙自然、社會政經、個人生理心理）過程，即使上節瘂弦所說的「練人」、或「奇妙的均衡」亦然。

瘂弦在漢寶德《風情與文物》一書寫的序文〈鐘乳凝滴〉（1990年）中即提出「平衡」的工夫與「定靜」的關係。他首先對某些方塊作家提出批評，說他們充滿「刺蝟型的機智」、以方塊為匕首「必欲刺之而後快」，少了「敦厚樸實」，「好像全世界只有他一人站在真理的高峰上」，其後轉而稱許漢氏：

> 從不盛氣凌人，強人苟同，儘管任一論題的觀念，有堅強的學理根據來支撐，他也從不以學識驕人，來逼使讀者去屈服，總是以溫婉的方式，循循善誘的勸說，使讀者自然而然地傾向他的立場。他說理論事的另一特色是平衡，與一般非楊即朱的兩極化理論完全不同。這裏所謂平衡，是傳統與創新的平衡，新與舊的平衡，專業知識立場與社會價值體系的平衡，他尊敬傳統、了解傳統，常常在傳統中創發出新的理

念。[41]

其後接著說他工作繁重，但任何時候見到皆是「神閒氣定」、「優雅自適」，顯然有一番「器識的陶冶」、「定靜」的功夫。瘂弦連用了五次「平衡」，說明沒有平時的「陶冶」、「定靜」不可能有此「平衡」（宏觀的「靜」），也不可能「在傳統中創發出新的理念」（由舊平衡到新平衡），這也是何以他早年會強調「在大引力中保持一個真我」的重要，以及晚年會說「人的更新，就是詩的更新」，那是因「舊的平衡」可以通過「練人」走向「新的平衡」。

當年季紅與瘂弦由於兩人「對待社會方式」的不同、「純粹」地保持「真我」方向的不同，正與「虛靜美學」的兩種路徑接近，可略示如圖二：[42]

圖4-2 虛靜的兩個說法。

---

[41] 瘂弦：《聚繖花序II》，頁78。

[42] 參考下列相關論文後繪製：黃雅淳：〈恬靜自得的美學觀——「虛靜」說淺釋〉，《孔孟月刊》第411期，1996年11月，頁40-45。廖淑慧：〈美學中的「虛靜」觀之省察——以老、莊、孔為例〉，《文藻學報》第12期，1998年3月，頁25-35。李增：〈老子虛靜之研究〉，《輔仁國文學報》第28期，2009年4月，頁225-249。王金凌：〈論《道德經》的虛靜世界〉，《輔仁國文學報》第26期，2008年4月，頁47-71。楊邦雄：〈「文心雕龍」創作論的「虛靜養氣」〉，《中國語文》第543期，2002年9月，頁41-52。

在本文第二節即提及「老莊的世界」恆予瘂弦「極大的引力,特別是作為一個現代人」、但「那是宿命了的不可能」,因此「止於思想階段,影響生活態度則可,完全『代入』實際生活則不可」。這表明他對老莊思想並不排斥,只是無法「完全代入」生活,也是他因「對待社會方式」與季紅不同、兩人終究走上兩條路的開端。若應證事隔三十年他的一段話,可呼應他不怕「社會我」的喧擾、願在「大引力」中保持「真我」、建立「人間道場」的初衷始終堅定,力圖維持「動態平衡」:

> 我一直相信,這個大致還算美好的世界,是由一群熱情的傻瓜建造的。由於他們熱乎乎傻楞楞的奉獻,才換得這世界的美好。如果所有的人的血是冷的,心是涼的,個個精明得像水晶猴子,那人類社會只有走向毀滅和死亡。
>
> 編輯生涯二十餘年,我心中從來沒有敵人。如果有,那敵人不是某個人,而是一些落後愚昧的觀念:自私、貪婪、虛偽、殘暴……等等,這些,才是我心中的死敵。多年來,我所有的編輯企畫,無非是想通過各種文學藝術的形式向這些敵人宣戰,聯副編輯理念強調「探討真理、反映真相、交流真情」,我希望以這三個「真」字,來感染一些禁錮的心靈,匡正無知的愚行。[43]

「熱情的傻瓜」、「熱乎乎傻楞楞的奉獻」、以及「敵人不是某個人,而是一些落後愚昧的觀念:自私、貪婪、虛偽、殘暴……等

---

[43] 瘂弦:《聚繖花序II》,頁109。

等」，說明必須不斷面對各種挑戰，隨時處在「平衡—不平衡—平衡」的「動態平衡」之中，希望透過「自然我」（真我）的努力，使「社會我」向不同的「能階」、「位階」前進、跳躍。而老莊的「虛靜說」中本來「虛」就指「空掉外物」，「靜」指「空掉自我」，「虛」是由主體對萬有客體的「不執著」（如去貪婪、去殘暴）去下功夫，「靜」則從主體自身（如去自私、去虛偽）去入手，前者不易，後者更難。季紅60年代給瘂弦長信中強調「去社會我」、「去欲」、「純粹」的觀念對瘂弦「以自私、貪婪、虛偽、殘暴為敵」一定有深遠的影響。由此而知前節所說「對待社會的方式」是不拒斥，謙沖型的「平易而崇高」、或者令「狂放與謙沖」、「激情與悲壯」產生奇妙的均衡，也正是上述兩種「虛靜說」相互影響產生的結果了，這是多麼漫長的「練人之路」？而由「真我」與「社會我」之「動態平衡」模式及位階變化，可試擬如下圖三，圖中「二我」之間的箭頭，僅代表「影響」方向（一如季紅寫予瘂弦的長信所述及的附圖）[44]，而非一方變成另一方：

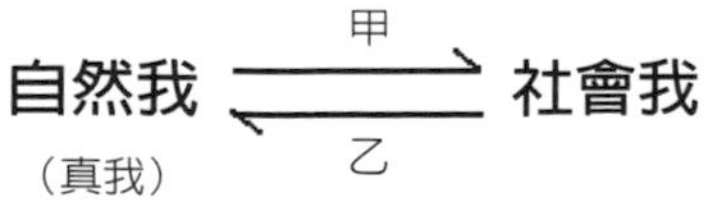

自然我 （真我） $\underset{\text{乙}}{\overset{\text{甲}}{\rightleftharpoons}}$ 社會我

當甲＞乙　能量向右（由動之靜）

當乙＝甲　能量平衡（始終處靜）

當乙＞甲　能量向左（靜的消亡）

圖4-3　自然我與社會我的動態平衡模式。

---

[44] 張默編：《現代詩人書簡集》，頁23。

若如「甲＞乙」（「真我」的驅力影響了「社會我」）的模式，則「真我」是有選擇地積極性作用，試圖由「平衡─不平衡─平衡」的「動態平衡」變化（不斷「由動之靜」），改變「舊平衡」成不同能階的「新平衡」，也相當於圖二「虛靜說」中「協調人生」的路徑，是「願持一點光明種，散作人間無盡燈」[45]此一信念的召喚和實踐。而當是「乙＝甲」的模式，則「真我」只是消極性與「社會我」處於對峙地位（始終是「宏觀的靜」），「舊平衡」不易躍昇，相當於圖二「虛靜說」中「超脫人生」的路徑。若「乙＞甲」（「社會我」的驅力影響了「真我」）的模式，則「真我」終將消亡。

　　瘂弦的「均衡觀」、「平衡觀」均與其「練人」、「謙沖」、「定靜」的工夫有關，而季紅青年時代絕然排斥「社會我」、「絕然超功利」、講究「純正與純粹」的思維和行徑可說成了瘂弦一生心中的「不滅之火」、一個硬漢一位「靜友」、大引力中的一盞燈。因此若說瘂弦一生是朝向前面所提傳統的「虛靜美學」兩種路徑之融合之均衡的標桿前進，或說是因兩路徑相互對抗而產生了互動互補。而由此加以引伸，可知其「美思力三質素說」（藝術性、創造性、思想性）、「三因說」（自因、共因、他因）、「三層界說」（「小我、大我、無我」的三我說）也均與此互有關聯。「美思力三質素說」是因早年與余光中互動，余氏說他「力倡『美加上力』的藝術」[46]觀念，瘂弦多年後加以擴充而有此新思維；「三層界說」（三我說）是因1978年左右鄭愁予提出的「三境界說」

45　瘂弦：《聚繖花序II》，頁113。文章結尾所引的詩句。
46　張默編：《現代詩人書簡集》，頁233。余光中致瘂弦的信所提，寫於1958年4月9日。

146　新詩十家論

（個人自我、社會民族、天地宇宙，且其中僅提及「自我」與「大我」，和自「天地宇宙」返回「社會民族」時表現出的人道主義境界最高）[47]，瘂弦避免使用「境界」一辭，而改用「層界」，並以「小我、大我、無我」的「三我說」（筆者認為以此詞較易與前人之說有所區隔）重新落實於更具「人間性」的「我」之大小與有無上，卻也避免了王國維將「有我之境」歸為「宏壯」、「無我之境」歸為「優美」，而遭來「顯得圓柄方鑿，自相矛盾」[48]之譏，同時又能與人生一階一階循序而上的「三階段說」、「三業說」相互對照，便不只是文人的自說自話，而有了更具體的存在性、普遍性。

　　「美思力三質素說」的討論已見於筆者另一文〈初極與終極—瘂弦詩論的形成、意涵、和應用〉[49]中，此處不贅。其「三因說」（自因他因共因）見於〈用詩尋找母親的人—悼念梅新〉：「自因來自主觀感情的激發、他因來自客觀事物的映射、而共因來自整體的社會要求與時代召喚」。而其「三層界說」（三我說）則見於〈從愛情出發—關於《聯合文學》「愛情文情」專輯〉：

　　　　我曾試將文學作品分作三個層界：抒小我之情的層界，抒大
　　　　我之情的層界和抒無我之情的層界。第一種層界最直接，凡
　　　　個人的感興、生活的印象、自我的省視均屬之，表現在創作
　　　　上的是一種純粹的抒情。第二種層界較間接而具現實性，凡

---

47 參見白靈：〈析評鄭愁予的境界觀〉，白靈：《煙火與噴泉》（臺北：三民書局，1994），頁118。

47 參見白靈：〈析評鄭愁予的境界觀〉，白靈：《煙火與噴泉》（臺北：三民書局，1994），頁118。

48 姚一葦的批評，見姚氏：《美的範疇論》，頁22。

49 白靈：〈初極與終極—瘂弦詩論的形成、意涵、和應用〉，《新地文學》第7期，2009年3月，頁255-268。

國族的意識、群體的關懷、社會的參與均屬之;表現在創作
上的是一種廣博的精神。第三種層界超越人生現實,凡自然
的靜觀、天人的契合、永恆的參悟均屬之,表現在創作上的
是一種哲學的深度。三種層界並無高下之分。[50]

這個分法在他的〈一日詩人,一世詩人〉一文中就敘述得更詳盡,
並加上以「三我說」與常人由青年到中年到老年追索的「三階段
說」(美學的/文化的/哲學的)及「三業說」(學業/事業/德
業)[51]相互參照,以及與「美思力三質素說」、及「三美說」(秀
美/崇高/理想美*,「理想美*」為筆者所建議)、乃至三型說
(狂放型、謙沖型、均衡型,「均衡型*」為筆者所建議)參看,
體系就似乎更為完備。試繪簡表如下:

瘂弦的文藝美學思維簡表

三因說	自因	共因	他因
三層界說 (三我說)	小我	大我	無我
三階段說	美學的	文化的	哲學的
三業說	學業(青年)	事業(中年)	德業(老年)
三質素說	美(美感的疊現)	力(動人的力量)	思(思想的深度)
三美說	秀美 (主觀的優越)	崇高(激情/悲壯) (客觀的優越)	理想美* (主客觀的統合)
三型說	狂放型	謙沖型	均衡型*

---

[50] 瘂弦:《聚繖花序II》,頁283。
[51] 瘂弦:〈一日詩人,一世詩人〉,見鄭石岩等著:《生活處處是學習》,頁178-
208。

五、結語

　　瘂弦發表的第一首詩〈我是一勺靜美的小花〉中說：「在那遙遙遙遠的從前／那時天河兩岸已是秋天／我因為偷看人家的吻和眼淚，／有一道銀亮的匕首和幽藍的放逐在我眼前閃過！／於是我開始從藍天身人間墜落，墜落，／我是一勺靜美的小花朵」，詩中「偷看」、「匕首」、「放逐」、「墜落」等字眼已預示了他一生在要在「大引力的人間」建立「保持『真我』之道場」的開始，而「一勺」、「靜美」、「小花」等詞則預告了他走上「謙沖」、「虛靜」、既「悲壯」（犧牲詩創作）又「激情」（使編輯成為偉業勳業）的「練人之路」。本文由他早年與友人季紅的來往信函，探討其「詩創作的未竟之業」及「編輯的偉業勳業」間與其如何在「大引力中保持一個真我」的關係，並由兩厚冊的《聚繖花序》中的書序看出「對待社會方式」是「狂放型」與「謙沖型」的區隔所在，此文並以之與「虛靜美學」中的兩路徑及西方「崇高」的思想做一較比，由此得知「激情」與「悲壯」間奇妙的「均衡」是其心目中文人精神卓越的典型。此「奇妙的均衡」通過物理化學的「動態平衡」觀念而知其「真我」乃積極的超功利的又有所作為的「光明種」，可以為人間點亮「無盡燈火」，但又必須經由「器識陶冶」、「定靜工夫」的學養所得，也因而才可由「舊的平衡」通過「練人」走向「新的平衡」。此即其所謂先有「人的更新」，然後才有「詩的更新」。而其「美思力三質素說」（藝術性、創造性、思想性）、「自因共因他因三因說」、「小我大我無我三層界說」等等文藝美學的思維，也均由「虛靜」兩路徑的傳統及西方「秀美

與崇高」等美學思想中重新體悟、實踐、創發而得。最後並列表說明其文藝美學思維間的相互關係,由表中可見出瘂弦的文藝美學思維已為臺灣、乃至兩岸的美學思想提供了可觀的思維路徑,和常人可依而拓展視野、躍進精神格局的生命指標。

天地與障礙
——鄭愁予詩中的顏色與意涵

摘　要

　　本文由科學酶反應中的活化能觀點和左右腦與個人／眾生／天地的關係切入，對拉康幻象公式中的障礙觀重予解釋，並以之討論鄭愁予的顏色詩變化，和其與個人／社會／自然的關係。並指出鄭氏對自然天地的踩踏、觀察和領悟，是使其詩作格局與氣勢突出、並能深入一般讀者與其共鳴的重要原因。

關鍵詞：鄭愁予、顏色、障礙、活化態

一、引言

　　鄭愁予在〈寂寞的人坐著看花〉一詩中說：「擁懷天地的人／
有簡單的寂寞」，這兩句詩中的「擁懷天地」四字，對他而言，不
只是一種心境，也是其一生經驗的總結，尤其是年少及青年時期大
山大水履踏的經驗，包括行經戰亂中的大江南北、包括攀登台灣三
千米以上諸山嶽之眾多實境的摩搓烙印。他的山水詩、抒情詩在台
灣讀者群中所得到的掌聲大概是無出其右者，其原因頗值探究。

　　上述詩句中的「擁懷」二字最值得注意，「擁」有持、抱、聚
集之意，「懷」有存有、想念、包圍之意，因此二字相疊，互相強
化，有念茲在茲、無時或忘的意涵。「天地」可指天空地表、可指
宇宙、也可指自然萬物。此四字相連時，就不單指經歷或心境，而
應是大山大水、曾經滄海後的一種了然或領會。而「簡單的寂寞」
或即代表了此種領會之奧妙、沉浸其中之愉悅、繁雜盡去純淨頓生
的感受，此種簡單的人生路徑卻似乎少人得知，遂萌生難以分享之
嘆，或深知大道至簡至易，然則易知行難，唯實踐方能證道，故實
不必強求繁忙於塵務之世人跟從，若已「擁懷天地」，則此種「寂
寞」也已可「簡單」地釋懷了。

　　上段之所以費許多口舌，乃在說明「擁懷天地」在鄭詩中的
重要性，天地萬物繽紛色澤具現在其中，他的詩觀詩作也均架構
其中。「擁懷天地」不只是登高，那宛如回至萬年不移的宇宙的
深處，通過那裡反而易與讀者相會、共鳴。像是生化反應中的酶
（enzyme）或酵素，使反應所需的能量障礙的大為降低，「擁懷天
地」表現在詩中也有相似的作用，它使讀者進入的意願大為昇高、

或難度大大降低。此時表現在詩中，顏色的多樣性是一明顯的指標，有如化學反應過程，顏色深淺濃淡變化常是一明顯的指標一樣。

如此則似乎可透過鄭氏詩作對顏色的選擇或使用，出現的頻率和變化，看出他心境和詩境的轉折。本文即擬由科學生化反應中酶的降低活化能觀點切入，並對拉康幻象公式（$\$\Diamond a$）中的障礙觀重予解釋，再以之討論鄭愁予的顏色詩變化，和其與個人／社會／自然的關係，並由之探討詩中顏色的可能意涵。

二、能量障礙與幻象公式

拉康（Lacan）曾用幻象公式（$\$\Diamond a$），說明欲望主體「$\$$」與欲求客體「a」之間的不可能關係，「$\Diamond$」指的是一道屏障，像一座障礙，需要極大的能量才能越過，亦即「$\$$」與「a」之間永遠有個能量障礙阻絕。其中「$\$$」是「S」（主體）身上劃上一條槓，代表欲望主體是一個分裂的主體、或自嬰兒起即被他者與社會（拉康三域中的象徵域，或大他者A）教化的主體、受了傷或符號化了的主體，而非拉康三域中實在域的主體「S」本身，像人類所來自的、與之合一的母體或子宮，是早已永恆地失落了。因此「$\$$」代表人的不完美、分裂化的、被社會化了的、投到世上的，內在是永恆地匱乏的，追求再多的欲求客體「a」（小他者），都永遠無法滿足。因此「a」就只成了激發主體欲望的原因而非其欲望的真正對象，紀傑克（或譯齊澤克）說「a」其實是崇高的對象（the sublime object），不斷引發我們的欲望，而若離它太近，即失去其崇高的特質，變成普通之物，因為它本身是空無的。像人性中存在一個空洞似的，吸引東西填補，卻無以填滿。

但幻象公式中的能量障礙或阻絕「◇」究竟多高多大並未見說明。而因有「障礙才能揭示慾望是什麼」，它是「一種必需的盲點」[1]，那是因為「潛意識慾望的對象，只能夠由他意識欲求的對象的障礙加以代表」[2]，而對「障礙」的「成功迴避」或「追尋」均能形構出弔詭式的樂趣，有「障礙」才有此樂趣，但「差勁的障礙使我們貧乏」[3]，如此能量障礙或阻絕「◇」是必要的，卻又不宜過高或過大也不宜過度輕易，因此上策即是如何使原有的大能量障礙想方設法降低，又不時處於「活化態」的狀況（在圖一中為曲線的高峰，表示能量障礙仍在，只是暫獲克服），而非攫取住「a」。

　　此處或可藉酶（又稱酵素）的催化反應體系[4]和活化能（activation energy，即能量障礙）加以引伸。一個反應要能起動，必須反應中的分子超過活化能或能量障礙，最常見的是加熱其系統，這是最常見的一般狀態，如下列圖一中的路徑I，其能量障礙甚大而且始終不會改變（不論橫座標由左向右或由右向左）。但此時若有化學（非生物性）催化劑（catalyst）加入，則將如圖一中的路徑II，其能量障礙將降低。而若是藉助酶（生物性的catalyst）的催化，則反應體系將如圖一中的路徑III，能量障礙將大降。不論是路徑I或II或

---

[1]　亞當・菲立普（Adam Philips，1954- ）：《吻、搔癢與煩悶》（陳信宏譯，臺北：究竟出版社，2000），頁152。

[2]　亞當・菲立普：《吻、搔癢與煩悶》，頁154。

[3]　亞當・菲立普：《吻、搔癢與煩悶》，頁159。

[4]　酶指具有生物催化功能的高分子物質。在酶中，反應物分子被稱為受質，受質通過酶的催化轉化為另一種分子。幾乎所有的細胞活動進程都需要酶的參與，以提高效率。與其他非生物催化劑相似，酶是透過降低化學反應的活化能（用Ea表示）來加快反應速率，大多數的酶可以將其催化的反應之速率提高上百萬倍；事實上，酶是提供另一條活化能需求較低的途徑，使更多反應粒子能擁有不少於活化能的動能，從而加快反應速率。酶作為催化劑，本身在反應過程中不被消耗，也不影響反應的化學平衡。

III，其目的無非是想達至「活化態」（activated state，圖一中路徑I或II或III的高點），因此幻象公式（$\$\diamondsuit a$）也可說藉助著「a」的幻象物，引誘被教化的主體「$\$$」自以為進入乃至處於「活化態」中，彷如短暫地瞥見了自身的「S」，而事實上只是幻象物，只是寄託物，一但離它太近，它就會失去其崇高的特質，變成普通之物，世上不論何種人、情、愛、事、物，名或利，率皆如是，一朝在手，則幻象盡失，人即由「活化態」落回「常態」（圖一中三條曲線的兩端）。

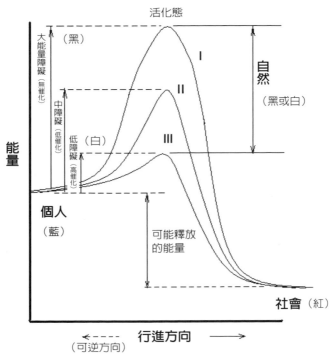

圖5-1　自然在個人與社會關係中可縮減能量障礙。

因此人如何使自身能時時處於「活化態」，比何者是「a」更重要，或者若有什麼「a」可時時逗引「$」去追索不盡，此追索不盡使人常常短暫的、間斷性的彷如置身於「活化態」中，則亦無不可。由此可知，若能有一大幅降低能量障礙如酶（酵素）者，則體系將如圖一中的路徑Ⅲ，就極易進入「活化態」中。那很像在面對大能量障礙時，乾脆鑿一山洞隧道穿透它，是使「◇」鑿通，而且是雙向的、可逆的。否則如圖一中的路徑Ⅰ，由個人到社會（由左向右）的路徑，要到達「活化態」不僅要克服極大的能量障礙，當由社會返回個人（由右向左）的路徑時，要克服的能量障礙就更高更大。而路徑Ⅲ的正方向與可逆方向則較路徑Ⅰ或Ⅱ皆低矮了許多。

　　對鄭愁予那一代大陸來台詩人而言，他們的「最大的能量障礙」即是海峽的阻隔，朝思暮想的故鄉成了「回不去了」的懸念，該在場的瞬間全不在場，不該在場的「亂」，短時間中即全擁擠在場，加上又無法以任何力量突破政經環境的侷促和壓制，他們在個人與社會互動中，面對此根本不能克服的「大能量障礙」，因此必須相濡以沫，互激互勵，使自身盡一切可能達到「活化態」（如圖二的路徑Ⅰ的高能量障礙），這成了他們那一代詩人突破困境找到出口共同的經驗。當然最好是尋求催化劑以達至「中能量障礙」（如圖二的路徑Ⅱ），乃至找到宛如上述生化反應中神奇魔物的「酶」，以降低此「大能量障礙」，達至「低能量障礙」（如圖二的路徑Ⅲ）。

　　尤其是圖二的路徑Ⅲ，由於可大大降低能量障礙，達至「活化態」，則個人被完全社會化的可能，會因其可逆向返回個人而大為降低，也或可說幻象公式（$◇a）中，可自「a」中汲取能量回身澆灌「$」，使「S」身上的槓槓有機會部份剝落、被分裂的主體有

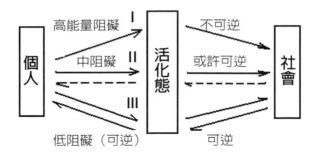

Ⅰ：一般狀態／Ⅱ：通過知識／Ⅲ：通過自然或夢

圖5-2　由社會返回個人與低能量與阻礙即可逆的關係。

暫獲局部填補而瞬間獲得完整感（或如海德格所說的綻放、或梅洛龐蒂所說的澄清），「被教化的主體」不致完全固著。

　　圖二中又以路徑Ⅰ為一般狀態，路徑Ⅱ為通過知識，路徑Ⅲ為通過自然或夢。路徑Ⅲ也一如圖一所示，有類似酶的生物催化作用，能大幅度地降低能量障礙，尤其是通過自然，引發的讀者共鳴度比夢更厲害。這是現代詩五、六〇年代在台灣發展時所走的相似路徑，即以臺灣「偏安七子」（洛夫、余光中、周夢蝶、瘂弦、商禽、鄭愁予、楊牧等人）而言[5]，其路徑Ⅲ大抵又可分類如下：

5　參見白靈：〈遊與俠——鄭愁予詩中的遊俠精神與時空轉折〉一文，「鄭愁予與二十世紀國際華文文學研討會」發表論文，廣東信誼，2006年4月。「七子」指「臺灣文學經典」三十冊書中被選入的七位詩人。陳義芝主編：《臺灣文學經典研討會論文集》（臺北：行政院文化建設委員會、聯經出版事業公司，1999）頁507。1999年3月，台灣曾篩選出三十本「台灣文學經典」，新詩部分有七人入選，分別是余光中（1928-）、周夢蝶（1920-）、洛夫（莫洛夫，1928-）、瘂弦（1932-）、鄭愁予（1933-）、楊牧1940-）、商禽（1930-）等。

1.夢（超現實）：洛夫、商禽、瘂弦
2.自然：余光中、鄭愁予、楊牧
3.禪（介在自然與夢之間）：周夢蝶

以夢為酶的多與軍人身分有關（洛夫、瘂弦、商禽、周夢蝶），楊牧生於臺灣花蓮，余光中與鄭愁予是以流亡學生身份來臺，由於有父母同行，其情感的孤絕度便未如四位軍人身份來臺者那麼激烈，表現在兩人詩中的內容，也往往溫馨成份要遠大於悲絕成份，顏色也較近暖色調，此與他們降低或克服能量障礙主要是透過自然而非透過夢（超現實）有關。

　　「自然」的能量在上述圖一中的力道顯現時，即由路徑I大幅降至路徑III。而此兩個「活化態」能量值相減時，就往往大幅降低了能量障礙的阻擋，讓兩頭較易通過。

三、自然之力與顏色之現

　　當人走向海、天、星、山、水、雲等大自然景物時，即有藉彼障礙克服此障礙之意，這些事物對人而言，是自然之力所在，擁有神秘甚至神力，非人所能確切了解或控制，因此是人從小就對之困惑的、想了解的共同時空背景，是眾人生存的天地，卻是有大障礙的，因此古時的巫師或道士當其可呼風喚雨時，就引發他們的注目或追隨，於是藉著鄭愁予能闖蕩大江南北、攀登克服台灣諸岳，克服了眾人所不能之現實的山的障礙，而且還能以詩呈現時，等於幫助讀者削減其行動所不能，而又心嚮往之的能量障礙。以是鄭氏對自然的實證行動，與乎又可以靈動的文字呈現，此時就有了酶（酵

素）參與了讀者原先對自然和對詩的抗拒，等於幫助他們大幅度拉低了此等能量障礙，尤其是「自然」本身神奇的撫慰味道，使讀者也彷彿短暫地處於「活化態」中，甚至得到母親或女性般溫暖的「款待」。

因此鄭愁予才會說：

> 在台灣寫了這麼多的山水詩，讓我慢慢地感受到，山對我而言，是女性的象徵[6]

鄭氏所言不虛，他以山與女性互比，在早期的詩中就隨處可見，比如底下這首直接寫山形的例子：

> 啊!這兒的山，高聳，溫柔，
> 樂於賜予，
> 這兒的山，像女性的胸脯，
> 駐永恆的信心於一個奇跡，
> 我們睡著，美好地想著，
> 征一切的奇跡於一個信心（〈探險者〉）[7]

---

[6] 黃智溶：〈山水常青詩情在──有使命與沒有使命的鄭愁予〉，《幼獅文藝》82卷4期，1995年10月，頁28-33。
[7] 鄭愁予：《鄭愁予詩集I》（臺北：洪範書店有限公司，2003），頁48-49。

將山形容成像女性的胸脯，而且「高聳，溫柔，樂於賜予」，因此不只是形狀，還包含其內在特質，因此可以「駐永恆的信心於一個奇跡」，可以「征一切的奇跡於一個信心」，所以可安心的睡了。將探險者的美好想像找到安穩的寄託。

就是此一「女性的象徵」，宛如將前述幻象公式中「◇」的障礙鑿出一山洞隧道，可容鄭氏及閱讀其詩的讀者穿透它，使「◇」鑿通，而且是雙向的、可逆的。在心理學上「自然」正是被視為「倒退式」的母親的象徵：

> 自然在象徵上，可以視作是母親的代表。……在大自然裡，我們在人際往來當中會感受到的排斥、冷落、批評和傷害，都遠遠被我們拋棄在外。這樣的退隱，其實可以說是「倒退式的」（regressive）。可是，我們也都知道，倒退也可能產生絕對正面的效果……[8]

其「絕對正面的效果」指的應是「遞進式的三種狀態」：由「高度清澈專注的觀察力」到「象徵化的觀物方式」、再到「跟自然產生不可思議的融合」，[9]由「觀察」到「觀物」，是由全面到聚焦，由面到點，然後由點進入，像是進入孔道或門，其後與全體「融合」，且是不可思議的，其過程猶如見到母體的欣喜，然後由孔道進入子宮，最後與母體無間合一，即使只是充電式的短暫的瞬時片刻，卻有與精神得致解放的自由感。

8　Joanne Wieland-Btston，宋偉航譯：《孤獨世紀末》（臺北：立緒文化事業有限公司，1999），頁173。
9　Joanne Wieland-Btston：《孤獨世紀末》，頁161。

但他更多的詩並不與山形直接有關，而是將山所擁有的湖泊、雲朵、雨勢、溪流等景致，均「不自覺地」與女性聯想。比如下面這首寫山中湖泊的：

　　　　當我每朝俯視，你亮在水的深處
　　　　你抿著的那一雙蜂鳥在睡眠中
　　　　緊偎著，美麗而呈靜姿的唇

　　　　平靜的湖面，將我們隔起
　　　　鏡子或窗子般的，隔起
　　　　而不索吻，而不將昨夜追問
　　　　你知我是少年的仙人
　　　　泛情而愛獨居（〈南湖居——南湖大山輯之七〉）[10]

此首由「當我每朝俯視，你亮在水的深處／你抿著的那一雙蜂鳥在睡眠中」可看出是寫女性的雙眼睫，形容其小而閃翅的動作很快，有「一雙蜂鳥」的女人「緊偎著，美麗而呈靜姿的唇」，形容雙睫合下時離唇很近。「平靜的湖面，將我們隔起／鏡子或窗子般的，隔起」，則顯然作者在「南湖居」時，該女性應不在場，是山中的「湖」讓他在此聯想與相思，如此前頭才會說「當我每朝俯視，你亮在水的深處」，而後頭尾二句才說「你知我是少年的仙人／泛情而愛獨居」，宛如因山居而使自己純淨起來，既「不索吻」也「不將昨夜追問」，昨夜也許有什麼衝動而讓自己唐突吧。

---

[10]　鄭愁予：《鄭愁予詩集I》，頁168。

下面這首也有類似的意味，明明題目是「雨神」，副標題是「大屯山匯之一」，卻充滿著寫「雨」與寫女性情人「酷味」之間「兩面猶疑」的手法：

　　　　水雲流過藻集的針葉林
　　　　你仰立的眼睫益覺冷峭
　　　　在兀崖上　　你的髮是野生的
　　　　有著怎麼攏也攏不好的鬢
　　　　而那種款款的絲柔
　　　　耳語的回聲就能浮動得

　　　　你欲臨又欲去
　　　　是用側影伴風的人
　　　　在兀崖上　　將旋起的大裙鋪落
　　　　於此世界中你自趺坐
　　　　乃有著殿與宮的意味（〈雨神──大屯山匯之一〉）[11]

　　「水雲流過藻集的針葉林」、「冷峭」、「仰立」、「兀崖」、「野生的」、「回聲」、「伴風」均與山或雨有關，而「眼睫」、「你的髮」、「攏也攏不好的鬢」、「款款的絲柔」、「耳語」、「旋起的大裙」、「側影」又與女性的體態或姿勢有關。然則山中雨勢本不易捉摸，來得快去得也快，一如作者對某些不易捉摸的女性有種把握不住，既「欲臨又欲去」，且「冷峭」、「仰立」、若

11　鄭愁予：《鄭愁予詩集I》，頁184-185。

「兀崖」、「野生」、「是用側影伴風的人」，難以明白她們下一步會有什麼動作，因此末尾才會說「於此世界中你自趺坐／乃有著殿與宮的意味」，則以此冷峻的、高高在上的、不理睬人卻又讓人神往的酷味，寫出了「雨神」（同時也暗指此種酷味女性）之不可知和神祕。

如此說來，山之不可盡知和不易征服，比起前述溫暖如胸脯的女性要更難理解，卻是變化萬千的，比如：

> 萬尺的高牆　築成別世的露臺
> 落葉以體溫　苔化了入土的椽梁
> 喬木停停　間植的莊稼**白如秋雲**
> 那即是秋雲　女校書般飄逸地撫過
> 群山悀悀悄悄（〈雪山莊──雪山輯之一〉首段）[12]

「萬尺的高牆」指向雪山的聳立，而「別世的露臺」，「入土的椽梁」均與此詩標題「雪山莊」之傾圮有關，「喬木停停　間植的莊稼白如秋雲」，本來以為「白如秋雲」指的是莊稼，到了下一句卻是「那即是秋雲　女校書般飄逸地撫過」，原來真的是秋雲，而且已如「女校書般飄逸地撫過」。女校書是稱有才華能詩文的婦女，如唐朝王建的〈寄蜀中薛濤校書〉詩：「萬里橋邊女校書，枇杷花裡閉門居」，再一次說明了大自然有如秋雲之不易明白其出沒的力道，和「女校書」般擁有難以掌握的美感。

下面這首亦同：

12　鄭愁予：《鄭愁予詩集I》，頁178。

卑南山區的狩獵季，已浮在雨上了，

如同夜臨的瀘水，

是渡者欲觸的蠻荒，

是襝盡妖術的巫女的體涼。

輕……輕地划著我們的十槳，

我怕夜已被擾了，

微飆般地貼上我們底前胸如一蝸亂髮。

（〈十槳之舟——南湖大山輯之一〉）[13]

　　此詩寫以十指空手，夜渡冰涼的河水，「如同夜臨的瀘水，
／是渡者欲觸的蠻荒」，那種畏懼如面對著「襝盡妖術的巫女的體
涼」，此「襝」字在舊時是指婦女所行的禮，其禮是將手收入袖中
（draw one's hands into sleeve），「襝盡妖術」等於藏滿妖術在袖中
之意，其可怖可知。因此第二段等於在寫面對此巫女的小心翼翼，
但即使如此，仍無濟於事，「我怕夜已被擾了，／微飆般地貼上我
們底前胸如一蝸亂髮」，「微飆」即微風，此二句是指就算極輕微
之風一吹動，胸前即有被「一蝸亂髮」貼上來的恐慌，將大自然的
力量和巫女的形象統合，道盡了自然與女性在夜間的神秘形象。
上述四詩中出現的自然事物，均是無生命的卻是占有極大空間的
湖、雲、雨、溪水，其力量就在他們擁有的廣闊和無法削減，且常
變化萬千，像是有神意隱藏其間，令人畏懼，故鄭氏只能如孩童或
少年學習、追隨其間，這有如山是嚴厲的卻有魔力的母親、或仙神

---

[13]　鄭愁予：《鄭愁予詩集I》，頁156。

的居所，溫暖時不多，但具有神秘力量，其擁有的一切使凡人不得不從、也想仰視、學習，因此是可親近的。而上述諸詩中，顏色的詞彙很少不多，只出現「白如秋雲」，卻是有才華如「女校書般飄逸」。好像大自然並不需要另外加添色彩似的，是人人一看便要自動生出色彩來的。

因此，詩中出現如「虹」一字時，彩色斑斕是天生的，「野百合」的白也是天然自有的，不待多費一詞，但出現「星星」時卻可能有不同顏色，則需另加色澤詞彙。下列三首是「虹」有關的詩，先看第一首：

> 漫踱過星星的芒翅
> 琉瓦的天外　想起
> 響屐的廊子
> 一手扶著虹　將鬟兒絲絲的拆落
> 而行行漸遠了　而行行漸渺了
> 遺下　響屐的日子
>
> 漂泊之女　花嫁於高寒的部落
> 朝夕的風將她的仙思挑動
> 於是　涉過清淺的銀河
> 順著虹　一片雲從此飄飄滑逝（〈風城──大武山輯之一〉）[14]

此詩用春秋時吳王宮中「屐廊」的典故，走廊地面以梗梓板鋪設，

---

[14] 鄭愁予：《鄭愁予詩集I》，頁190-191。

行走時有聲，遺址在今江蘇省吳縣靈巖山中。但此處出現於「漫踱過星星的芒翅／琉瓦的天外　想起響屧的廊子」又是誰呢，第一段並未說明，到下一段才說是「漂泊之女」，其意似隱含了故土已失，美好日子不再，只好「一手扶著虹　將鬢兒絲絲的拆落」，而「行行漸遠」、「行行漸渺了」。第二段「此漂泊之女　花嫁於高寒的部落」，則「漂泊之女」也有自喻之意，即不願再面對失落，只好到高寒之處，與「朝夕的風」相處，如「一片雲」「順著虹」「從此飄飄滑逝」而去，大自然成了作者躲避失落之處。

　　底下兩首詩中的「虹」，與上一首的「扶著虹」、「順著虹」相近，成了可以完成心願或完美畫面的必要元素：

　　　歸家的路上，**野百合**站著
　　　谷間，**虹**攔著
　　　風吹動
　　　一枝枝的野百合便走上軟軟的**虹橋**
　　　便跟著我，閃著她們好看的腰（〈北峰上──南湖大山輯之三〉）

　　　雨落後不久，便黃昏了，
　　　便忙著霧樣的小手
　　　卷起，**燒紅**了邊兒的水彩畫。
　　　誰是善於珍藏日子的？
　　　就是她，在湖畔勞作著，
　　　她著**藍色的瞳**，
　　　星星中，她是牧者。

雨落後不久，**虹**是濕了的小路，

羊的足跡深深，她的足跡深深，

便攜著那束畫卷兒，

慢慢步遠……湖上的星群。（〈牧羊星──南湖大山輯之四〉）[15]

不論「軟軟的虹橋」或「虹是濕了的小路」，其色澤是自足的，不待形容的，「野百合」的長梗和純白亦然，「便跟著我，閃著她們好看的腰」，皆是不需另加顏色的畫面，反而「燒紅了邊兒的水彩畫」的黃昏，或「她著藍色的瞳，／星星中，她是牧者」的星子，卻使用了「紅」和「藍」，以強調他們的特殊色澤。

當與山有關的自然景致需要互相對比，或顏色必須標注方能顯現時，則相關的色詞即多起來，如下列諸詩也均與山或海的事物有關，鄭氏仍不可避免地要與女性有某一層次的聯想：

終日行行於此山的襟前

森林偶把**天色**漏給旅人的目

而終日行行　驀抬頭

啊　那壓額的簷仍是此山冷然的坐姿

諸河環掛　且隨山的吐納波動

銀白　**光白**　**髮之白**的蕩漾

是**一剪青絲**融於**雲**的淨土（〈古南樓──大武山輯之三〉）[16]

---

[15]　鄭愁予：《鄭愁予詩集I》，頁162-163。
[16]　鄭愁予：《鄭愁予詩集I》，頁194-195。

此巫婦**滿襟**的采繡如西山

右袖西風　八大處乃臥遍泥醉的亭台

而石路在**棲霞的谷中**沒於流泉

向上會寂寞　穿過碧雲的寺宇

一畦**紫菊**疏朗的……被稱為獅子座

（注）西山紅葉（〈燕雲之十──燕有巫婦，春住圍城，永

居妙峰〉）¹⁷

臺北盆地

像置於匣內的大提琴

鑲著**綠玉**……

裸著的觀音山

遙向大屯山強壯的臂彎

施著媚眼（〈俯拾〉局部）¹⁸

「銀白　光白　髮之白的蕩漾／是一剪青絲融於雲的淨土」說的是
山、水、林三者的交錯美景；「此巫婦滿襟的采繡如西山」、「石
路在棲霞的谷中沒於流泉」、「一畦紫菊疏朗的……被稱為獅子
座」均與西山秋色楓葉、和寺宇、山徑的相互斑斕的盛況有關，其
眼不勝收或有如「獅子座」流星雨相似（也或許是指獅子座像的雄
峙）。〈俯拾〉則寫「綠玉」似的臺北盆地、與「裸著的」、會
「施著媚眼」觀音山」、及有「強壯的臂彎」之大屯山三者互動的

17　鄭愁予：《鄭愁予詩集I》，頁223。
18　鄭愁予：《鄭愁予詩集I》，頁34。

關係。在在均與女性的多采多姿有關。

　　而當與人間越來越接近時，色澤的豐富度就出現了，且也與女性有關，比如：

新寡的十一月來了
披著**灰色**的尼龍織物，啊！雨季
不信？十一月偶現的太陽是不施脂粉的

港的**藍圖**曬不出一條曲線而且透明
一艘**乳色**的歐洲郵船
像大學在秋天裏的校舍
而像女學生穿著毛線衣一樣多彩的
紅，黃，綠的旗子們，正在——
唉唉，一定是剛剛考進大學的女學生
多是比較愛笑，害羞，而又東張西顧的（〈晨景〉）[19]

鳥聲敲過我的窗，琉璃質的馨聲
一夜的雨露浸潤過，我夢裏的**藍袈裟**
已掛起在牆外高大的旅人木
清晨像躡足的女孩子，來到
窺我少年時的剃度，以一種惋惜
一種沁涼的膚觸，說，我即歸去（〈晨〉）[20]

---

[19]　鄭愁予：《鄭愁予詩集I》，頁75。
[20]　鄭愁予：《鄭愁予詩集I》，頁94。

小立南方的玄關，**盡多綠的雕飾**

褪盡襪履，哪，流水予人疊席的軟柔

匆忙的旅者，被招待在自己的影子上

那女給般的月亮，說，我要給你的

你舞蹯的快樂便是一切（〈嘉義〉）[21]

「乳色的歐洲郵船」與「大學在秋天裏的校舍」不必然有關，而船桅的「紅，黃，綠的旗子們」也不必然「像女學生穿著毛線衣一樣多彩」，一如「清晨像躡足的女孩子，來到」，或「女給（女侍）般的月亮」給人「舞蹯的快樂」，均是作者當下心境的寫照，此種寫照見出了鄭氏從大自然及女性身上獲得的能量和靈感。

而很自然的，當鄭氏回頭去寫女性時，大自然的各種事物即與該女性的全身有關，比如著名的情詩〈如霧起時〉：

我從海上來，帶回航海的二十二顆星

你問我航海的事兒，我仰天笑了……

如霧起時，

敲叮叮的耳環在濃密的髮叢找航路；

用最細最細的噓息，吹開睫毛引燈塔的光

赤道是一痕**潤紅**的線，你笑時不見

子午線是一串**暗藍**的珍珠

當你思念時即為時間的分隔而滴落

21　鄭愁予：《鄭愁予詩集I》，頁106。

我從海上來，你有海上的珍奇太多了……

迎人的編貝，嗔人的晚雲

和使我不敢輕易近航的珊瑚的礁區（〈如霧起時〉）[22]

「航海的二十二顆星」、「耳環在濃密的髮叢找航路」、「睫毛引燈塔的光」、「赤道是一痕潤紅的線」、「子午線是一串暗藍的珍珠」、「迎人的編貝」、「嗔人的晚雲」、「不敢輕易近航的珊瑚的礁區」等等，使海上海下的諸事物均貼切且曖昧地與女性的身體和嬌媚恰當地聯結，令讀者往返於自然與人大小時空之間，藉自然而擴大了與人本身的關聯性，其得到的興味當然大為提昇，大自然在扮演了上一節所說「酶」的催化作用，使詩、人、自然間的能量障礙，大大地降低。

四、左右腦與鄭氏顏色觀、境界觀

電影《一代宗師》（2012）的相關記錄中記載了導演王家衛與小說家張大春的對談，提到了如何走上「宗師之路」，或可以印證早在三十餘年前鄭氏即提出的境界觀。王家衛說：

經過這些年，到最後我自己歸納下來，就是一個所謂的宗師之路，只不過是三個簡單的過程，一是，見自己，你必須要知道自己的志向是怎麼樣。二是見過天地，最後，則是你要

---

[22] 鄭愁予：《鄭愁予詩集I》，頁76-77。

去見眾生，把所有學到的東西還給眾生，那個才是你，到那個階段你才能稱得上是一代宗師。因為你可以是高手，但不一定是宗師，因為你必須要有一個「還」的過程，把這個東西還給眾生，有這個能耐才能被稱為一代宗師。[23]

王氏2013年說的由「見自己」到「見天地」到「見眾生」的三過程，與1979年鄭氏曾提出的「三境界」及「最高境界說」有雷同之處。鄭氏三境界（或三層界）的第一層界係個人自我，第二層界為社會民族，第三層界乃天地宇宙。[24]鄭氏並謂，有由第一層界進入第二層界者，即由個人小我擴展為社會民族的大我，有由第一層界直入第三層界者，即由個人自我拓開為天地宇宙的大我，中間跳過第二層界，即與社會民族無關；又謂，又有由第三層界再返回第二層界者，則其胸臆恢宏，人道主義精神豐富，可說「境界最高」。此三層境界其實也就是一般所說的個人、自然、社會的三層關係，先是個人，再到天地自然，再回到社會眾生（如同王家衛「還給眾生」），即鄭氏的「最高境界說」。

這也如同本文在第二節中的圖一或圖二的路徑III，即是先透過大自然而完成降低能量障礙的，尤其對如鄭氏當年一個失去故土的人，要重建其存在感時更是必要，也是他採取的路徑：

一個人要重建他的身分認同以及自尊時，第一步，通常便是退回自然的孤獨懷抱。可是，所有回歸自然物想像，同時也

---

23 聯合報報導：〈八卦八極詠春拳　養大了王家衛胃口〉，《聯合報》，2013年1月6日。
24 鄭淑敏訪談：〈浪子情懷一遊俠——與鄭愁予談詩〉，《中國時報》人間副刊，1979年5月28日。

包含了共生的渴望（渴望未經分化的齊一，人類和自然之間、人和同儕之間不言自明的瞭解）……[25]

而所謂「渴望未經分化的齊一，人類和自然之間、人和同儕之間不言自明的瞭解」，也只有透過天地自然的「右腦化過程」才能獲得。而左腦正是拉康所指的主體被劃了一槓的「＄」所在的象徵域，是被教化了的、逐步社會化的範疇，從柏拉圖到拉康的幻象公式走的卻是否定哲學的「觀念論」、「理性論」路線，會很難明白上述進入「右腦化過程」的「回歸自然物想像，同時也包含了共生的渴望」的可能性。也就是其哲學是偏向以左腦理性當家的思考模式，僅僅在想像域及原始創傷的硬核等觀點觸及右腦的一小部份。而人腦本是宇宙的縮影，所謂的虛無或虛空並不真正是沒有。當代的量子物理學家和科學思想家大衛‧玻姆（David Joseph Bohm, 1917~1992）[26]認為，即使我們稱為「虛空」的東西也包含著巨大的能量背景，我們所知道的物質只是這種背景上面的一種小小的、「量子化的」波狀的激發，它就像汪洋大海上面的一道小波紋。也因此，可以說，擁有如此多能量的空間是「充實的」而不是「虛空的」，這也是近年暗能量、暗能量（可能高達95%以上）被逐漸證實的理由。「能量海洋……處於隱秩序中。它不是定域化的。當你在虛空的能量上面（這種能量是巨大的）激發出一點點能量，在頂部形成細浪，那麼你就得到了物質。」[27]

---

25 Joanne Wieland-Btston：《孤獨世紀末》（*Contemporary Solitude*，宋偉航譯，臺北：立緒文化事業有限公司，1999），頁126。

26 他是歐本海默的弟子，愛因斯坦的同事，二十世紀主要的哲人之一。其代表作有：《量子力學》、《現代物理學的因果法則與或然率》、《相對論的特殊理論》、《秩序與創造力》、《整體性與隱纏序：卷展中的宇宙與意識》。

27 大衛‧玻姆：《整體性與隱纏序：卷展中的宇宙與意識》（上海：上海教育出版

「不是定域化」一如「非轄域化」，是理性或象徵域所思索不及之處。

　　如此一來，拉康的幻象公式或可略向右腦偏轉，則被劃了杠的「$」，就有機會短暫或瞬時進入右腦狀態，隱現一下「S」的投影或分身，至少借助「自然力量之湍動」（語言學家雅可布遜語）倒退至與母合一的短暫脫離左腦操控狀態。上述說法，或可將其幻象公式略略轉個路徑，如圖三所示：

圖5-3　拉康幻象公式與左右腦關係。

　　同時，可將幻象公式結合個人（自己）／社會（眾生）／自然（天地）三者的關係與鄭氏的顏色觀、自然觀、女性觀、與境界觀等排成一可能且可逆的路徑：

　社，2004），頁124。

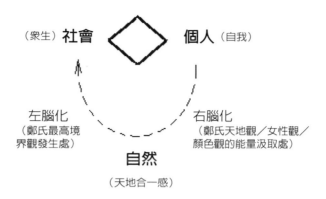

圖5-4　鄭氏顏色觀等與境界觀的關係。

至於詩例則如〈清晨與主日學〉：

我停了車，讓它排在同伴之間歇著
剛好在一教堂的門前

主日陽光便是清洗世界的水
我走進維也納咖啡屋　　坐在
窗邊 玻璃上亮麗著水紋

教堂的門虛掩　　隔著街望見我的車了
在一輛**紅車和藍車**之間
（而它自己是**白色的**）
正像一面旗：自由的　愛的　革命的
　　旗
　　　閃著亮麗的水紋

教堂的門徐徐張開了

徐徐步出仕女　那麼好看當進入水裡

一群孩子　熱帶魚樣那麼好看

我隔著熱帶的海峽　望見

終於步出　牧師的**白袍子**

而且紅的飄帶　藍的飄帶

正像一面旗

而這邊　**紅的車游走了　藍的車游走了**

只剩下白色

只剩下白色

（一面舊旗向一面新旗投降著）[28]

進入眾生後，複雜的顏色單純化了，只剩「紅／藍／白」三者的關係，末了「舊旗」的我的「白車」向「新旗」的「牧師的白袍子」投降，所有的排序或推擠的意義好像均不存在了，只有「新旗」的「白」將永存。

其他如〈教授餐廳午餐感覺〉的兩個段落：

話出輕暖／推高眼鏡傾神的聽着／常是一語牽轉千年／幾個字佈局萬里／千年萬里

---

[28]　鄭愁予：《寂寞的人坐著看花》（臺北：洪範書店有限公司，1993），頁220-221。

灰髮人依次起座／僅有一人靠著椅背掣出煙斗來／含好　點
　　了火　而不抽／只用拇指　環球摩拭／　萬邦僅有一王的／
　　感覺／身在異國[29]

顏色簡淨，有種回到純然之意境。餘如〈靜的要碎的漁港〉有這樣
的意境：

　　　我穿著白衫來
　　　亦自覺是衣著白雲的仙者
　　　而怎忍踏上這白色的船
　　　她亦是白衫的比丘
　　　正在水面禪坐著
　　　而她出竅的原神坐在水的反面
　　　卻更是白的真切

　　　藍天就切出這種世界
　　　我與同座的原神都是
　　　衣冠似雪　而我的背景——
　　　蓮白的屋舍　骨白的燈塔
　　　都是月亮的削片搭成的

　　　港灣弱水
　　　靜似比丘的心

---

[29]　鄭愁予：《寂寞的人坐著看花》，頁196-198。

偶逢一朵**白雲**

就撞碎了[30]

詩中用了八個白字以突顯所處的意境，幾乎白成一大片，顏色的意
涵就更接近大自然合所有色光為一的感受。而如下列二短詩則連顏
色都不必了：

天是大虛　　地是大虛

在天地無可捉摸中

捉捉身邊的酒囊　還鼓

摸摸心　還溫

除了一番撫摸的感覺

千骸俗骨已在虛無中化去（〈華山輯之三·登頂一刹〉局
部）[31]

蓮　在靈性最飽滿的時候

離開水的禁制　蓮

惟有進入空無

才得開放（〈蓮——悼安穆純先生〉局部）[32]

二詩並未用到顏色詞，此時所謂天地自然的成了「大虛」和「無可
捉摸」，似也不必費勁如何，唯有「在靈性最飽滿的時候」，離開

---

[30]　鄭愁予：《寂寞的人坐著看花》，頁4-5。
[31]　鄭愁予：《寂寞的人坐著看花》，頁164-165。
[32]　鄭愁予：《寂寞的人坐著看花》，頁82-83。

「禁制」，進入「空無」，才得以「開放」。於是無常的逃避（被動，由於禁制）到對抗（主動）只是過程，能否回到純淨的白乃至不需任何顏色，只要「酒囊　還鼓／摸摸心　還溫／除了一番撫摸的感覺」，則一切均以無常為常（自如自在），則無大礙了，而這說的正是當人與天地冥合時，則一切顏色均不再具有什麼重要性了。

五、結語

　　本文以顏色在鄭愁予詩中的變化說明詩人在描摹天地自然與進入眾生社會中，顏色詞彙由無（或白）到色澤斑斕（藍／紅／白乃至各色）末了又回復到無（或白）的詩路歷程和不同境界，此時「左腦化」（眾生／人間）「右腦化」（自然／天地）的相互關係就極具意涵，唯有拓展「右腦化」的能力才有可能持赤子之心進入被「左腦化」過度的人間，才有可能有所領悟或冥合，達至一種拉康幻象公式所未觸及的「右腦過後再回到左腦」（自天地回到眾生）之境，先經歷「未經分化的齊一，人類和自然之間、人和同儕之間不言自明的瞭解」後的冥合體悟，而這或是鄭氏詩中顏色詞變化的最終意涵了。

承載與流動
——隱地詩中的船舶美學

摘　要

　　本文首先由日常生活空間實踐之戰略戰術理論及「褶子」理論討論書、讀者、作者、家庭、逃逸與隱地詩作的關係。由其一生「小說家」、「散文家」、「詩人」、「出版家」等四元一體的複雜關係中，可看出均是他所謂「身體一艘船」精神的體現和其延伸，並運用了在地球不斷踩踏之「旅人『熱』的眼光」和出版家「守門人『冷』的眼光」兩個路徑來看待事物，以及以四種面向面對其人生：面向生活時，是一艘永遠在「旅行」和「流動」的「品味船」，以犀利眼、挑味舌、行走足盡情踩踏城市，創造自身的行動空間和軌跡；面向身體時，是與情欲、時間、生死長期糾纏對抗愛恨交錯的一艘「獨木舟」；面向文學時，是出版業之儒者、以手工打造重量級承載力續航力的一艘「航艦」，即使年代轉換亦不棄不餒；面向語言時，是由小說過渡到散文雜文再到哲理詩的一艘語言的「飛船」、以幽默口語「機動破壞」既有現代詩傾向冗贅的風尚。而其「船舶美學」表面上雖由自家身體領悟而來，其實隱含更多的是，唯「有限的承載」才能「無限的流動」，藉由不斷向內和

向外逃逸、褶疊、一而再跨越「文體界線」，乃能尋出回返自我的
路徑。

關鍵詞：隱地、逃逸、船、承載、褶疊

一、引言

　　隱地（柯青華，1937-）是一位行走陸上的「航海家」，他的身體是船，爾雅出版社是船，筆是船、書是船、每一首詩也都是船，甚至咖啡杯是船、每一頓美食也都是船，帶他去到傳承品味的各個異鄉。每一條船的「承載」都不只是「過去之承」和「現在之載」，而是為了「未來之航」、為了航向不可知的神祕而「流動」，因為曾經「至少有六億個方塊字」從他的「編輯台上流過」[1]、因為「活著就是一場旅行」[2]、因為「人的一生，其實就是一部移動史」[3]，因為明知不論什麼船有一天都會故障會駛不動會朽會沉，對這樣人生的航程他是了然於心的，他說：

> 我看著前面的大輪船，多麼龐大的身軀，在汪洋中載浮載沉。當年初航的勇猛，顯然風一般的消逝了，他踽踽獨行，還能往這逆風冷雨的海上支撐多久呢？我知道答案。人生的收尾還會有什麼好戲？他最後會沉沒，我也會沉沒，隨後趕來的獨木舟、小帆船和紙船一一都會沉沒。但是我們怕什麼呢？歷史會記載我們的航程，雖然歷史也將沉沒，沉沒才是這個世界最後的命運。[4]

這段話說得冷靜、理性、深具穿透力，但也是很殘酷的紅塵現象和

---

[1] 隱地：〈讀寫二重奏〉，《身體一艘船》（臺北：爾雅出版社有限公司，2005），頁70。
[2] 隱地：〈好活〉，《身體一艘船》，頁147。
[3] 隱地：〈移動〉，《身體一艘船》，頁38。
[4] 隱地：〈身體一艘船〉，《身體一艘船》，頁14。

世間實景，可說是隱地精彩的「終極船舶論」。但對隱地而言，「我們怕什麼呢」？即便「記載我們的航程」的「歷史」也終要「沉沒」，那又何妨？他說：

> 人最難能可貴的特質在於明知會失去，卻仍勇於追求。[5]

因此當他在陸上滑行時，整座城都是大海，高興時就停泊在讀者的窗前或書桌前，氣餒時就停泊在自家出版社地下的書山堆裡。也不一定要在陸上滑行，尤其五十六歲（1992年）[6]的中壯年才開始寫詩以後，他會改用氣墊船或飛船，輕裝簡從，以文字的鉚釘打造快速的遊艇，用十八年的時間縱橫呼嘯過詩海，讓他過了七十歲猶覺年少[7]。恍惚此時他才敢對時間和生死大神吹鬍子瞪眼睛，詩文字的「極簡」和「有限」，已讓他感受到「無限之航」的愉悅和魅力。

他在詩領域得到的注目和掌聲恐怕也出乎他自己意料之外。[8]

5　隱地：〈失去〉，《春天窗前的七十歲少年》（臺北：爾雅出版社有限公司，2008），頁9。

6　隱地：〈關於隱地〉，《回頭》（臺北：爾雅出版社有限公司，2009）頁256。

7　隱地有言：「我的歲月已進入冬的國境，……，只要望著窗前美景，我自己也立刻變成七十歲少年了。」見〈春天窗前的七十歲少年〉一文，《春天窗前的七十歲少年》頁187。

8　至少有下列評論：吳當（1952-）：〈在隱地《詩歌舖》裡築夢〉，《明道文藝》第314期（2002），頁114-118。黃守誠（1928-）：〈浪漫與寫實之間——隱地《詩歌舖》裡的貨色試探〉，《文訊》第198期（2002），頁27-28。張秀玉：〈夏日讀隱地〉，《明道文藝》第310期（2002），頁112-114。章亞昕（1949-）：〈隱身於人生的大地——讀隱地的《生命曠野》〉，《明道文藝》第294期（2000），頁65。呂大明：〈精緻在歲華裡——讀隱地詩集《法式裸睡》〉，《明道文藝》第262期（1998），頁122-126。劉俊（1964-）：〈獨特而又純熟的詩世界——論隱地的《法式裸睡》〉，《聯合文學》第152期（1997），頁152-155。吳當：〈迷亂與秩序——試析隱地「耳朵失蹤」〉，《中國語文》第475期（1997），頁100-102。張索時：〈隱地的第二枝花——「一天裡的戲碼」〉，《明道文藝》第248期（1996），頁50-53。劉欣芝：〈隱地及其作品研究〉，碩士論文，中央大學，2010。孫學敏：《存在與超越：論隱地的詩歌世界》（臺北：爾雅出版社有限公司，2009）。

早年他以小說家、散文家和出版家走踏文壇，到寫出暢銷書哲理小品集《心的掙扎》之前，已出過十三本書，卻「幾乎本本不好銷，儘管我是出版社的老闆」、卻「一點辦法也沒有」，那時「對寫作已經灰心」、並在《心的掙扎》「後記」裡都「宣布封筆十年」了，沒想到書卻「進入了排行版」，[9]生命又為他開了一個大玩笑。而他能一甲子得以與文字和書為伍，可說是與大時代的壯闊波瀾的起伏相互呼應的，十歲還不識一個大字，只因母親的堅持[10]，才將他從大陸上海「崑山小圓莊」「十三戶人家，沒有一個人識字」[11]的村落「拯救」來臺，僥倖沒有成為紅色政權下目不識丁的一位農夫。因時代之悲劇，使得他「連自己的年齡都要到很久之後才弄清楚」[12]，十六歲才小學畢業，二十二歲才高中畢業，識字雖晚，卻早在十五歲就開始寫作，小說和評論讓他「找不到自己的位置」，主編雜誌僅得過一個獎，「心底多少有些不平衡」，其後《心的掙扎》暢銷（1984），散文兩度入選年度散文選（1992及1993），才使其「寫作的信心，回來了一些」[13]。三十八歲（1975）從寫作和編輯走上「爾雅」的出版事業，由1975年風光到1988年，是文學出版「最好的十三年」，其後持平發展（1989-1995）[14]，1996年後占「十分之七讀者」的「學生族群」（國小五年級到大三之間）「大量流失，無人遞補」[15]，「文學出版就成了

9　隱地：〈暢銷書與排行版〉，《心的掙扎》（臺北：爾雅出版社有限公司，1984），頁179。

10　隱地：〈母親〉，《春天窗前的七十歲少年》，頁62。

11　隱地：〈母親〉，頁64。

12　隱地：〈到底我幾歲〉，《回頭》，頁97。

13　隱地：〈隱地論隱地〉，《回頭》，頁28-29。

14　紫鵑：〈沐浴在咖啡香裡的一枚詩心——詩人隱地先生專訪〉，《乾坤詩刊》第58期（2011）：7-18

15　孫梓評：〈回首囊昔，爾雅三十而立〉，《回頭》，頁10。

弱勢」、「但不追求書的銷售市場，反而有一種自在的快樂」[16]，也就是這樣危機即轉機的關頭，讓他一頭栽進寫詩的快樂之中，以「票房毒藥」的寫詩行動「反抗文學的沒落」[17]，自市場機制中「逃逸」，「出版原野變得更寬廣」[18]。

從1992年起的十八年間，他就寫了五本個人詩集[19]和兩本選集，比起其他早發數十載的詩人均不遑多讓，而且「沒有為寫不出一首詩發過愁」，全憑「心中有個詩神引導」，他「只負責找紙找筆將它記錄下來」[20]。即使在出版第五本詩集《風雲舞山》之後再度宣佈停筆「收攤」不再寫詩[21]，而這似乎是他準備「換船」或「換航」的短暫停泊，也似乎是自我「審視」、「批判」、和「逃逸」的方式，為再一度的「越界」作行前的添油加料工作。我們從他一生不停轉換、跨越文體界線，在「讀者」、「作者」、「編輯人」、「出版人」等不同身分間往返、審度自身，先是「敲門人」，然後是「守門人」、「護廟人」，以文學為神為宗教為救贖之道，投注一生精力和心力而無所反悔。他既是文學的創作人、傳道人、又是守護人，文學興旺時他是「類強者」、「類當權者」，文學走頹時他是「類弱者」、「類讀者」，從來不是真正的「強者」（當權者）與真正的「弱者」（消費者），最真實的則是他是道道地地的創作人，可以一顆自由的心往返「強者」與「弱者」層

---

16 紫鵑，頁17。
17 隱地：〈隱地論隱地〉頁29-30。
18 隱地：〈隱地論隱地〉頁30。
19 隱地：《法式裸睡》（臺北：爾雅出版社有限公司，1995）；《一天裏的戲碼》（臺北：爾雅出版社有限公司，1996）；《生命曠野》（臺北：爾雅出版社有限公司，2000）；《詩歌鋪》（臺北：爾雅出版社有限公司，2002）；《風雲舞山》（臺北：爾雅出版社有限公司，2010）。
20 紫鵑，頁15。
21 隱地：〈收攤〉（代後記），《風雲舞山》頁149-50。

層疊疊牽制規訓政經社會糾纏的人間、乃致試圖自其間逃脫。本文即擬以日常生活空間實踐之戰略戰術理論及褶子論討論書、讀者、作者、家庭、逃逸與隱地詩作的關係，以及其所尋求看待事物的路徑，和對待人生的不同面向之可能內容和意涵。這其中隱地的「終極船舶論」或是他不斷尋求生命答案的重要指向，其不同生活形式的「船舶美學」兼具「承載人生」、與「流動人生」的雙重精神意義，值得深入探究。

二、日常生活空間實踐、戰略與戰術

　　隱地是極端地貼著生活寫作的人，不論小說、散文、小品、詩，率皆如此。他又是一個極易厭倦「自我重複」的創作者，他會兩度「封筆」，皆與「知止」、不想「重複」、第五本詩集「並未超越我的第一本詩集」[22]等勇於自我批判的性格有關。當他年輕無妻無屋無子無車時，他不懂一位他欽羨的長官老是說孩子長大後「我就要到廟裡去」，二十年後再碰面依然說同樣的話，但從未「上山入廟」。中年後他才懂了此話，原來日常生活是令人厭倦的、想逃離的，只是有的說在嘴上、有的則勇於付諸實踐。

　　無「差異」的「重複」的確是令人不耐的，這也是他在散文集《身體一艘船》中要「建造」出「身體船」、「飲食船」、「智慧船」、「愚人船」、「爾雅船」等諸多名詞的原因，那種建構讓他能在「重複」中找到有「差異」、路徑迥異的「移動」或「流動」方式。任何形式的「船」都必須有不同份量的「承載」，「承載

---

[22]　隱地：《風雲舞山》，頁149。

重」的與「承載輕」的就像大船與小船，運用的「空間」、航行的速度、功能、和命名均有不同，大船轉向費力不易，小船則可輕易掉頭，他的「爾雅船」是大船，「身體船」、「筆之船」是小船，這其中牽扯到權力與空間的戰略戰術關係，亦可看出創作如寫詩的「抵抗」、「抵制」力道，和其中隱藏極大的自由度。

1.日常生活空間實踐

　　當代法國社會學家德塞托（Michel De Certeau）是列斐伏爾（Henri Lefebvre）的弟子，他部分地接受了列斐伏爾關於戰後歐洲文化日常生活程式化、庸俗化、商品化、景觀化論述的觀念，但卻未繼承他左翼革命的思想。德塞托關於日常生活的實踐理論是採取消費者生產的「戰術」操作觀點，而排斥以知識份子的精英觀點，他傾向於從實踐中來看待日常生活。他認為，日常生活雖然處於絕對權力的壓制之下（如隱地所說「中國的小老百姓，永遠受國家機器迫害」[23]），但並非被這種權力完全擠壓。因為既存在著支配性的力量，也會存在著對這種支配力量的反制，日常生活即一場持續而變動地、圍繞權力對比的實踐運作。日常生活是透過以無數可能的方式利用外來的資源來發明自身[24]，不宜預設立場地以對立態度去面對，而何妨改由日常生活本身的題材中，去形塑出關注日常生活的態度。

　　比如德塞托以「戰略」（strategies）與「戰術」（tactics）區分擁有權力的強者（當權者）與而缺乏權力的弱者（消費者）。強者是日常生活中獨立的體制或者結構，擁有意志與權力的事業、軍

---

[23] 隱地：〈轟鉗弩〉，《身體一艘船》，頁138。
[24] Michel de Certeau, *The Practice of Everyday Life* (Berkeley: U of California P, 1984) xii。

隊、機構、城市，乃至各行各業可以行使權力的主體，他們運用「戰略」劃分和規範空間，是由上而下的宰制力量與意識形態，要求在特定的場合中呈現合適的、符合規範的行為和舉止。而弱者雖缺乏這樣的空間，但並非毫無抵抗能力，它們是社會的普羅大眾，常自覺或不自覺地採用各種遊擊戰式的「戰術」（行為和手段），在被規訓的空間環境中創造性地利用假裝、機智、遊戲、恐嚇等等各種方式[25]由下而上地做機會性的反抗、抵制、和突破。

　　強者顯然在規訓空間上是穩定而安全的，但德塞托認為弱者或可運用日常的語言創造和文化行為來破壞占統治地位的權力體系，或者以日常生活的行走（walking）方式介入、挪用權力和空間，創造窺看、觀察的機會，攪亂和打碎穩定的城市秩序。窺視者以行走移動的方式，從城市的管轄中模糊了空間的界限，改寫覆蓋在特定空間之上的權力符號，借孩子在作業簿上任意塗鴉式我行我素的方式開創自己的領地，像作家以文字一樣來標榜自己的存在，因而創造了自己的故事。一如隱地所說：「人生在世，無非行走一場！有人在家鄉行走。有人在異鄉行走。有人在大城行走。有人在小鎮行走。有人在國內行走。有人到世界各地行走」，問題卻只怕「幾種永遠的行走」：「從飯廳走到廁所。從廁所走到臥室。從臥室走到客廳。從客廳走到廚房；以及──從生走到死」[26]。那是極端可怖的沒有「差異」的「重複」行走，此時必須倚靠自覺地「機動破壞」，以擾亂、打碎穩定、「流動」地不斷改寫行走方式才能創造自我空間。上述討論或可簡示如圖一：

---

[25]　Certeau，頁36-37。
[26]　隱地：〈人啊人〉，《人啊人》（臺北：爾雅出版社，1987），頁7-8。

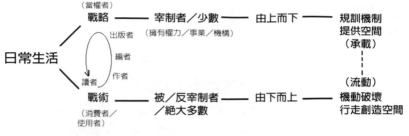

圖6-1　日常生活空間實踐中的戰略與戰術關係。

2.隱地的「戰略」與「戰術」

　　上述圖一左側將「讀者」、「作者」、「編者」、「出版者」標識於強者（當權者）的「戰略」與弱者（消費者）的「戰術」之間，皆是相對比較之意，並無絕對之分。概「強上有強」、「弱下有弱」，此大範疇中之弱者，彼小範疇中可能是強者，比如在公司被宰制的小角色的弱者，回家可能成為宰制一家人行止的強者。比強者稍弱的可視為「類強者」（比如報紙媒體是強者，出版社即是「類強者」），比弱者稍強的可視為「類弱者」（比如讀者是消費者、弱者，作者即是比讀者稍強的「類弱者」），因此隱地是「出版家」的角色時，他是「類強者」，他是「作者」角色時，即成了「類弱者」。出版業風光時，他是可以左右詩集之出版、帶動詩之風潮（比如「年度詩選」出版十年、也出版了最多詩集）的「類強者」、甚至是「強者」；出版業走下坡時，他是以「寫詩」反抗影音網路媒體強勢的「類弱者」，但也是防止詩集出版快速下墜的出版業中極少數仍勉力為之的「類強者」、「擋土牆」。

　　而此圖右側標識強者趨向「承載」的優勢，弱者趨向「流動」的優勢，乃指「承載重」的往往提供空間（像第一節中隱地說的

「大輪船」)、製造勢力範圍、有固定航速和路線,有其社會責任和信用,比如大型報紙和出版社。「承載輕」的無法提供空間(第一節中隱地說的「獨木舟」、「小帆船」和「紙船」),航速和航線具「流動性」、或「游牧性」,可輕易偽裝、變卦、甚至輕易即消失不見,比如為數極多只辦幾期的詩刊、或眾多寫了幾年即不再寫詩的詩人。

隱地的「爾雅出版社」即是「承載」了六百多種書、兩百多位作者的「中小型輪船」、但質量卻是「航空母艦型」的,是他供奉文學之神的「大廟」,不能不勉力負重續行,「在這書即將滅亡的年代,當然會在內心升起哀嘆。但只要還有一口氣在,做為一個書的子民,我仍會盡心盡力為做好每一本書而努力」[27],這是他不能輕易卸下的、「戰略性」的「承載」。但作為創作者的隱地卻自由多了,他第一次因心理不平衡、寫了十三本書銷路不佳、掌聲少而覺氣餒,宣佈要封筆十年,旋即因《心的掙扎》大賣而「自食其言」。此番在《風雲舞山》出版後(2010年11月)再度宣稱要「收攤」,「寧願繼續過著讀詩而不寫詩的日子」[28],但時隔數月又自己破了戒,2011年3月寫了一首詩「獻給明道校長汪廣平」[29]。於是諸多朋友希望幫他解開結,「可以讓我變回詩人」,有人提議改筆名、有人說詩人本就不講求信用,何妨將來出一本《賴皮詩選》等等。[30]凡此,皆可見出作為「類弱者」的詩人,自由度有多大,他們是社會普羅大眾擅於「行走」開創自我呼吸空間的典範,常常走在時代、文學變革的最前面,對可見或不可見的權力和規訓勇於抵

---

[27] 紫鵑,頁17。
[28] 紫鵑,頁17。
[29] 紫鵑,頁18。
[30] 紫鵑,頁17。

制和反抗，而抵制和反抗本身就是「戰術」的、「游擊」的、「流動」的，不必然需要「承載」什麼的，尤其框框、教條和規訓。

三、隱地船下與杯內的皺褶

隱地是充滿「皺褶感」的詩人，此「皺褶感」來自他的「不安」，不論生理或心理的。而此實乃人性使然，他不過比較坦白罷了。在1987年他的哲理小品集「人性三書」之一的《人啊人》開宗明義第一則即說：

> 人的真正問題是：如何安靜的度過屬於自己的不安時刻。[31]

他所有的詩文皆像是，不，其實根本就是他的自我告白書，很少詩人敢或者有機會出版這麼多有關「皺褶感」的書。他認為世上難有「無慾、無悔、無痛、無癢、無怨、無恨、無病、無仇」之人，如果有，「那是稻草人、木頭人或者是機器人吧」[32]。而不安即「不平衡」，試圖「行走」向「平衡」。

1.隱地的不平衡與皺褶感

一般大眾常藉日常生活沒有變化的「重複」行為麻痺壓制自己的不安，作為「類弱者」的作家則較能注意「不平衡」如何「平衡」的問題，或面對「重複」、尋求「差異」，詢問自己的「不安」「不平衡」由何而來。而此「不安」即「不平衡」，「安靜度

---

[31] 隱地：〈人啊人〉，《人啊人》，頁3。
[32] 隱地：《人啊人》序，頁1。

過」即求取「平衡」,「皺褶感」的產生即是「平衡」與「不平衡」交相擺盪的結果。而偏偏「不平衡」是隱地注目、焦慮的重心,他在〈不平衡〉一詩二、三段說:

擺得平是暫時/擺不平是永遠//擺得平的是一座舞臺/擺不平的是舞臺下一顆顆群眾的心[33]

其因即因內心潛隱深藏著的「一股情慾、貪念」,末段說:

就像大海/波濤　一波過去一波襲來/一波未平一波又起//誰能將海浪永遠鋪平?[34]

「海浪」當然永遠鋪不平,世間的「皺褶」也就沒完沒了,而且是全宇宙性的,隱地只是內心的「皺褶感」特強而已,而他詩的能量即常來自「永遠擺不平」向「短暫擺得平」的過渡。德勒茲(Gilles Deleuze, 1925~95)曾從哲學高度抽象和昇華了「皺褶」此一概念,由「皺褶」所衍生出的「褶子」是鋪天蓋地、無處不在的,海浪、漩渦、衣服、皮膚、地層,乃至大腦新皮質、細胞的DNA,它們根本是宇宙萬物的固有本性與內在本原,是宇宙萬物生發的根本性動力,經由折疊、折皺、彎曲、疊加、累積、重複和建構,乃有了此刻可見或不可見的宇宙全體。[35]

---

[33] 隱地:《一天裏的戲碼》,頁66。
[34] 隱地:《一天裏的戲碼》,頁67。
[35] 韓桂玲:〈後現代主義創造觀:德勒茲的「褶子論」及其述評〉,《晉陽學刊》第6期(2009),頁74-77。崔增寶:〈德勒茲與單子世界的複魅〉,《天津社會科學》第6期(2008),頁31-34。唐卓:〈談德勒茲的「褶子」思想〉,《齊齊哈爾師範高等專科學校學報》第1期(2009),頁87-88。高榮禧:〈傅柯「性史」寫作階段的主

皺褶此一特性乃由萊布尼茨的「單子論」開展而來。單子被認為並不具實體，卻被視為具有向內包裹「打褶」和向外展開「解褶」的潛能，以是「每個單子的深處都是由無數個在各個方向上不斷自生又不斷消亡的小褶子（彎曲）所構成的……世界的微知覺或代理者就是這些在各個方向上的小褶子，是褶子中的褶子，褶子上的褶子。」[36]而且經過皺褶後每一褶子均在「重複」中產生細微的「差異」，此看似微不足道的「差異」常被神經敏銳的詩人視為「不可承受之輕」，所有的能量即自此隙縫「射出」，常令世人瞠目結舌、困惑不解。實情亦如詩人所感受到的，世上本就沒有褶皺相同的兩樣東西，即使同一株樹的兩片葉子、並置的兩塊岩石、任何兩個雙胞胎、或者隱地「終極船舶論」所述及的世間任何兩條船「船下」的浪跡航跡皺褶、或他所熱中的兩杯咖啡「杯內」被攪拌出的波紋皺褶、聲響皺褶亦然。所有的這些「行走」即使「重複」不已，其「重複」之中必有微小的「差異」。[37]所有隱地關於「慾望」、「身體」、「旅行」、「美食」、「咖啡」、「出版」、「發表」等諸多「被行走出來」的軌跡、不平衡想擺平的「起皺」過程，均可以持此「皺褶」的眼光和方式看待。

2.船下與杯內

　　1997年隱地六十歲時寫下了〈身體一艘船〉一文，像是一篇身體哲學的宣告，是他「終極船舶論」的重要象徵，因為船舶永遠需要既「承載」又「流動」，從港口出發，在皺褶起伏的浪濤裡渡過大

　　　體概念〉，《揭諦》第5期（2003），頁95-121。

[36] 吉爾・德勒茲：《福柯・褶子》（*Michel Foucault/Fold*），于奇智，楊潔譯（長沙：湖南文藝出版社，2001），頁279。

[37] 德勒茲，頁159-375。

半歲月，最後又在同一或另一港口完成其旅程。此文一、二段說：

> 身體，是一艘沒有航道的船。從生命誕生的一刻起，他就和
> 天上的雲水中的魚一樣飄著游著。從早到晚，從春天到冬
> 天，我們的身體游走於大地，就像船一樣的在海洋裡行進
> 著，有時後退，有時打轉，有時也停泊到一個碼頭，或進入
> 港口休憩。
>
> 我讓自己的身體斜靠著，成為一艘會思想的船。隨著煙塵往
> 事，想著人在大地上的存活。從誕生到死亡，航行於茫茫海
> 洋。新日子轉眼成舊日子，新的一年在嘆息之間來了又走
> 了。我們活在短暫的時空裡。只因為活著，生存著，就像船
> 不停的來來回回開動著。有了身體這艘船，我們可進可退，
> 可駛往人潮，也可退山江湖。[38]

此兩段說的是生命旅程中身體所扮演的角色，溫和而理性，其後
第三段即提到行程中將觸碰到不盡相同的風和浪、和大輪船、和
「什麼也不準備」就下海出發的小帆船、紙船、獨木舟，那其中
充斥著的是「生命中的偶然必然茫然」[39]。之後一如本論文第一節
所引的一段話，最後一切皆將沉沒。「但是我們怕什麼呢？歷史會
記載我們的航程，雖然歷史也將沉沒，沉沒才是這個世界最後的命
運。」[40]，說得甚具哲思和穿透力。而其過程是既向外開展、又向

---

[38] 隱地：〈身體一艘船〉，《身體一艘船》，頁13-14。
[39] 隱地：〈身體一艘船〉，頁14。
[40] 隱地：〈身體一艘船〉，頁14。

內折疊，如此不斷重複相似的航程，但任二船或任二航程都一定有不一樣的軌跡和皺褶。

但就在他此〈身〉文發表的前幾年，他在一首名為〈心的掙扎──散文詩七則〉的第七則〈灰髮心情〉中寫道：

> 開始的時候，我們每個人都是一條船。
>
> 我們來到這個人世，彷彿人生的初航。
>
> 活啊，活啊，活到耳順之年，從亞洲到了美洲，甚至到了非洲，幾乎快變成一位老船長。
>
> 終於，我們會發現，自己其實不是船，也並非是老船長，而是一座孤島。
>
> 在這個都市叢林裡，過著「只是活著」的日子。
>
> 我們的身體或許仍是一條船，我們的心靈早已不是。
>
> 最後，我們把自己活成一座孤島。[41]

此「散文詩」一開始是收入散文集《翻轉的年代》（1993年），並未收在五本個人詩集中，但後來收入《十年詩選》中。此詩較〈身體一艘船〉一文就灰色很多，向外解褶又向內打褶時，幾乎進入一種「冰凍結構」中，雖然說的是人人具「差異」卻難以互動的「孤島」（沉沒或孤島均是向內折疊）。如此說來，同一身體的「船下」所興起的皺褶是與時推移的，隱地上述兩條船「船下」的「皺褶感」在「重複」中果然有極大的「差異」，而且是以「智慧船」劃出了「正向的差異」，後來的船比之前的船讓人看到了更

---

[41] 隱地：《十年詩選》（臺北：爾雅出版社，2004），頁142-143。

多智慧的皺褶。

　　咖啡是他作品中另一常常重現的主題，也是他以「杯內世界」攪拌出的小皺褶撫平他「杯外世界」大皺褶的「心神安寧丹」。比如中年以前當他「聽不到掌聲，就絕塵而去」、「獨個兒在臺北大街小巷尋找有品味的咖啡館和餐飲店享受著人生，過著寫意的日子」，年過半百深切的體會後，才感知「人生像一個『水菱』，中間大，兩頭小」[42]，而如「終極船舶論」所穿透的，所擁有的皆要還諸天地。而每杯咖啡都可視為他「偶爾停止」的時刻，比如〈一個喝著咖啡的人〉中首段的句子：

　　　　真好　是一杯讓人／身體飛翔的好咖啡（下略）
　　　　此刻最好／時間　你可以暫時不轉動嗎？[43]

胡冰說喝咖啡的隱地是一種「靜觀禪思」，因為「心神可以跳出肉身，以欣賞的姿態觀看世界和自我」[44]。其實對隱地而言，喝咖啡有時更像自我「向內褶疊」成為一顆「咖啡豆」，短暫打褶回到「杯內」後，小憩片刻，再向外展開解褶，回復成為一棵咖啡樹的形狀（或滿屋咖啡香），如此在人生中反覆「行走」。比如〈坐著的亞當與咖啡館的貓〉這首詩：

　　　　在伊甸園裡／偷吃了蘋果的亞當／跑到咖啡館喝咖啡／／臉
　　　　上露著天真的笑的他／／體內還霆雨著／一如坐在他桌前／

---

[42]　隱地：〈隱地論隱地〉，《回頭》，頁29。
[43]　隱地：《一天裏的戲碼》，頁122-123。
[44]　胡冰：〈咖啡禪──讀《七種隱藏》〉，隱地，《十年詩選》，頁213。

微笑對著他的貓咪／（貓咪和另一隻貓咪剛玩了一場叫春遊
戲）[45]

此詩悄皮有趣，偷吃的亞當「跑到咖啡館喝咖啡」，「天真的笑」
「體內還霆雨著」，彷彿褶疊躲進一顆「咖啡豆」似的，那是短暫
片刻的以「杯」以「豆」予以「承載」，其後更有無盡青春的開展
力，那是「流動」，如詩中的貓先前的「玩」（展開）和之後的
「坐」（疊回）亦然。因此不論是「船」或「咖啡」，其中似乎都
隱藏著十足向內褶疊（船的承載力／咖啡豆的生命力）也向外解褶
（船「行走」的流動力／咖啡樹的成長或咖啡冲泡的香）的能動
性，那是一切人事物之質能互動、和「有限即無限」的宇宙本性。
上述船及咖啡與褶子論的關係可以簡示如圖二。

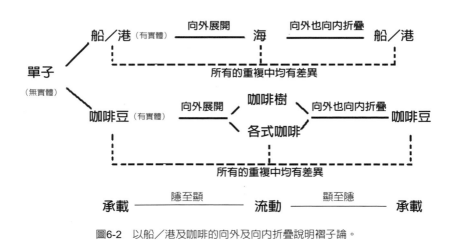

圖6-2　以船／港及咖啡的向外及向內折疊說明褶子論。

---

[45] 隱地：《風雲舞山》，頁29。

四、旅人、守門人、船舶美學

由於隱地在沒有書的家庭環境中成長（母親愛打牌，認為「書」等於「輸」），他從這樣的小型「規訓空間」中「逃逸」而成為張漱涵（1930- ）所編《海燕集》的忠實「讀者」。識字雖晚，卻很快成為早熟的「作者」，其後擔任各種文學雜誌的編輯，在主編《書評書目》一段時期後，由於無法忍受該刊物將由聚焦文學放大成為綜合性雜誌，他又自此「規訓空間」逃逸，從此成為爾雅出版社的發行人。而這座供奉文學之神的廟宇也是另一座「規訓空間」的「戰略」基地，雖是不斷放大「承載力」的空間，畢竟仍具有極大的束縛性，因此他也不斷想「流動」而逃逸出去；不停創作和在城市中「行走」踩踏成了他的「戰術」，而且在不同文類間不斷「越界」，更是他「轉換逃逸戰術」的最佳策略，尤其是寫詩，成了他可以自覺可以「自由行走」的自創空間，他在其中快樂地「自我褶疊」及向外「解褶」開展。「身體一艘船」和「終極船舶論」成了他「承載」和「流動」之生命雙重精神的主要建構，也是他經由不停逃逸、精神上生活於「域外」後又回返自身的最終領悟。

1.「終極船舶」精神

「船舶」的主要功能是「承載」和「卸載」，中間則是「遊」、「流動」和「旅程」。而生命最初的「承載」是「生」，最後的「卸載」是「死」，生死問題是宇宙的神祕和困局，也是隱地一生未曾間斷的叩問，更是他所有創作的核心，他的詩，所有的詩，永遠繞著，不，應該說朝著「勇於承載」也「勇於流動」最後

要「勇於沉沒」這樣的主題而飛舞，這是他的「終極船舶」精神，即使寫一個杯子一支瓶子一粒灰塵均如此。比如〈靜物說話〉：

> 我看著牆上一幅畫
> 畫說　換你掛上來
> 讓我到外面　　四處走走[46]

「掛上來」是「承載」，「到外面」走走是「卸載」後的「逃逸」、「流動」和「行走」，隱地說的是生命是爾雅是自己。又比如〈灰塵記〉：

> 灰塵佔往桌面／他吹一口氣／灰塵退到角落／／灰塵和灰塵想攻擊他光亮的額頭／洗一把臉／灰塵就被淹死了／／灰塵在人間飛舞／他飛舞在灰塵之上／／之後　他飛舞在灰塵之下／灰塵和灰塵／為返國的灰塵齊聲歡唱[47]

對灰塵「吹一口氣」是生的自信力量，「灰塵想攻擊」是死亡微細但又強勁的力道；「飛舞在灰塵之上」是知其不可而為之的「小承載」和「大流動」的方式，「飛舞在灰塵之下」是死是「卸載」，「灰塵和灰塵／為返國的灰塵齊聲歡唱」是對「終極沉沒」的認同。此詩比另一首〈灰塵之歌〉[48]更具穿透力和戲謔性，「返國」二字居功厥偉。

46　隱地：《生命曠野》，頁62-63。
47　隱地：《詩歌舖》，頁112-13。
48　隱地：《法式裸睡》，頁68-69。

2.兩種觀點：旅人和守門人

在本文行文中不斷使用「逃逸」二字，這是物理學中觀察到的宇宙所有物質與能量的本性，人並兼其二，自然更是地球所有生命中具備更大本領的「逃逸之王」。而「逃逸」並非單指「逃亡」，而是朝自身場域「之外」及未觸及到的「之內」的奔赴和探求，最終是對世界和對人的了解和自我歸返，即使所得有限或徒勞無功。哲學上常以「域外」二字論之，德勒茲則視「域外」是「比所有外在世界更遙遠……」[49]，其中隱藏的正是向「域外」的「逃逸」和「越界」，其目的正是為了開拓一條重新摺返自我的嶄新途徑。於是思想愈往域外越界就愈是一種內在性褶曲，反之亦然。[50]而「旅人的眼光」和「守門人的眼光」，正是隱地看待生命和人事物最主要的兩種觀照方式，前者「以動觀靜」，後者「以靜觀動」。比如〈旅行〉一詩：

> 在人生的隊伍中行走／前行者變魔術似的消逝／笑聲仍在林中擴散／就是再也見不到他們面容／／一對情侶什麼時候披上了婚紗？／誰家的孩子　在隊伍後面／綿密跟來？／熟悉的面孔／／迷失在哪個街口？／陌生的朋友／你是誰？／／人生的隊伍繼續挺進／我在黃昏的落日前趕路[51]

---

[49] 吉勒・德勒茲：《德勒茲論傅柯》（*Foucault*），楊凱麟譯（臺北：麥田，2000），頁173。

[50] 楊凱麟：〈分裂分析傅柯：文學布置中的越界〉，《臺大文史哲學報》第71期（2009），頁185-208。

[51] 隱地：《生命曠野》，頁44-45。

此詩以人生為經、哲思為緯，呈現了隱地對人活著一事的熱情關注和審視，對周遭生活的變動有超乎尋常的敏銳觀照，在「個體遊牧」式的「行走」和「流動」中對熟悉與陌生均概括之但只敢有限地「承載」，否則在晚境中「趕路」恐有困難，在向外「解褶」開展時也向內「褶疊」自省。而如下列兩首寫樹的詩，雖與他「爾雅守門人」（有如文學「集體遊戲」的召集人，而書內天地彷彿另一形式的「域外」）無關，卻可看作「生命守門人」的自省詩作：

　　　　樹前跑著青春／樹後坐著光陰／青春為光陰吞蝕／／孤寂老樹／繼續守著大地／仰望天空（〈仰望天空的樹〉）[52]

　　　　院子裡坐著一把椅子／椅子上坐著一片落葉／／一棵隨風飄動的樹／俯首悼念自身飄落的／一個家人（〈飄落〉）[53]

前一首是樹的「瞻前顧後」，後一首是樹由上向下、對必然失落的「俯悼」，寫來哀而不傷、悼而無怨，是隱地令人擊節的小詩。上述兩種觀照方式可以圖三簡示之：

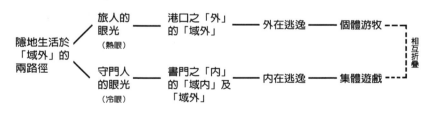

圖6-3　隱地生活於「域外」的兩條路徑及逃逸方式。

---

[52]　隱地：《生命曠野》，頁110-11。
[53]　隱地：《風雲舞山》，頁103。

3.四種面向：獨木舟、帆船、航艦、和飛船

隱地主要以四種面向面對其人生：

（1）面向生活時

　　是一艘雅痞式的帆船，在乎並堅持自身一定的品味和格調，是一艘永遠在「行走」在「旅行」和「流動」的「品味船」，以犀利眼、挑味舌、行走足盡情踩踏城市，創造自身的行動空間和軌跡。他說他要「為一條街忙碌」、「要細讀每，並向臺北的每一條街告別」[54]。他是極度貼近生活寫詩的快樂詩人，比如他曾把他常去的十二家餐廳和咖啡館都搬到同一條街上寫成一首四十行的〈詩歌舖〉，最後讓紀弦（路逾，1913-）、瘂弦（王慶麟，1932-）、席慕蓉（穆倫・席連勃，1943-）全撞在一起，結尾末三行說：「一首詩／不小心撞上了／另一首詩」，館子、詩人全成了詩的代稱，他真的是想把好品味全融化入生活裡。比如〈快樂詩人〉一詩：

> 一屋子吃披薩的裸女／不　是披薩店正在舉辦畫展／／一張畫和一張畫之間／吃披薩的裸女都有不同的姿勢／原來一塊披薩和一塊披薩／有一百種相異的吃法／／披薩和乳房之間的距離要如何測量／眼睛盯著　嘴巴嚼著／男客的動物性缺乏美德／讓牆上掛著的裸女驚嚇／她們各自尋找逃亡之路／／一個奔跑中的裸女／撞到了一位詩人／／詩人手舞足蹈／他說，讓我們跳舞吧／／一屋子吃披薩的裸女[55]

---

[54]　隱地：〈退休・不退休〉，《春天窗前的七十歲少年》，頁161-162
[55]　隱地：《風雲舞山》，頁117-118

「裸女都有不同的姿勢」、「原來一塊披薩和一塊披薩／有一百種相異的吃法」說的是面對生活所對應的「戰術」，是自創空間的方式。「裸女驚嚇／她們各自尋找逃亡之路」，撞到詩人反而有了生路，邀其「跳舞」而重獲生命力，這是詩人生命力十足的生活藝術。

（2）面向身體時

是與情慾、時間、生死長期糾纏對抗愛恨交錯的一艘「獨木舟」，充滿自由的能動性，卻又是孤獨而寂寞的。因為「食色」是所有生命本具的宇宙性、是本能的力量之褶疊和開展方式。隱地觸及身體的不少，如：

> 坐在鐵銹釘子上的櫻桃／驚叫　聲震屋瓦／一隻春天的貓和鳴／天空裡一片雲飄過（〈飄過一片雲〉）[56]

> 進入房間／鎖門／一隻狗爬在另一隻狗身上／／透過窗戶／狗看到兩個人在街弄裡交媾／狗對狗說／人真大膽／敢公然向道德挑戰（〈狗的道德經〉）[57]

兩首均精緻簡潔而富隱喻，說的是世間永無休止和間斷的陰陽互動關係。前一首動中有靜，老少對比，貓與雲對應，熱鬧中卻又無事發生一般，正是人間常景。後一首狗人換位，背德者指別人背德，以性暗批政客，戲謔彷如黑色幽默劇。

---

[56] 隱地：《風雲舞山》，頁58。
[57] 隱地：《風雲舞山》，頁43。

（3）面向文學時

　　是出版業之儒者、以手工打造重量級承載力續航力的一艘「航艦」，即使年代轉換亦不棄不餒。當他看到「有人照著爾雅叢書書號／把缺漏之書補齊」，那時若是已百年後，他不知將「哭著奔回墳墓　還是／笑著飛向天堂」（〈在空氣裡飄浮著的我〉）[58]，顯示了他對「承載」爾雅此一文學殿堂的甘心。雖然也對如「人生如瓶」般「裝載」意義有其質疑，如〈瓶〉一詩也可視為「承載爾雅」或文學創作的隱喻：

> 我是瓶／我裝酒／我有千重風貌／我可以使地球上一半的人醉／改變另一半人的命運／／我是瓶／我裝醋　我裝麻油　我裝胡椒粉／我替滄桑人生調味／暫時忘記人間愁苦／／我是瓶／我裝古龍水　我裝香水　我裝礦泉水／讓甘泉流入生命／讓女人橫陳的肉體更香／讓男人放射男性應有的魅力／／我是瓶／我裝維他命　我裝藥丸／一粒一粒的紅橙黃綠藍靛紫／一一進入你口中／我成了棄兒／你也進入墓中／／我是瓶／我總是被鮮花占領／我成了花瓶／人們讚美著花的美麗／卻忘了我的存在／／我是瓶／／我是瓶／我不停地向你說／我是瓶／瓶本身到底是什麼呢？[59]

「瓶本身到底是什麼呢？」是本詩的主旨，一如他說「身體一艘船」的「船」的意義一樣，答案自然皆在前述的「終極船舶論」中。

---

[58]　隱地：《風雲舞山》，頁147。
[59]　隱地：《一天裏的戲碼》，頁20-22。

（4）面向語言時

是由小說過渡到散文雜文再到哲理詩的一艘語言的「飛船」、以幽默口語「機動破壞」既有現代詩傾向冗贅的風尚。

人世間／總是這樣／／掏出老二／尿尿／關門／上鎖／然後／／上路／／去醫院／探望老岳父／的／病／還急著趕最後一場電影（〈失樂園〉）[60]

用汽車／用火車／用輪船／用飛機／／從甲地搬到乙地／乙地搬到丙地丁地⋯⋯／最後又搬回甲地／搬運人體的運動／人們稱為旅行／直著搬／橫著搬／躺著搬／趴著搬／／搬到野外種玫瑰花的地方／搬到十七層樓開刀中心進行手術／搬在另一個人身上／讓他自己走／／坐在輪椅上的／可以推他／揹在背上的／可以上樓／抱在心裡的／可以上床／擁著的／就跳舞吧（〈人體搬運法〉）[61]

此兩首均屬第一本詩集《法式裸睡》時期，以尋常語言像展開手卷般「解褶地」呈現塵世人間最常見的日常生活景象，他以自創的「行走」風格，冷靜、貼切、又殘酷地予以切片，偏偏又極具穿透力道，一如他的「終極船舶論」，而這即是隱地「褶疊」其人生、完成其詩作的獨特方式。上述「承載」與「流動」的四面向，若以「船」的身姿型態表示，則如圖四。

---

[60] 隱地：《法式裸睡》，頁24-25。
[61] 隱地：《法式裸睡》，頁63-65。

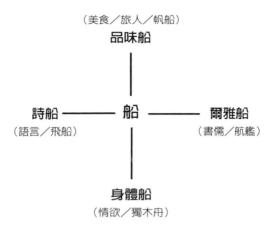

（美食／旅人／帆船）

品味船

詩船 ——— **船** ——— **爾雅船**

（語言／飛船） （書儒／航艦）

身體船

（情欲／獨木舟）

圖6-4 　隱地「船」的承載與流動方式。

五、結語

　　隱地是詩壇少見的「高齡產婦」，五十六歲才闖蕩詩之叢林，在十八年的寫詩生涯中「放煙火」似的寫了兩百多首詩，出版了五本詩集，其中有為數不少的好詩，以幽默、風趣、戲謔、智慧、哲思、口語而具穿透性的風格贏得了不少掌聲。他是詩之旅者、也是文壇重量級的守門人，因此得到的注目和回應是行走了數十載的其他中老兩代詩人所遠遠不及的，他的清澈、坦率、透明和直指本性的文人氣質，為其他三代詩人極多冗贅的詩癖也作了絕佳示範。本文指出了其「船舶美學」的精神、觀點、和面向，表面上這些雖皆由其對自家身體的領悟而來，其實隱含更多的是，唯「有限的承載」（生與死距離短促）才能激發「無限的流動」（強大的能動性），藉由不斷向內和向外逃逸、褶疊、和一而再跨越「文體界線」，乃能隱約尋覓出其歸返自我的神秘路徑。

站在蝕隱與圓顯之間
——林煥彰詩中的「半半」美學

摘　要

　　本文首先由日常生活理論及「褶子」理論討論土地、童年、親情、逃逸與林煥彰詩作的關係。由其一生「詩人」、「畫家」、「兒童文學作家」三位一體的多元創作中，可看出均隱含着其所謂「半半哲學」的精神、並運用了「兒童『熱』的眼光」或「貓『冷』的眼光」兩個路線或觀點看待事物，以及以四種面向面對其人生：面向土地時，是永遠會滑落牛背的牧童；面向至親時，是糾纏難解又欲割離依愛的心靈遊子；面向現實社會時，是以人文對抗科技、以純樸對抗世俗、以精神的富有力抗半生窮境的文人；面向語言時，是由現代主義過渡到現實主義、以口語扭轉詩語言脖子的先行者，這也是他能悠遊於現代詩與兒童詩之間、並能在童詩領域大放異彩的重要原因。而其「半半美學」表面上與儒家的中庸、知足精神有關，其實隱含更多的是藉由不斷逃逸、挪移、跨越界線而尋覓回返自我的另一種方式，因而使得一生的創作充盈了流動性、變異性、多樣性和過程性。

關鍵詞：林煥彰、逃逸、孤獨、口語

一、引言

　　1939年出生的林煥彰被陳芳明「戲稱」為「掉在代溝裏的一代」[1]，他比二、三〇年代出生的「上一代」詩人們（今日已是所謂的「前行代」）出發得稍遲些，卻又比1945年戰後出生的下一代（如今已是所謂的「中生代」）出發得早很多，「處境」可謂甚是尷尬。但他在1967年第一本詩集《牧雲初集》時期，即已被選入《七十年代詩選》，實力與潛力不可小覷，他的前兩本詩集（包括1969年第二本的《斑鳩與陷阱》）明顯的有當年現代派的詩風，這多少與「紀弦是他寫詩的啟蒙師」[2]有關。但從1972年第三本詩集《歷程》起，他的詩語言明顯地向「口語」轉向，「現實」的成份也越來越濃。1974年他轉換跑道全力向「兒童詩」的領域推進，大肆開疆闢土，如入無人之境，為兒童詩界立下汗馬功勞。

　　2000年由文建會主辦、臺東師院兒童文學研究所承辦的「臺灣兒童文學一百」（1945~1998）評選活動中[3]，從兩千四百冊十類作品裡選出一百零二冊代表五十餘年來臺灣兒童文學界的成績，其中兒童詩集類僅選出十一冊，林煥彰的《妹妹的紅雨鞋》、《我愛青

---

[1]　陳芳明：〈寫在煥彰詩集《歷程》的後面〉，《歷程》，林煥彰（臺北：林白，1972）附錄3。另見陳芳明：〈林煥彰的《歷程》〉，《鏡子和影子》（臺北：志文，1974），頁289-294。

[2]　宋雅姿：〈開在生活瘠土上的晶亮詩花──專訪詩人林煥彰〉，《文訊》第261期（2007）20:29。

[3]　林文寶計畫主持：《臺灣（1945~1998）兒童文學一百》（臺北市：行政院文化建設委員會，2000），頁89。本書是行政院文建會主辦，臺東師院兒童文學研究所承辦的「臺灣兒童文學一百評選活動，從兩千四百於冊中，所評選出一百零二種的優良兒童作品書目；收錄的範圍係1945-1998年間臺灣出版的歷史性、本土性、創作性的兒童圖書，內容共分為故事、童話、小說、寓言、民間故事、兒歌、童詩、戲劇、散文、圖畫故事等十類。

蛙呱呱呱》就獨占了兩本，也是唯一一位入選兩冊者[4]，可見得其於兒童詩界令人刮目相看的成就。其後他再度揮鞭重回成人詩領域，十餘年來斃力不懈，近年力行其「人生畢業之旅」，巡迴各地華文社會，貢獻一己所能，力倡六行小詩創作。而他由寫現代詩（1961年學寫詩、1963年發表第一首詩、到改志寫兒童詩前已出版三本詩集）、到1974年「開始專心創作兒童詩」[5]，到2000年時已出版童詩集十七冊，到90年代中再回到現代詩，至今已出版各式個人現代詩集詩選集十三冊，這樣「跨出界線」而在成人詩、兒童詩兩領域來回奔馳、且均有豐富的創作歷程、質量均可觀的現代詩人，在臺灣他是唯一的一位。[6]其他寫成人詩的現代詩人在兒童詩創作方面均屬「偶然出手型」，因此林煥彰的詩創作型態和成長歷程必然有其可探究之處。

　　而1940年左右出生的臺灣本省籍詩人包括岩上（1937- ）、朵思（1939- ）、楊牧（1940- ）、拾虹（1940- ）、以及他的好友喬林（1943- ）、施善繼（1944- ）等，雖都是在當年落後窮苦的臺灣本土環境中長大，但像林煥彰那樣僅具小學學歷、畢業後卻因考不上任何一所初中而失學、十五歲即開始為生活而奔忙數十載、之後還有機會成長為著名的詩人的，他可說是本省籍中僅有的一位。而失學一事是使他「深深感到心痛」、且「一直影響著我一、二十年來自我謀生的生活」、成為一生「不知吞下了多少怨屈、多少不平」的主因、即使「有了一點點調升的機會」也被「不合理的人事條文

---

[4]　其他尚有王蓉子、楊喚、詹冰、羅青等成人詩作者各選入一冊。
[5]　見詩路「林煥彰」項下之「作者年表」，http://dcc.ndhu.edu.tw/poemroad/lin-huanjang。
[6]　參見林淑芳：〈讓孩子們自己寫詩——介紹一本兒童詩集〉，《書評書目》第97期（1981）：92-93。鐘麗慧：〈林煥彰和他的兒童詩〉，《明道文藝》第85期（1983），頁14-17。莫渝，〈淺談林煥彰的兒童詩〉，《書評書目》第86期（1980），頁73-78。

給扼殺」。此「最遺憾的」[7]缺憾，成了他生活清貧、重擔無法放下的來源，更也是使他必須不斷「跨界而出」的最大驅力，包括地域的跨界、工作的跨界、興趣的跨界、感知的跨界、和情感的跨界，有的是命運使然、有的是生活所迫、有的是偶然的機遇，他的創作生命也因其與一般鄉下老家種田人、都市工廠工人之「日常生活」的選擇不同，而有了絕然不同的創造性人生。上述的跨界傾向、乃至他的「兩個母親」與他一生的情感糾葛等等，都構成了後來他宣稱的「半半哲學」的思維基礎，更是他生命色澤、詩中主題和內涵的基調，在討論他的詩作時，便不可繞過而宜更深入探究，甚至可將之視為其詩作精神的核心，以美學範疇來看待。本文即擬以此「半半美學」為基砥，經由日常生活理論及「褶子」理論討論其詩作的路線和面向，經由其對待土地、情感、社會、語言的不斷逃逸（地域／語言／親情）、挪移（成人詩／兒童詩）、跨越界線（職場／工作／興趣）而尋覓回返自我的歷程予以探究，以理解其一生的創作所以充盈了流動性、變異性、多樣性和過程性的緣由和可能意涵。

二、日常生活、逃逸、與拷問

林煥彰在他的同輩詩人群中，算是起步晚但跑得快的詩人，二十二歲才開始習詩，二十五歲才發表第一首詩，但到三十三歲卻已出版了三本詩集，三十五歲時又一頭栽入了兒童詩領域而成績斐然，原因無他，他必須比別人努力，否則他在生活之海中泅游上不了

---

[7]　林煥彰：〈我生命中的春天〉，《詩情・友情》（宜蘭：宜蘭縣立文化中心，1995），頁211-214。

岸。當年日常生活的重擔壓得他喘不過氣來，他不得不想從其中「逃逸」。在體制外讀書求取通過檢定考試，一度成了他唯一的路徑，沒想到世俗的「既定路數」他做不來，能力有所不足，卻因緣際會走進世俗眼光中最最沒用的「文藝」領域，連他自己恐也沒料到這倒成了他一生最有力道的「救贖」，而這種由世俗既定規範中「逃逸」而獲得「救贖」的「生命路徑」，是其他同輩詩人所不可想像的。

1.日常生活理論

　　日常生活理論[8]或可藉以說明林煥彰如何由牧童而工人而詩人和畫家的路徑發展，和能自其困窮生活中抽拔而出且不斷自我挑戰的緣由和力量。師從盧卡奇（Gyorgy Lukacs, 1885~1971）的阿格妮絲・赫勒（Agnes Heller, 1929~）認為所有人類活動可以劃分為三大領域：一類是「自在的」，一類是「自為的」，另一類則介在二者之間。由於日常生活由基本規則和規範構成，有一定的秩序，屬於「自在的」（不必思索和費力）範疇。而「自為的」（自覺和具創造性）是最高領域，代表可運用自由意志、得以行使自覺意向的領域，主要包括哲學、科學、宗教、藝術等。而介在「自在的」與「自為的」兩領域之間，主要是指社會、經濟、政治制度諸領域。

　　赫勒對日常與非日常領域予以清晰的劃分，指出兩者不同之處主要通過思維的差異來表現。日常思維產生於日常生活的真實性之中，遵循實用主義和身處經濟結構之中，日常思維是以天然的常

8　參考楊國榮：〈日常生活的本體論意義〉，《華東師範大學學報》第35卷第2期（2003），頁1-8。王南湜：〈日常生活理論視野中的現代化圖景〉，《天津社會科學》第5期（1995），頁23-25。劉桃良：〈對「日常生活審美化」的理論溯源〉，《曲靖師範學院學報》第27卷第5期（2008），頁30-33。閻方潔、宋德孝：〈關於日常生活的知識及其人道化目標——赫勒日常生活理論的哲學研究〉，《柳州師專學報》第23卷第1期（2008），頁95-98。

識型面貌出現的，通常是不變的、重複性的，「是我們日常生活不可逆轉的行為模式」[9]。重複性的思維和實踐被視為可以輕易「卸載」（unload），使我們的能力輕易獲得釋放，那是一個自發性和直接性的領域，卻也是人其他更具挑戰和創發性活動和思維的積累性基礎。因此赫勒認為日常生活的一般圖式有：（1）實用主義：遵循最少費力的原則；（2）可能性：習慣和重複提供了基於可能性行動的客觀基礎；（3）模仿：行動的模仿、行為的模仿和召喚的模仿三種密切關聯；（4）類比：類比的目的在於產生相似性，大多數日常活動是被類比所引導的；（5）過分一般化：突出現的特例會以一般的習慣加以規範；（6）單一性事例的粗略處理：遇到新奇陌生的事例常將之歸入於熟悉的模式中。而非日常思維則超越了上述日常生活思維，需要用間接的知識去理解，無法以日常體驗或日常思維直接推知，也無法忽略日常生活的特性、偶然性和排他性。

由於以實用主義為特徵的日常生活代表著「以過去為定向」的社會，而非「以未來為定向」的社會，容易使主體陷入「異化」的狀態。更由於日常生活壓抑創造性、忽略偶然性因素，因而也易終止人的個性的發展。以是赫勒遂提出日常生活批判就是要實現日常生活的「人道化」，通過主體自身來改變現存的日常生活結構，揚棄日常生活的「異化」特徵，使個人變革再生產而能由「自在存在」上升為「自為存在」。然而職場上只要有「不平等」的關係必然是「異化」的關係，「只有在基於真正的能力差別的從屬關係取代了強加的等級關係之處，我們才能談論非異化的個人平等」[10]，

---

[9]　阿格妮絲·赫勒：《日常生活》，衣俊卿譯（重慶：重慶出版社，1990），頁278。
[10]　阿格妮絲·赫勒：《日常生活》，頁235。

因此社會中，若基於自由、無拘束的平等基礎上之個人關係越多，這個社會就越「人道化」。

赫勒又分析了日常交往的四種形式：偶然隨機的交往、習慣性交往、依戀、有組織的交往。其形式則著重於研究日常交往中到底是被視作「目的」或「手段」的兩種傾向。當上述四種日常交往形式的任何一種中，一方都在某種程度上被另一方所利用，亦即以「手段」的傾向交往時，此種日常生活就走向了「異化」。而當較能視作「目的」而非「手段」的傾向時，此日常生活的交往即更加的「人道化」。同時，之所以要實現日常生活的「人道化」即是欲實現一種「有意義的生活」。赫勒將日常生活的「為我們存在」分為兩種類型，一種是「幸福」，一種是「有意義的生活」。「幸福」是日常生活中「有限的成就」，是有限地完成的「為我們存在」，原則上不能再發展與拓展，自身就是終極目標和極限。「有意義的生活」則是一個以通過開放世界中「持續的」新挑戰和衝突的發展前景為特徵的日常生活的「為我們存在」。一個人過著「有意義的生活」即意味著他不畏縮，敢迎接挑戰，能充分展現自己個性發展的個體。這一個體不壓抑自己的個性，勇於面對開放的可能性，選擇自己的價值和世界，不斷創新生活。赫勒認為「有意義的生活」就是日常生活批判的「最終目標」，「可以使所有人都把自己的日常生活變成為他們自己的存在，並且把地球變成所有人真正的家園」[11]。

由上述的討論可以看出，林煥彰自1955年由宜蘭老家到基隆食品加工店當學徒、1956年進入臺北的台灣肥料公司南港廠當工人

---

[11] 阿格妮絲・赫勒：《日常生活》，頁292。

以求討生活起，就一直不斷面對的生活困境均是上述所說「重複性」以「實用主義」為主的、被「異化」的工作（基於學歷而非能力）。不論是從會讓他嘔吐的農業社會粘腳的「田」，或到「感到卑賤」常「暗自流淚」[12]的工業社會的「工廠」，從鄉下到都會，他均在尋求如何於「世俗價值觀」中有較好的生活而已。比如從工人到快二十歲才夢想讀法律政治通過高普考亦然，只單純想「為改變自己的一生，走上人生的大道」[13]、「日夜自修苦讀，希望有一天真正能在『自由職業』這個階層裡，取得自己企望得到的身分和職位」[14]。本來他以為養母口中他命格本具的「自由職業」是「醫生和律師」之一[15]，但卻在函授學校中對法律和政治「念得毫無興趣」[16]。因此他起先由工人想奔向「得到身分和職位」的「逃逸」是無效的，直到與「世俗的身分職業」無關的「文藝」相遇，此「逃逸」才似乎有了出口、越界的可能。而且這個「界」他是用飛的，付出比別人多，「逃逸力」恐怕遠遠超出他的預期之外。此種無具體實用性、不可預知的「逃逸」比起其他同輩詩人力道可大得多，才幾年就使他從多年「無技可施」的「自在的領域」（自動的、不必思索、跟從性）跳昇至「自為的領域」（自覺的、創造性思索、獨立性），甚至後來可以回過頭提昇、改善其實際「日常生活」的困境。

此種「越界」再「回頭」，也體現在他詩語言的使用上，起初他師從多位現代主義詩人（如紀弦、鄭愁予、瘂弦、沙牧、管管、

---

[12] 林煥彰：〈我生命中的春天〉，《詩情‧友情》，頁26。
[13] 林煥彰：〈我生命中的春天〉，《詩情‧友情》，頁27。
[14] 林煥彰：〈揮汗播種〉，《詩情‧友情》，頁28-31。
[15] 林煥彰：〈揮汗播種〉，《詩情‧友情》，頁28。
[16] 林煥彰：〈揮汗播種〉，《詩情‧友情》，頁29。

周夢蝶）而走向具知識份子階層口吻的現代主義詩風（他的好友施善繼亦然），其後又回頭真誠面對、審視自己的生活現實，走回離其原初「日常生活」更接近的鄉土、而改走「口語」詩風，則是另一次更關鍵性的越界和「逃逸」，這也促使他參與「笠詩社」成為社員（1965年），和由其中再離開與詩友合組「龍族詩社」（1971年）。其後再更回頭，看到自己淒涼卻精彩的童年，因而走進了兒童詩領域，從此大放光彩。

也一如德勒茲（Gilles Deleuze, 1925~1995）以1968年他的《差異與重複》為界將自己的思想分期，他把在此之前當作他的哲學史研究過程，而在此之後則才是以他自己的名義言說的過程。亦即之後的德勒茲的思想中不再是簡單地「重複」對以往哲學思想的再現，而是他即使在不斷的「重複」中展開了與以往哲學中那些概念的「差異」。[17]因此「重複」中有「差異」是對「重複」的「逃逸」，對「差異」的注視將使原有的「重複」有新的分歧點、新的面貌因此誕生。對林煥彰而言正是如此，他的「變異」即是在原有「現實」的「重複」中找到人生分歧點的「差異」，沒有把自己束縛在某個固定的世俗的傳統觀念中，而是由被「現實」所「異化」的痛苦中（注視「重複」忽略「差異」）抽拔「逃逸」，將自身推向「人道化」的路徑（忽略「重複」注視「差異」），或者說透過將過去「碎片化的過程」（由「重複」中找到可以「流動」的「差異」），積疊鋪成重新出發的石子路，創造了自己的新的未來。上述概念或可表示如下圖：

---

[17] 雷諾‧博格：《德勒茲論文學》，李玉霖譯（臺北：麥田出版，2006），頁123。

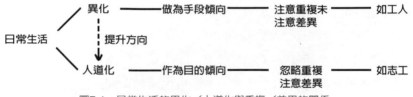

圖7-1 日常生活的異化／人道化與重複／差異的關係。

2.現實的逃逸與拷問

　　1968年11月間林煥彰曾寫了一封信給當時的詩人好友施善繼。此信其實是以「散文詩」的形式寫的，卻未見收於他的任何一本詩集中。此「信」或「詩」敘事少抒情多，表達了由年少二十歲以前在「生命的春天」階段卻過得「陰暗而潮濕」[18]、即使到三十歲仍在「現實」的逼烤下不斷「逃逸」的心境。共分三節，第一節如下：

1）

　　那天是禮拜，照理我應該休息的。可是不知道，我又將我的所有的假日押給了一天十五塊錢的現實。所以，我就像個囚犯一樣，打自囚的票亭問逃出，去奔赴你的約會，去日安憂鬱，叩訪那個臨海的八里。

　　這是一次不尋常的拜訪。你知道的，我心裡負荷極重。為了我們約好回來時，每人要寫兩章，合奏一個四重奏，對於一個陌生的地方。是的，我們要深深去切入，趁陌生的時候，一如你把他當作里爾克的那個詩人所說的，免得混熟了以後便失去了著魔力。這跟文藝心理學有關，即如你常常對我提起的那點「距離」。是的，就是這麼微妙，對於一些事

---

[18] 林煥彰：〈我生命中的春天〉，《詩情‧友情》，頁24-27。

物，我們常因第一眼的感受而喚起了亙古的記憶。[19]

此節第一段說他「又將」假日「押給了一天十五塊錢的現實」（不斷的「重複」低層級的體力勞動），卻又說「不知道」為何會如此，充滿了無奈和無力感，顯然是「日常生活」的實用主義作祟。於是又說「我就像個囚犯一樣，打自囚的票亭間逃出，去奔赴你的約會」，至此句仍是墜入常人的「日常生活型態」。而當他說「去日安憂鬱，叩訪那個臨海的八里」、然後成為「一次不尋常的拜訪」、「因第一眼的感受而喚起了亙古的記憶」時，則已進入常人所不能的「非日常生活型態」（看到了「重複」的現實中有創造新意之「差異」的可能）。這是他由「自囚」中「逃出」才有的效益和補償，前者的「日常生活型態」是被動的、被「異化」的、如月被「蝕隱」（被外物遮掩）的黯淡無光之生命形式，後者的「非日常生活型態」因「逃逸」而暫獲主動的、自覺的、如月復現「圓顯」的觀照的生命形式。此種短暫的「精神逃逸」（而非只是身體的）是對「日常生活」的越界方式、飛的方式，是臺肥幾千員工絕大多數窮他們一生都無法理解的自覺方式。

此節中「日安憂鬱」四字源自熱銷五百萬冊以上的1954年由法蘭絲瓦·莎岡（Françoise Sagan，1935-2004）所撰寫的小說《日安憂鬱》[20]，代表的卻是法國上流階層的富商之女的頹廢路徑，但林煥

---

[19] 見張默編：《現代詩人書簡集》（臺中：普天出版社，1969），頁295-296。

[20] 本名法蘭絲瓦·奎雷茲（Françoise Quoirez），出生於法國的富商之家，她念完教會中學後進入索邦大學就讀，卻因成日流連夜總會，學業成績不理想，令家人勃然大怒。為了安撫雙親，她在咖啡館寫下這本十九歲出版的處女作，為她掙來法國「文評人獎」（Prix des Critiques），也令她崛起於文壇，一夜間聲名如日中天。《日安憂鬱》出版翌年，英文版登上紐約時報暢銷書榜第一名；四年間於法國賣出八十一萬冊，在美國銷量高達百萬冊，陸續譯為二十餘國版本，全球熱銷五百萬冊以上。

彰要向「憂鬱」問「日安」的卻直指自己「押給了一天十五塊錢的現實」。因此其他詩人的生存問題、生活負重問題很少有機緣如林煥彰與「詩」扯上如此密切的關係。其他詩人的「日常生活」多數不需倚靠「詩」為他們解決什麼，甚至有時會干擾、阻礙他們的日常生活和工作。但對林煥彰而言，除了精神的平衡和解放，「詩」成了他其後不斷可以「越界」（每個「變異」皆是「差異點」）的飛氈，也才有機會從「日常生活理論」所說常人之「自在自發的生活模式」（集體無意識性、或社會傳統制約的、大家都這樣的、不需思索的）之中跳脫、逃逸，亦即由一般價值觀所圍繞和律法所規範限制的生活型態中解脫出來，走向「非日常型態」的「自由自覺的生活模式」（個人意識的、不為社會傳統所制約的、不跟大家一樣的、需努力創發性思索的）。這種「逃逸感」與「解脫感」在林煥彰身上比在其他與他同時期的詩人身上可能多了十倍到百倍。

此信第二節語言的「現代主義性」比第一節還強，此時他的「語言」尚未向「口語」方向「逃逸」成功：

2）

在風沙爭吵中，陪你走完了談念菲莉莎的八里，而後，我們如某些種子，被包裹在菓實的靜謐裡，而那朵風鈴子依舊叮噹著，在來自菲律賓海岸的馬車道旁的每個晨昏和每封貼滿郵票的航空信裡。那樣叮吟叮嚀的響著。

我們總是拾取，而後遺棄。

所謂命運，也不過是些無可奈何的擺佈‧我們常為之作弄不己。在沙灘，雖然有很多運送消息的貝売，然而，像所有的腳印一樣，最後我們還得帶著悵惘回歸，無可奈何的，

哦！現實是多麼的可怕。

我們拾取了什麼，終歸也耍遺棄什麼。

到底，我們什麼也沒留住，只有那種懷念，既不真實，而又真實的，在搖幌著我們的明天的那種虛幻那種可憐在支撐我們。[21].

每個時代詩人的詩風都會相互傳染，此時期的施善繼也寫過這樣的詩句：「菲莉莎，五月時，你攜一卷紀德和棕櫚來此。你靜靜的絲帕，告訴我，你鬱鬱的驚喜，（不為什麼）小小的耳語，（不為什麼）著一襲純白格子的消息。你烏亮的雙瞳繫不盡昨日，昨日的甜蜜。迴旋著，那一裙你自己的圓舞。」[22]，其中的「菲莉莎」是施氏認識的一位華僑女子，施的「現代主義詩風」（兼具了浪漫主義風格）比林煥彰還強烈。幸好此時林煥彰有「可怕」的「現實」在背後欺壓著他，除了「談念菲莉莎」、「我們如某些種子，被包裹在菓實的靜謐裡」、以及「在搖幌著我們的明天的那種虛幻那種可憐在支撐我們」等句外，反而沒有施的那麼現代派風，「現實」對林氏而言反而是一條若隱若現的細繩，因此陳芳明在1971年即說「他以口語做為寫詩的利器，這一點在和他同輩份的創作者之中，是比較難以發現到的」[23]，亦即他對「口語寫詩」的自覺比同輩詩人要來得早，在加入「龍族詩社」已準備好了。而當他領悟到「我們拾取了什麼，終歸也耍遺棄什麼」時，已感知「現實」對「逃

---

[21] 張默編：《現代詩人書簡集》，頁295-296。
[22] 引自呂海潮：〈跨越兩個文學思想的人〉一文，參見「陽泉新聞網」：http://www.yqnews.com.cn/news/yqzk/2011/35/113510347DBC46.html。
[23] 陳芳明：〈寫在煥彰詩集《歷程》的後面〉，《歷程》，林煥彰，附錄3。另見陳芳明：〈林煥彰的《歷程》〉，《鏡子和影子》，頁289-294。

逸」有無比反噬的力量，而這也促使他不只對「現實」更是對「真實」有高度的警覺和注意，更為他晚境的「半半哲學」埋下了伏筆。

此「信」的末節更可看出他往後走向「現實主義」、注視「鄉土」和「童年」、真誠凝視自我「被蝕隱」的「陰影」之必然：

3）

　　若是風沙，必定要揚起。

　　那麼，那個日安的八里，陽光該是最可可的飲料，我們是唯一接受款待的貴賓。土司夾著風沙，壽司包裹著黑蔴，我們一樣吃得津津有味。

　　日安，八里。整半個假日，我們的眼睛都在玩著你淡江水上的船隻，而岸上的小鎮，鎮上的人家，是外國人居住的地方，紅瓦白牆，是海岸線上的美麗的畫幅，他們住在那裡，好羨煞我們，我們總是習慣於將最好的地方讓給他們居住，似乎要他們知道，我們還是最有禮義又最好客的民族。

　　是的。日安，八里。我們是最有禮義而又最好客的民族。可是我所看到的，你還是穿著襤褸的布衣，你住的地方，仍然有著土堆的茅草蓋的小屋。你是，你是樸素的鄉鎮。[24]

外國人居住「紅瓦白牆」的地方，「是海岸線上的美麗的畫幅，他們住在那裡，好羨煞我們」，這是反諷的筆法，「華麗」羨煞「樸素」，現實不可能，而是自尊作祟，因「樸素」中是「襤褸」是「土堆」的「茅草」「小屋」，說的即是那當下的現狀，文

---

[24] 張默編：《現代詩人書簡集》，頁296。

中的「你」是八里更是林氏自身，是他不能不面對的被「現代」
（帝國殖民的紅瓦白牆）所「蝕隱」的「現實」（襤褸和土堆），
是他必然有一天要將之「圓顯」的。上述「信中詩」寫在1968年，
離此後臺灣鄉土文學運動的興旺尚遠，離「龍族詩社」1971年成立
尚有三年，林煥彰已在這之前準備回頭（雖然不免猶豫），應該說
是「逃逸」了。因此他轉折的每一個「過程」都是一種新的認知和
「變異」，在不斷「流動」中遂有了「多樣」的精彩演出。

三、褶子論與生活於「域外」

我們從林煥彰詩創作的發展可以隱約看到他不斷地「向外」開
展、又透過「向內」返回自身的過程。這或可用德勒茲「褶子論」
中「向外」即「解褶」、向內即「打褶」的理論來說明。

1.褶子論

褶子或皺褶（fold），是有如衣服或皮膚之皺紋、地層之皺
褶，乃至大腦新皮質的皺褶亦然，皆是經由某種褶疊機制或折皺力
量可將作用物折疊成或搓揉成某種皺紋狀的事物或現象。德勒茲則
是從哲學高度抽象和昇華了「褶子」，乃指宇宙萬物的固有本性與內
在本原，是宇宙萬物生發的根本性動力，宇宙即經由折疊、累積建
構而成。[25]這方面的簡述在討論隱地那一章的第三節也說明過。

---

[25] 韓桂玲：〈後現代主義創造觀：德勒茲的「褶子論」及其述評〉，《晉陽學刊》第6
期（2009），頁74-77。崔增實，〈德勒茲與單子世界的複魅〉，《天津社會科學》
第6期（2008），頁31-34。唐卓：〈談德勒茲的「褶子」思想〉，《齊齊哈爾師範高
等專科學校學報》第1期（2009），頁87-88。高榮禧：〈傅柯「性史」寫作階段的主
體概念〉，《揭諦》第5期（2003），頁95-121。

褶子的這一特性與萊布尼茨的「單子論」有關。單子中的「一」被視為具有「打褶」（向內包裹）和解褶（向外展開）的潛能，因此，「每個單子的深處都是由無數個在各個方向上不斷自生又不斷消亡的小褶子（彎曲）所構成的……世界的微知覺或代理者就是這些在各個方向上的小褶子，是褶子中的褶子，褶子上的褶子。」[26]亦即，物質不是由顆粒構成的，而由越來越小的褶皺構成的，褶子是構成事物的內在本原。而且每一個褶子均在「重複」中有「差異」，世上沒有褶皺相同的兩樣東西，即使兩片葉子、兩塊岩石、兩個雙胞胎亦然。如此我們生活世界本身就是一個不斷開展又不停內折的浩瀚的褶子。褶子象徵著「重複」中彼此的「差異」可共處，其中蘊涵了「差異」哲學觀和與現代「全息論」。於是「異質」與「異形」雙重變化乃宇宙生命之必然，比如凡被打褶為一粒種子的，其褶子之展開即是一棵大樹，毛毛蟲伸展成蝴蝶的其後蝴蝶必折疊回毛毛蟲，精卵開展為兒童為成人有朝一日又折疊回精卵而「重複」不已，但其「重複」之中必有微小的「差異」。[27]或可將上述簡述的褶子論舉例以下圖表示：

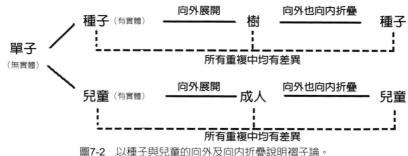

圖7-2　以種子與兒童的向外及向內折疊說明褶子論。

26　吉爾‧德勒茲：《福柯‧褶子》，于奇智，楊潔譯（長沙：湖南文藝出版社，2001），頁279。
27　吉爾‧德勒茲：《福柯‧褶子》，頁159-375。

2.生活於「域外」

　　比本文第二大節所引林煥彰寫給施善繼那封如詩般的信晚兩個月，即1969年1月8日，林煥彰曾寫了一封信給當時另外一位詩人好友喬林，談他的「苦悶」和「心境」。信中敘述自身「苦悶」是因「繫不住信託之物」（意指找不到人生及詩的核心主軸），末尾一段他寫到：

> 夜深了，這對我們該是最好的時刻，可以深入的想一想。但是我怕冷，我怕明天還要上工，這是多大的威脅，使我不能專心去想一些事物，或從事寫作！如果我們能夠不為時間這一要命的手所統攝，生活於域外，高興何時就寢幾時起床，而都不影響或威脅到生活的問題；那該多好，喬林，晚安。[28]

「怕明天還要上工」是延續「多麼可怕的現實」而來，而信中最可注意的是「不為時間這一要命的手所統攝，生活於域外」兩句，尤其是「域外」二字。當時五、六〇年代的前行代詩人的「域外」是大陸是西方，而這裡林氏詩的「域外」是時間之外、是可怕的現實之外。而「域外」二字在一般物理性意義是指外在於某個「場域」之意，德勒茲則是視「域外」是「比所有外在世界更遙遠……」[29]，其中隱藏的正是向「域外」的「逃逸」和跨越似乎僅為了一個更

---

[29]　吉勒・德勒茲：《德勒茲論傅柯》（*Foucault*），楊凱麟譯（臺北：麥田，2000），頁173。

「關鍵」的行動：尋覓回返自我的另一種方式。逃逸不是消極的放棄或膽怯，而是為了能開拓一條重新摺返自我的嶄新途徑。於是思想愈往域外越界就愈是一種內在性摺曲，反之亦然。[30]

比如他於上述兩封信之間及之後的一九六八年十二月九日至一九六九年一月十日所寫的〈禱詞〉一詩：

> 怎樣我們以歡樂的雙手接納你，／如接納自己。／／母親所承受的痛苦／常如生命作成的賭注／下在最是沒有把握的時刻／／如果翻過這一面／是否／骰子還會向我們保證／那句禱詞，／不再為我們打戰的牙齒失聲？／／如某些種子，此刻／我倆已雙雙步入／為靜謐的果實所包裹／／想羅丹底沉重的生命也應如是／痛苦怎樣從岩石中走出／／時間一到零時／就有很多聲音競相步入／／如若我是一卑微的句子／請聽著，神哪！／誰是禰那至最虔誠的禱詞？／／禱詞，／怎樣尋求虔誠的嘴唇？／／倘若門是剛剛打開／我的步入／不也正是時候嗎？／／有天，你將驚訝於／全然洞開的門，為何／不再緊緊關閉。／而為著那句禱詞，／──恆久的祈願；／岩石哦！為你／所有的門／已次第開啟。

此詩仍然相當現代派，與他後來的詩判若兩人，但其實此時他已處於過渡期，淺白的詩與稍晦澀的詩兼具。此詩前兩句說若「接納你」即「如接納自己」，即「向外」即「向內」。而「雙雙步入」「競相步入」「我的步入」「為靜謐的果實所包裹」（末句也出現

---

[30] 楊凱麟：〈分裂分析傅柯：文學布置中的越界〉，《臺大文史哲學報》第71期（2009），頁185-208。

在給施氏的信中）與「從岩石中走出」「剛剛打開」「全然洞開」
「次第開啟」「不再緊緊關閉」說的正是入即出，折疊即開展。
「岩石」說的可能是「痛苦」所在的現實，所有的「門」為「岩
石」開啟，羅丹之雕乃能成型，出即入，愈向「域外」即愈返回最
原初的「域內」或自我。林煥彰選擇了口語和兒童即基於這種不自
覺的褶子運動的本能。

四、熱眼、冷眼、及半半美學

在第三節所引林煥彰寫給當時詩人好友喬林的信中所提的「繫
不住信託之物」出現在下列這一段：

> 我似乎已近於心死，不知該做什麼好？心老飄蕩看，繫不住
> 信託之物。我極羨慕很多詩人，不論古今中外：（李白找到
> 酒，陶潛有了南山；紀德找到地糧，里爾克遍栽他的薔薇；
> 阿保里奈爾的狗，紀弦的貓；施善繼的非莉莎，您的神。）
> 他們當然，也包括您。而我，……我什麼也不是，我著實很
> 苦悶，也許我正需要有個神，所以，我開始寫「禱語」，可
> 是，只寫了三首又寫不出來。[31]

他所「苦悶」的是不知他的「信託之物」是什麼，因此想「生活於
域外」專心致志去尋找，而其實「種子」早在他那裡了，只是不知
如何去開展，直到他面對了自己的「熱」和「冷」，這其中的根源

---

[31]　張默編：《現代詩人書簡集》，頁294-295。

在他的老家，他的童年、土地、兩位母親身上，很多「蝕隱」有待去「圓顯」，而「圓顯」是向外「解褶」，「晦隱」是向內「打褶」。一熱、一冷，一兒童、一貓。

1.一精神：半半哲學

林煥彰自稱「半半樓主」，稱在宜蘭老家與臺北距離一半的九份小樓為「半半樓」，又稱自己中庸的人生觀為「半半哲學」（清人李密庵曾作〈半半歌〉一詩，讀者可自行查索參閱），他說：

> 我看到的這世間、我所瞭解的人生，是永遠沒有所謂「十全十美」，也無所謂的「幸福美滿」；世間，總有紛爭；人生，總有缺憾。就因為世間、人生總有紛爭和缺憾，所以人類需要文學藝術來彌補；任何種族任何時代都一樣，只是精神內涵以及呈現方式，或有不同而已。到現在為止，我工作已超過五十年；有一半時間當工人，一半以上的時間當文人；我很喜歡這種：前一半後一半、或左一半右一半的「半半哲學」。[32]

這種什麼都是「一半一半」地呈現在他的詩中較明顯的是第二本詩集《斑鳩與陷阱》，現代派詩風與口語詩風並陳、晦澀與明朗並列、成人詩與童詩風並寫，如鄭愁予欣賞的〈月光光〉，如下列這首〈日落〉：

---

[32] 林煥彰：〈詩，在哪裡？——一個詩人、畫家、兒童文學作家尋找一座城市的詩〉，港大駐校作家演講稿（香港大學王賡武講堂）2008.03.13。http://mypaper.pchome.com.tw/index/search/keyword=%E6%9E%97%E7%85%A5%E5%BD%B0&sfield=4。

弟弟蹦跳著／滾銅環回家／／媽說他整天玩個不停／／就這
　　樣／把它沒收了

　　域外「日落」等於被媽媽沒收的「滾銅環」，外即內，內即外，
又兼具童趣，童詩的種子早已深埋，只等待大肆「解褶」而已。
　　由於人在面對影像物景的視覺觀看時，難以被抽象化，必得那
當觀者忽略視覺，或生活於前述說的「域外」，改純然透過感知的
擴張，將原初的對象物意識化、躍升為知覺，此時站在「域外」的
原初對象物才有可能被重現、變造，自由流動成可創造的對象。比
如〈十五‧月蝕〉：

　　八點鐘。月在我二樓／企圖穿窗而過／／十五那個晚上／我
　　捉住了她／所以，你們／就有了一次月蝕／／而午夜／她將
　　衣裳留在我床上／所以，那晚／她特別明亮[33]

此詩既是成人詩也不是成人詩，說不是兒童詩也是兒童詩，這是成
人一半、兒童一半的好處，也是「解褶」至「域外」又不時「打
褶」回故鄉「血點」的「童年域內」，是他能奮發一生最佳的利基
點。而他的半半樓與一生皆立於山與海一半的地方、原鄉與都會一
半的地方、養母與生母兩位母親一半的地方、成人與兒童一半的地
方、完整教育與失學一半的地方，「一半一半」不只是觀念，更是
踐之履之，這便創造了林煥彰迥異於其他詩人的特殊風貌。

---

[33]　林煥彰：《斑鳩與陷阱》，頁76-77。

2.兩路徑：兒童眼與貓眼

　　一生集「詩人」、「畫家」、「兒童文學作家」三位一體的林氏，除了隱含着其所謂「半半哲學」的精神且以行動實踐之，並運用了「兒童『熱』的眼光」或「貓『冷』的眼光」兩個路徑或觀點看待事物。兒童現實與想像是不分，屋外之「域外」是他熱中集體遊戲的場域，貓的屋內跑動是立體的，冷眼如哲學家，屋內宛如「域外」。可簡示如圖三：

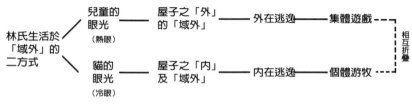

圖7-3　林煥彰生活於「域外」的兩條路徑及逃逸方式。

兒童的眼光比如〈露珠〉一詩：

> 葉子的眼睛，滴下來／星星的眼睛，滴下來／它們看到了什麼？／／我的眼睛，看到太陽／在葉子裏的每顆眼中，／在星星的每隻眼裏……

葉眼與星眼與我眼內外相疊，既「在內」又「在外」，出入之間自如自由。貓的眼光比如〈貓的眼睛〉：

> 在黑暗裏，貓什麼都可以不要；／／牠只要兩顆寶石一樣／

發亮的眼睛，穿透夜的時空／／孤獨寂寞，都不用害怕；／
／你知道嗎？夜被它穿破兩個大洞／黎明提前放射兩道曙光

3.四面向：土地、至親、社會、語言

他的詩創作主要以四種面向面對其人生：

（1）面向土地時

是永遠會滑落牛背的牧童，是對坎坷的遙遠童年最拙樸、純
真、誠摯的不停返回，比如：

> 童年的夢／是小時候的我／老自牛背上／滑落（〈童年的
> 夢〉）

> 打山和山之間／走下來／沿路吹著口哨唱著兒歌的／那條小
> 溪／／（是我遺落的一支笛子，在童年）／／如果我們沒有
> 遺忘／那該是逃難時／一支瘦小飢餓且帶恐懼疲累了的兒歌
> （〈小溪〉）

「滑落」是實情，當初抓不住、現在是失落，而「牛背」即土地，
即是「夢土」，可以落下再爬上、永不拒絕。〈小溪〉一詩既是為
上一代的故土寫為自己幼兒時與母親離家而寫，驚懼中帶著對土
地和自然和幼兒記憶的追索和歸返，無法抹去像就長在種在土地上
一樣。

（2）面向至親時

　　是糾纏難解又欲割離依愛的心靈遊子，他對生母複雜的情感、對養母的感恩最後都寫在對兩位的祭母長詩中，那是三十餘年前就已成型的，如早年即已寫下的短章：

> 一支剪刀的燕子／在母親手搖的縫紉機旁／／在母親手搖的縫紉機旁／一支剪刀的燕子／一匹陰丹士林的天空（〈一匹陰丹士林的天空〉）

> 夜撒下一把米／在我家天窗那塊玻璃上／餵飼屋頂一隻／鐵公雞／／白天那隻母雞怎樣越過馬路來／而又失望地走回去／──好幾個下午都如此／我思索著該怎樣放一把米／在我右手那棵尤加利樹下／／看牠啄著一粒一粒的饑餓（〈母親縫在我身上的一些小鈕釦──我永遠含著童年那顆糖〉）

剪刀如燕、陰丹士林布如天空，是整片天空是一切均在移動和不動之間，充斥了孺慕之情。另一首由「我永遠含著童年那顆糖」一句看出母親的縫住親情的力道，但詩內容餵飼「公雞」而「母雞」失望而回，似乎又隱含了兩位母親的複雜性。

（3）面向現實社會

　　是以人文對抗科技、以純樸對抗世俗、以精神的富有力抗半生窮境的文人：

希爾頓的頂樓／打開了／一扇窗，被廚師切剩的／半個月兒／正掛在那個窗口／／我斜依著聯營公車的站牌／站著，我吞了吞口水／想起／今晚，我的肚子還是／空空的（〈我奔波，我夜以繼日〉）

不能裝水，水是流動的；／不能提時間，時間是無形的；／不能愛不能恨不能——／無怨尤／／水，依舊靜靜的流／時間，依舊悄悄消逝／草，依舊自生自滅／大地，依舊無怨無尤／我依舊要裝點什麼（〈被遺棄的菜籃——也是一種堅持〉）

兩首詩皆是活生生為現實所困的詩，隱約有批判性。這也是他必然由現代風回到現實、由艱澀語回到口語的原因。

（4）面向語言時

是由現代主義過渡到現實主義、以口語扭轉詩語言脖子的先行者，這也是他能悠遊於現代詩與兒童詩之間、並能在童詩領域大放異彩的重要原因。他在〈我的詩觀〉中說：

很多人偏愛我以前寫的，但我必須尋求一條更寬闊的道路。

我以為現代詩所予人的晦澀之感，應該在我們這一代消除，但我無意把詩弄得平淡，也許我面臨的是一個挑戰——面對最平常的事物，要表現至真的情懷；無論如何困難，但願有所改變。

他的自覺說明他要越界到「域外」求取「寬路」、「改變」的決心。如：

先關門，再走出去／／禪或夢或日本俳句／都這樣鼓勵我（〈無師〉）

鳥，飛過──／天空還在（〈空〉）

林煥彰自四行小詩始，四、五十年後又回頭提倡六行小詩。上述二首哲思十足，「無師」要自「通」，說明要出到門外域外之不易。〈空〉一首是他寫過最短的詩，只用了七個字，短短兩行要呈現世間真象，著實要走極遠才行，這是他「寫一半」以呈示世象的美學姿態。

五、結語

　　林煥彰的詩創作生命持續近五十載，數度轉折，而且勇於自我挑戰，走在機先，這與其早年影響至鉅之土地、童年、親情有關，也與他一再由現實逃逸又返回自我、面對自身陰影有關。本文由日常生活理論及「褶子」理論切入，探索這些因素與他詩作的關係。而由其「半半樓」所衍生的「半半哲學」，乍看似是中庸哲學、知足精神，卻其中可能隱含更多的是藉由不斷逃逸、挪移、跨越界線而尋覓回返自我的另一種方式。本文同時由「兒童的『熱』眼」和「貓的『冷』眼」二路徑及以及面對人生的四種面向初探其「半半美學」的流動性、變異性、多樣性和過程性等特色。

煙火與水舞
——蕭蕭小詩中的空白美學

摘　要

　　迄2008年為止，蕭蕭總數六百九十首詩中十行以內的小詩就有五百六十七首，占了百分之八十二點二，其小詩的比例極為可觀，恐是兩岸老中青三代詩人所僅見。此小詩的形式的成因、手法、和特質便不能不追究。本文即擬針對蕭蕭所強調的「空白詩觀」形成的可能緣由和進行方式予以進一步探索，並就中西方「空白美學」，和科學上「潛熱」的觀點，挖掘蕭蕭堅持小詩形式與空白、色空、有無的關聯性，最後探討其可能產生的意涵和影響。

關鍵詞：蕭蕭、小詩、空白、色空、潛熱

一、引言

　　蕭蕭是臺灣中生代詩人[1]的先行者[2]、小詩創作的先覺者和領航人[3]，也是老中青三代詩人最重要的溝通員及架橋人[4]，他在臺灣出版的各類詩集、散文集、評論集、編選集總數超過一百本[5]，是三代詩人中唯一、也是最用功的一位。

　　在二戰後出生的詩人群中，他先是以詩論家的姿態崛起於詩壇，其後以大量的散文作品為青年學子所熟悉，其詩名開始響亮還是近二十年的事。他開始最熱衷的是「文學特質之省察」，比他的創作還早。其論述長文〈文學無我論〉寫於1969年，論洛夫〈無岸

---

[1]　2005年5月在臺灣舉辦過一場「臺灣中生代詩家論」的現代詩研討會，它是繼2003年舉辦過的「臺灣前行代詩家論」的研討會而舉行的，並先後出版了林明德主編的《臺灣新詩研究：中生代詩家論》一書，臺北：五南出版，2007。及彰化師範大學國文系主編的《臺灣前行代詩家論》一書，臺北：萬卷樓出版，2003。而2005年10月大陸的《江漢大學學報》（第5期）也曾推出「關於『中生代』詩人」專號，但「中生代」此一名詞的正式共同浮出於兩岸詩學研究壇是2007年3月於珠海舉行的「兩岸中生代詩學高層論壇暨簡政珍作品研討會」。臺灣是在世紀之交改用「前行代」稱呼五〇、六〇年代出現的詩人（六十五歲以上的詩人），「中生代」通常指四十至六十或六十五歲的詩人，而「新世代」或「新生代」則稱呼四十歲以下的詩人。因此今日的「前行代」或「中生代」過去當然也曾「新生代過」、或「新世代過」，當年臺灣中生代詩人皆曾出現在簡政珍等主編的《臺灣新世代詩人大系》（1990）、《新世代詩人精選集》（1998），乃至朱雙一著作的《戰後臺灣新世代文學論》（2002）一書中，「戰後新世代」一詞則指1945年嬰兒潮開始的出生者，即今日臺灣的中生代。
[2]　中生代有四十至六十歲或至六十五歲兩種說法，因二戰後（1945）一代多年皆被視為同一代，蕭蕭出生於1947年，雖已過了六十歲，迄今2010年仍可視作中生代。而「中生代」一詞，誠如吳思敬於〈當下詩歌的代際劃分與「中生代」命名〉一文所言，應該具有「宏觀描述」、「溝通海峽兩岸」、「消解大陸詩壇『運動情結』」等三方面的效用。參見吳思敬：〈當下詩歌的代際劃分與「中生代」命名〉一文，《文學評論》，2007年第4期。
[3]　蕭蕭出版過的詩集中，十行以下的小詩始終占絕大多數，為其他詩人所少見。
[4]　蕭蕭出版過的評論集、詩論詩話、詩選均以推介、傳播、成就老中青三代詩人為主。
[5]　2007年8月15日下午眾多文友曾在臺北的爾雅書房慶祝蕭蕭出版了他的第一百本書：《現代新詩美學》。並由林德俊、向陽、唐捐、張默、李瑞騰等人就「詩的蕭蕭」、「詩學的蕭蕭」、「散文的蕭蕭」、及「編輯的蕭蕭」發表談話。

之河〉的三萬字論文及第一篇散文〈流水印象〉寫於1970年，第一首詩〈舉目〉[6]則於1971年才發表於《龍族》的創刊號，而在這之前他早已創辦過高中校內刊物《晨曦》文藝、主編《員林青年》（1962年）、參與編輯《新象》詩刊（1964年）、擔任輔大「文哲學會」會長（1965年）、「輔大新聞社」及「新境界社」社長，協助陳明芳創辦輔大「水晶詩社」（1966年）等等，[7]其勇於承擔重任、熱誠服務他人的幹勁和精神，呈現了十足「農夫之子」為大地效勞的本色。1978年後則「非常積極地扮演『佈道者』及『解人』的角色」[8]，「為詩人造像，為詩作演義，為詩壇植林，為讀者點燈，從而他的詩評的聲音遠遠超過他的詩。」[9]，著力於現代詩論評及現代詩的教學及傳播，著述極多，成績十分可觀。他的第一本詩集《舉目》（1978年）比他的第一本散文集《流水印象》（1976年）及第一本評論集《鏡中鏡》（1977年）的出版還晚了一兩年，他1982年出版的詩集《悲涼》[10]還收入了《舉目》[11]所有詩作，因此1989年他出版詩集《毫末天地》[12]時，嚴格而言，也只能算作他的第二本詩集，此時他已出版過大量的散文集及評論、詩論集了。迄今不同版本的臺灣國中高中課本中至少選了他〈憨孫，快去睏啦〉、〈父王〉、〈穿內褲旗手〉等三篇他早年成長故事有關的散

---

[6] 他習作的第一首詩，雖於1963年發表於桓夫商借《民聲日報》編刊的《詩·展望》上，但蕭蕭自認〈舉目〉才是他正式發表的第一首詩。

[7] 參見蕭蕭在明道大學個人網頁的著作年表，明道中文網站http://www.mdu.edu.tw/~dcl/DCL/Faculty/Xiao/IndivTbook.html，2010年9月30日查詢。

[8] 陳巍仁：〈羚羊如何睡覺？〉，見蕭蕭：《皈依風皈依松》導言（臺北：文史哲出版社，2000），頁12。

[9] 見張默：〈垂今釣古話蕭蕭：序《緣無緣》詩集及其他〉一文，蕭蕭：《緣無緣》（臺北：爾雅出版社，1996），頁21。

[10] 蕭蕭：《悲涼》（臺北：爾雅出版社，1982初版）。

[11] 蕭蕭：《舉目》（彰化：大昇出版社，1978初版）。

[12] 蕭蕭：《毫末天地》（臺北：漢光文化公司，1989初版）。

文作品，可見得他的文名遠勝過他的詩名[13]。

　　直到上世紀九〇年代中葉後，他才開始加快詩創作的腳程，陸續而集中地又出版了六本詩集《緣無緣》（1996）、《雲邊書》（1998）、《皈依風皈依松》（2000）、《凝神》[14]（2000）、《後更年期的白色憂傷》[15]（2007）、《草葉隨意書》[16]（2008）。他的詩作常有集中在一段時間創作的現象，且形式或內容、題材或主題於每一冊詩集中有整體性統一的趨勢，比如《皈依風皈依松》中有一輯詩作是觀賞畫及陶藝所生冥想之作，有一輯是因應公視節目「我們的島」不同的主題而創作，有一輯是集祝福、悼念、詩歌朗誦、校慶、節慶、乃至高中校歌之作。而《凝神》則是正反合式兩段或三段的辯証式作品，《後更年期的白色憂傷》全是三行的小詩，《草葉隨意書》是全以「草葉」為題材之詩與攝影合集，以七、八行小詩為主。因此他出版詩集的方式很像要到心境的高峯才放煙火、或落入生活低窪才展演水舞，而且見好即收，從不拖泥帶水。

　　據丁旭輝的統計，到2005年為止，蕭蕭包括《舉目》在內的前七本詩集中「五百四十九首詩中，十行以下的詩作佔了百分之七十七點六」[17]，這還不包括行數超過十行，但字數仍少於百字、筆者也認定為是小詩的作品在內[18]。如果加上2007年《後更年期的白色

---

[13] 參見上註，及白靈〈詩的第五元素〉一文：「在早先的文學生涯中，由於他對散文創作和文學評論的專注與投入，使得他的『文名』掩蓋了『詩名』」見蕭蕭：《雲邊書》一書序言（臺北，九歌出版社，1998），頁10。

[14] 蕭蕭：《凝神》（臺北：文史哲出版社，2000）。

[15] 蕭蕭：《後更年期的白色憂傷》（臺北：唐山出版社，2007）。

[16] 蕭蕭：《草葉隨意書》（臺北：萬卷樓，2008）。

[17] 丁旭輝：〈論蕭蕭短詩的簡約美學〉，彰化師範大學國文學系《國文學誌》第10期，2005年6月，頁57。

[18] 白靈：〈閃電和螢火蟲——淺論小詩〉，見《臺灣詩學季刊》，第18期，1997年3

憂傷》的八十一首三行詩、2008年《草葉隨意書》的六十首四行至九行詩，則其小詩的比例就更為可觀，總數六百九十首詩中小詩就有五百六十七首，占了百分之八十二點二。這樣小詩的形式就成了蕭蕭詩作極大的特色，而形成其此形式的成因、手法、和特質便不能不追究。

雖然不少學者均注意及蕭蕭的小詩形式及其詩作「大都禪意十足」[19]，如陳巍仁所說：「綜觀蕭蕭的詩作，有兩個特色最常被提出，一是『小』、二是『禪』」[20]，或如丁旭輝所說：「意象的簡約化使得蕭蕭的短詩構圖簡潔、詩意隱匿而豐盈」[21]，卻大多將之歸因於其「中文系出身的學科背景，加上對中國古典文學的愛好與浸淫，讓詩人創作現代詩時自覺地選用短小的篇幅形式」、「為了便於推廣」、「對應現代人的閱讀習慣以及文化工業現象，『小型詩』形式的確適於推廣功用上的考量」，而得出「蕭蕭作品的『小型詩』形式特色，乃是出於個人偏好與實用面下自覺性選擇的結果」。[22]但均未對蕭蕭所言的「空白詩觀」加以進一步論述：

> 我的詩觀是空白。空白處，正是詩之所在。我給你有——有限的文字，藉著我有限的文字你發現了無——無限的空無限的白——你發現了詩。[23]

月，頁25-34。此文認定小詩以百字之內為，不論是否為十行，不過一般臺灣詩界均以十行為小詩準則。筆者之後修正為十行內或百字內，如此可包括超過十行但不足百字的詩，如商禽的〈咳嗽〉一詩。此處則暫時未統計蕭蕭符合此標準的詩作。

[19] 落蒂：〈水已自在開花〉，《後更年期的白色憂傷》附錄，頁94。

[20] 陳巍仁：〈羚羊如何睡覺？〉，《皈依風皈依松》導言，頁17。

[21] 丁旭輝，頁64。

[22] 楊雯琳：〈月光下的現代詩─論蕭蕭《後更年期的白色憂傷》中的禪意特色與其發揮之用〉，頁230。

[23] 蕭蕭：〈蕭蕭詩觀〉，《蕭蕭世紀詩選》（臺北：爾雅出版社，2000），頁6。

丁旭輝以「簡約」二字取代「空白」，指出蕭蕭「所賴以營造簡約美學的手法，乃是以詩作外景（外在視覺形式）與內景（意象）的雙重簡約為基礎，或者利用簡約後極簡的意象凝緊全詩的焦點，藉以彰顯豐富的詩意與美感；或者消解意象的形體，甚至完全不用任何意象，而將詩意涵融於抽象的心象與簡潔的詩語之中」[24]，相當具體地指出其小詩手法的特點，但對「空白」二字並未進一步闡明，而僅止於推論出「所謂的『空』、『白』便是作者說得極少、意象極簡後，所留給讀者的巨大的、豐盈的想像空間，這便是蕭蕭短詩以簡約詩語追求飽滿詩意的美學手法。」最終得出其空白詩觀與中國古典美學思想中對於「空白」所造成的「以虛帶實，以實帶虛，虛中有實，實中有虛，虛實結合」[25]的美學效應，有「深刻的契合關係」[26]。

　　但並未及進一步探究「空白」的更深層意涵，因此本文即擬針對蕭蕭所強調的「空白詩觀」形成的可能緣由和進行方式予以進一步探索，並就中西方「空白美學」的觀點，和科學上「潛熱」的理論，挖掘蕭蕭堅持小詩形式與空白美學的關聯性，最後探討其可能產生的意涵和影響。

二、色空關係與空白詩觀

　　第一節引言中所引的蕭蕭「空白詩觀」中，最可注意的是「空白處，正是詩之所在」一句，是「藉著我有限的文字你發現了無

---

[24]　丁旭輝，頁57。
[25]　參見見宗白華：〈中國美學史中重要問題的初步探索〉，《美從何處尋》（臺北，駱駝出版社，1987），頁10。
[26]　丁旭輝，頁64。

——無限的空無限的白——你發現了詩」。這幾句富有禪機的話語，看似在說詩，其實更像是在說宇宙的真象。因此如不能釐清「色」「空」、「有」「無」、與「有限」「無限」的相互關係，否則蕭蕭的話也不過是一句偈語或智慧語錄罷了，不懂者仍舊霧裡看花、朦朧難解。

　　首先必須回到「有限」與「無限」的根本問題來，否則連「有」「無」與「色」「空」也成了形而上哲學的難題。最簡單的例子，可舉我們日常所見的一杯水，如果取出360滴來（可用小玻璃滴管），則大約是18ml（大約小瓶養樂多的十分之一量），其具有的分子數就大約有6.02×10^{23}個分子，那大約是一千萬個100兆的量，18ml是有限的，6.02×10^{23}個分子則是無限的，但兩者根本是相同、相等的事物，18ml的水一蒸發，就化成6.02×10^{23}個氣體分子飛走了，18ml看得見，6.02×10^{23}個分子則看不見。這也是愛因斯坦的質能方程式$E=mc^2$（能量=質量X光速的平方）可以成立的原因，當6.02×10^{23}個水分子H_2O的所有H-O-H的鏈結全被打斷釋放出的能量，其能量是可怖的巨大。因此有限的事物只是無限暫時的、偶然因緣聚合的形體，無限的能量（空／無）才是有限的質量事物（色／有）的最終歸處，但兩者又會來回循環不停，無所休止。因此有限實即無限，無限實即有限，宇宙即於兩者之間往返循環不停，以是「色即是空，空即是色」不是佛學或哲學語言，而根本是科學真理。如是，質即能的暫時狀態、有即無的俗世面目、色即空的短暫因緣，皆成了科學可以釐清的真象。

　　因此當蕭蕭說「藉著我有限的文字你發現了無——無限的空無限的白——你發現了詩」，他的「詩」是「無」，是「無限的空無限的白」，其實即在「有」之外發現它的對立面「無」的存在，

「無限的空無限的白」成了蕭蕭最看重最在意的詩的內涵。卻無須大量的「有」，再小的「有限」（比如一滴水）也是「無限」的（也含有 1.67×1021 水分子），世間其他事物的真象無不如此，再小的「有限」本身即是「無限」的暫時粘合，不此之見，則易落入形而上虛渺難解的思辯上，因此再小的「有限」也可以「召喚」出「無限」來，是一事實而非止於意識修為或頓悟虛空之事。然則宇宙的「無限」顯然是不可思議的、是不可知、難以確認其內容和形式的。回過頭來，連「有」皆只是「無限」的在世暫存狀態，因此用肉眼所見並非即可確認其面貌，甚至其實體面貌究竟為何可能都成了難以明晰的困境，若不將之「懸擱」，則徒庸人自擾而已。因此蕭蕭即在他極簡的有限行數的小詩中欲顯現那樣的「無限的空無限的白」來，當他說：

> 我對禪門公案特別有興趣。因為了禪如寫詩，其深意俱在言語之外，而不在字面上有限的意義。
>
> 字越少，留存給讀者的想像空間就越大。如五匹黑馬→黑馬→馬，字越少，心中的馬，可能性就越大。
>
> 金剛經上說：「應無所住而生其心」，其中，「應無所住」即言萬事萬物、萬法萬象皆空，不該在任何處所依戀停留，此之謂「色即是空」；「而生其心」則是指活水所到處，處處生機，此之謂「空即是色」。[27]

蕭蕭說的即是他貼在明道大學中文系網頁上的座右銘：「喜、

---

[27] 鄭懿瀛：〈在空白處悟詩——午後・蕭蕭〉，臺中圖書館《書香遠傳》第44期，2007年1月，頁45。

怒、哀、樂生於色而不住於心」[28]，意謂既是人，不可能「喜、怒、哀、樂」不生於色，但因能「不住於心」而得以化解（？），如何而能，即在試圖明白「無限的空無限的白」的存在本身即是不可思議的。因此他的「空白詩觀」不只是詩觀，也是生活觀、存在觀、宇宙觀。蕭蕭的「不住於心」類似宗白華所說「美感的養成在於能空，對物象造成距離，使自己不沾不滯」、「不僅僅依靠外界物質條件造成的『隔』。更重要的還是心靈內部方面的『空』。……精神的淡泊，是藝術空靈化的基本條件。」[29]明白、認識「空」的存在和不可思議性，由「養空」而「能空」，成了蕭蕭小詩得以日趨成熟的必要條件。

然則「喜、怒、哀、樂」既「生於色而不住於心」，或者「能空」、「養空」是何其難也，以是才要以有限的文字去捕捉「無限的空無限的白」，一方面呈現了作者調度有限文字的能耐，一方面也大大考驗了讀者「填補」、「想像」、「跨越」、甚至「開拓」那「空白」或「能空」的能力。這對作者和讀者而言，均是何等不易的事，因此如何去貼近，就成了「空白美學」的大問題。就如H.奧特所稱的，要「說出」那「不可說的」，但得有「不可言說之物」，然後才有可能進行詩意的「不可言說的言說」。[30]能空」的方式既然是「生於色」但又能「無住於心」，要「不粘不滯」，表現的方式是「字越少，想像空間就越大」「可能性就越大」，則或可以圖一及圖二表示：

---

[28] 同註7。

[29] 宗白華：〈論文藝的空靈與充實〉，見其《宗白華美學與藝術文選》（河南文藝出版社，2009），頁181。

[30] H・奧特，林克：《不可言說的言說》，趙勇譯（北京：三聯書店，1994），頁43。

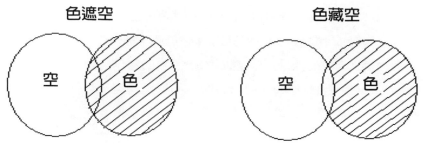

圖8-1 「色為主」與空的互動（一般詩作）。

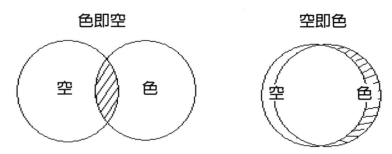

圖8-2 「空為主」與色的互動（蕭蕭小詩）。

　　兩圖斜線面積代表呈現於外的部份（比如字數或表現外呈的比例），圖二顯示的斜線比圖一少了很多，表達的是「色」或「字」的減少，而其與「空」的關係就圖形而言反而較為對稱也較為平衡，色空的互動性反而較圖一的色空不對稱不平衡為佳。其意義是「不說」（空白／即「色」部份斜線區減少）的越多，則可藉「空白」代為「說出」的部份可能就越多。

　　如要追索近乎不可而知的「無限的空無限的白」，則將與老子所言：「視之不見，名曰『夷』，聽之不聞，名曰『希』，博之不得，名曰『微』。此三者不可致詰，故混而為一。其上不白皦，其下不昧。繩繩兮不可名，復歸於無物。是謂無狀之狀，無物之物，

是謂惚恍。迎之不見其首，隨之不見其後」（第十四章）又庶幾近之。如此幾近不可見不可聽又不可捉摸的「道」實在難以得知，卻幸好「道之為物，惟恍惟惚。其中有象，恍兮惚兮，其中有物，窈兮冥兮，其中有精，其精甚真，其中有信。」（第二十一章），即道之為道、詩之為詩、美之為美仍可在有限之中看出無限，凡作用於人之視聽聞嗅味觸的感官之美，同時又多少可表現出某種超出視聽嗅味觸等感官性質，存在於物理時空的實在和有限，同時又多少露現出無限的心靈微光，「無限的空無限的白」即掀出一角於其中，於是經驗的也有超驗的可能。此後「律詩之妙，全在無字處」（劉熙載）、「墨氣所射，四表無窮，無字處皆其意」（王夫之）、「《西廂記》是一無字」（金聖歎）、「從無討有，從空摭實」（沈際飛）等中國古代的「空白說」，大抵均承繼了老子的「有無說」，「空白」果然孕育著詩與藝術的起源和終極。

在西方，所謂「空白」則是指文本中作者沒有寫出來或是沒有明確寫出來的部份。每一個文本均只是「圖式化」的空框結構，都包含無數個英伽登所謂的「未定點」或「不確定性的點」（spots of indeterminacy）──空白，需要讀者自行去填充這些不確定的點，也因此才能獲得一種無限而不可窮盡的呈現，[31]卻無論如何又消彌不了其中的未定點，亦即不確定的空白不可能被確知。而伊瑟爾在英加登現象學研究的基礎上提出文本的召喚性，強調「空白」是文本召喚讀者閱讀的結構機制，具有多種表現形式。如情節線索的突然中斷形成的「空白」，或者各圖景片段間的不連貫形成的「空缺」，這些都是文本對讀者發出的具體化的召喚和邀請。根據伽達默爾「視野融合」

---

[31] 王岳川：《現象學與解釋學文論》（山東教育出版社，1999），頁58。

學說的啟示，伊瑟爾認為文本的「否定性」也是一種召喚讀者閱讀的結構性機制，它喚起讀者熟悉的主題和形式並對之加以否定（喚起它是為了打破它）。於是喚起讀者「填補空白」、「連接空缺」和「否定以更新視域」共同組成了文本的召喚結構。[32] 一部作品的不確定點或空白處越多，讀者便會越深入地參與作品審美潛能的實現和作品藝術的再創造。這些不確定點和空白處就構成了文學文本的召喚結構。「所言部分只是作為未言部分的參考而有意義；是意指而非陳述才使意義成形。由於未言部分在讀者想像中成活，所言部分也就『擴大』，比原先具有較多的含義；甚至瑣碎小事也深刻的驚人。」[33]「未言」（空）反而使「所言」（色）擴大，於是「空白」反而成了文本的重心，這些話也印證了蕭蕭所說藉著我「有限」（色）的文字你發現了「無」（空），此「無」即「無限的空無限的白──你發現了詩」的「空白詩觀」。綜上所述，或可以下表說明當強調以「空白」為主的美學時，其與一般創作美學的不同：

以色為主（有）	m（質）	火／水／雲（感官為主）	煙火／水舞	彩色	短中長型詩／以長為尚	一般詩人創作美學
以空為主（無）	E（能）	熱／冷／天空（領會為主）	光／流	白／黑	崇尚小詩／越短越妙	蕭蕭的空白美學

三、經驗與超驗的空與白

蕭蕭的詩作常「在放歌與沉思間擺盪」[34]，較長的詩屬於放歌

---

32 朱立元主編：《當代西方文藝理論》（華東師範大學出版社，2003），頁295。
33 蔣孔陽主編：《二十世紀西方美學名著選（下）》（上海：復旦大學出版社，1988），頁511。
34 瘂弦：〈美思力──蕭蕭編著「感人的詩」序〉，見《創世紀詩雜誌》第66期，1985年4月，頁94。

型，「空白」較少，比如〈草戒指〉，是暖色調的，「語言充滿
灼熱的光芒」、「飽含讓人難以招架的生命原力」[35]。他的小詩占
80%以上，留下大量的空白，自然偏向沉思型。但一個人的詩作不
可能沒來由的那麼重視「小詩形式」和認定「無限的空無限的白」
乃詩之所在，固然中國古典文學（尤其王維）、老莊思想、佛學、
禪宗公案等對蕭蕭都有影響，「氣質」只適合寫小詩也是一種說
法，然而蕭蕭的成長過程顯然佔有極大的因素。他的詩集書名會叫
「舉目」、「悲涼」、「毫末天地」、「緣無緣」、「雲邊書」、
「皈依風皈依松」、「凝神」、「後更年期的白色憂傷」、「草葉
隨意書」等充滿要與「天地風雲」對話又如「毫末」、「草葉」
隨意可被吹去的微不足道感，不會是偶然，這些書名的前幾本與
「天」關係較大（「舉」目、悲「涼」、「雲」邊書），然後逐漸
走向「人」（「緣」無緣、「凝神」、「後更年期」的白色「憂
傷」）與「地」（皈依「風」皈依「松」、「草葉」隨意書）的糾
葛。我們或許可在他的處女詩集《舉目》中找到一點蛛絲馬跡：

> 從天到人的關心，從人到地的熱愛，我有著很深很深的冥合
> 為一的觀念。寫「田間路」，因為自小就從阡陌之間站起
> 來，走過來，難以忘懷的或許是現代詩裡的陶淵明，而我不
> 是，不農不耕不淵明，只能把「田間路」當作自述詩處理，
> 以線去串連祖母的苦心、父親的血汗、我的淚水，我珍愛自
> 己走過的這條田間路，也喜歡吳晟的「吾鄉印象」。這是我
> 最新的作品，均是最老最舊，一直流盪在心中的感情。[36]

---

[35] 白靈：〈詩的第五元素〉，見蕭蕭：《雲邊書》序，頁29。
[36] 蕭蕭：〈「舉目」後記〉，《舉目》，頁110。

此段說他有「很深很深的」要與「天地人」冥合為一的感受,而且最新的作品寫的也是最老最舊的情感。此處的「天」與宗教、禪、上帝、信仰可能都無關,應是指他生長的鄉村田野環境,「自小就從阡陌之間站起來」,「舉目」一望就是連綿不絕的天與白雲,因此當蕭蕭說「無限的空無限的白」這句話時,首先應是「經驗」的「無限的天『空』」與「無限的『白』雲」,然後才是超驗的「無限的空」與「無限的白」。而「無限的天『空』」與「無限的『白』雲」即是大自然的一部份,應該說最大的部份,等到他北上求學時,舉目所見的「天空」與「白雲」自然易與自己的「家鄉」和人產生連結,這也是他寫詩的前二十年包括《舉目》、《悲涼》與《毫末天地》三本詩集中會有那麼多的「天『空』」與「『白』雲」的緣由,雖然他在第一本詩集後記中說「我收回舉目望天、詩思翔舞在無垠天際的觀境,而從最使我動心的人的身邊寫起,寫寂寞,寫沈潛,寫激奮,寫悲苦,以最短的篇章含蘊真摯的情意」,但最初令他動心與深思的「天」之「空與白」卻是他一生最初經驗與超驗之思的源泉:

> 1. 東南去一隻西北來的雁,在/漸漸不是雲的//天//空/叫著/直到亮起了另一隻/東南去的憂鬱/·/·/·/·/·/·/直到天空漸漸是/雲的[37]
> 2. 天空一直就在那兒/空/著·/·/·/·/起初真的有些樹聲/一/絲/絲/雲·/而後是斜斜的鳥鳴翳入空中/雲斜斜翳入空中/而後/閒著一支——孤單的

---

[37]　蕭蕭:〈渴〉,《舉目》,頁16。

水仙[38]

3.沈默的**夜空**欲滴未滴，一滴鮫人椎心的淚[39]

4.溪流，可以枕臥／可以叫青山來枕臥／可以叫**白雲**來，來臥枕／偶而的閒散寫在白鷺鷥收起的右腳／老牛不管這些兀自反芻「聲聲慢」[40]

5.山要坐就會坐得像一個老人／**雲**突然洶湧起來／／鳥要飛就會飛得無影無蹤／連山林一起帶走／帶不走**天空**和土地，留下哀傷[41]

6.所有的塵灰都下沉／唯**天空純白**，留下興奮的臉[42]

7.寂寂三行／不知道，**天空**中最後一片晚雲／模擬著那次淚痕／我則專心分類一萬種寂寞[43]

8.窗口應該有**雲**飄過，從古遠／滑向右手邊／看不見的**天空**停在那兒／／看不見一大片**天空**／我在窗後黝黑的谷地急速／緊縮／一塊多稜的山石，撲入溪流[44]

9.你終究要來的／／來把**天空**帶過去／把**白雲**帶過去／把遙遠帶過去／把稻浪帶過去／把37℃也帶過去／你終究要求的／／來把我放在左胸口帶過去[45]

10.惆啾著，一隻麻雀／倏忽著，**一朵蒼狗**／清風無事／／**天空**／還在[46]

---

[38] 蕭蕭：〈深〉，《舉目》，頁22。
[39] 蕭蕭：〈珠淚〉，《舉目》，頁74。
[40] 蕭蕭：〈未時・奔馳〉，《舉目》，頁99。
[41] 蕭蕭：〈讓水繼續流之二〉，《悲涼》，頁68。
[42] 蕭蕭：〈讓水繼續流之三〉，《悲涼》，頁69。
[43] 蕭蕭：〈忘情三十六行〉，《悲涼》，頁122。
[44] 蕭蕭：〈窗〉，《悲涼》，頁129。
[45] 蕭蕭：〈等〉，《毫末天地》，頁56。
[46] 蕭蕭：〈我無所思故我在〉，《毫末天地》，頁81。

11.我們的島鐵灰著臉／不知道自己的**天空**該屬於什麼顏色[47]

12.我隔著鋁窗望**白雲**注視著／**白**　幻想著／**雲**／／**白雲**忘了自己就是**白雲**／可以來，可以去／可以不來不去[48]

上舉例中的「天」宛如「母親」或「上蒼」、「老天爺」的化身，永遠「空」在那裡，永遠允許白雲或蒼狗或鳥或憂思或想像或就是自己在上頭撒野、飛翔、變幻身姿，因此「天／／空／叫著／直到亮起了另一隻／東南去的憂鬱」、「唯天空純白，留下興奮的臉」、「不知道，天空中最後一片晚雲／模擬著那次淚痕」、「清風無事／／天空／還在」。而在心理學上「一個人要重建他的身份認同以及自尊，第一步，寬常便是退回自然的孤獨懷抱」[49]，「自然」正是被視為「倒退式」的母親的象做，而倒退也可能產生「絕對正面的效果」，「在這裡，到處都可以找到和自然合而為一的想像」，[50]正呼應了他可以在出版《舉目》之前「從急流中勇退」五年，「過著寧靜的田莊生活，不再發表詩作，不與任何人往來，似乎真的消失了」[51]的做法，以及蕭蕭上述「我有著很深很深的冥合為一的觀念」之說法。此時他已開始由「經驗」的「天『空』」與「『白』雲」，進入了超驗的、精神、思維層次的「無限的空與無限的白」之中，他說「一般人寫葡萄會著墨在其酸甜滋味，是現實主義；而我，則是要傳達吃了葡萄之後，那種微醺的感覺，一樣從現實入手，但最終卻進入抽象的、精神的層面」，而這樣的追索不

---

[47]　蕭蕭：〈失去顏色的鳥〉，蕭蕭：《毫末天地》，頁111。

[48]　蕭蕭：〈白雲〉，蕭蕭：《毫末天地》，頁17。

[49]　Joanne Wieland-Btston：《孤獨世紀末》（*Contemporary Solitude*，宋偉航譯，臺北：立緒文化事業有限公司，1999），頁126。

[50]　Joanne Wieland-Btston：《孤獨世紀末》，頁173。

[51]　水雲：〈風聲再度盈耳〉，見蕭蕭：《舉目》代序，頁4。

會無緣無故而得，必然與其成長經驗有密切關聯。

　　他自小在鄉間成長，貧窮不斷鞭策他，小學就欠老師三年的補習費、「為什麼翻遍家裡所有的抽屜，就是找不到兩毛錢？」、「卑怯、畏縮，從此埋首在書本中不再抬頭」、「直到有一天，被選為旗手，走上升旗臺，我不自覺昂著首，挺直了脊梁」。[52]讀大學時必須由老父四出借貸，走訪員林街上的醫生、市郊的工廠募款，然後才「帶著員林鄉親的善心義行，北上註冊」。大一打掃教室、大二拿鋤頭，卻連參加「戰鬥文藝營」的三百元報名費都付不起，是三十元、五十元由同學和學長募捐來的，[53]蕭蕭自小的匱乏和一生背負師友親人的恩情，自年幼至青年時期的不斷累積，是他一輩子想還也還不完的。這也合理地解釋了他一生何以孜孜不倦「為詩人造像，為詩作演義，為詩壇植林，為讀者點燈」[54]以及「非常積極地扮演『佈道者』及『解人』的角色」[55]，那其中不知存進了多少感恩和回饋的心，要感謝的人太多，無法一一謝過，只好謝天謝地謝天下人謝天下所有的愛詩人，是近乎一種要「將缺憾還諸天地」的心境。既然日後的「有」是要拿來歸還用的，因「無」而「有」的，若「有」也將歸於「無」。這也合理地解釋了他為什麼一起初寫詩經常「一字一行」，因為「詩人的寂寞大約如此：不使自己在眾裡叫出一聲／冷」[56]，命運的道上什麼都匱乏

---

[52]　蕭蕭：〈穿內褲的旗手〉，《父王‧扁擔‧來時路》（臺北：爾雅出版社，2002），頁29。

[53]　參考林毓鈞：《蕭蕭新詩研究》，彰化師大碩士論文，2006年，頁15-16。及蕭蕭：《在尊貴的窗口讀信》（臺北：九歌出版社，1993），頁96。

[54]　見第一節已提及的張默：〈垂今釣古話蕭蕭：序《緣無緣》詩集及其他〉一文，頁21。

[55]　見第一節已提及的陳巍仁：〈羚羊如何睡覺？〉，見蕭蕭：《皈依風皈依松》導言，頁12。

[56]　蕭蕭：〈「舉目」後記〉，《舉目》，頁108。

的，既然不曾「有」，也就什麼都可以還諸於「無」。這一切也使他「能捨」「能空」，而朝這條路徑前行的結果，也就容易達至宗白華所說：「由能空、能舍，而後能深、能實，然後宇宙生命中一切理一切事無不把它的最深意義燦然呈露於前」，而這正是「藝術心靈所能達到的最高境界！」[57]

而對蕭蕭而言，「養空」到「能空」其實即「牧心」的工作，他說：

> 本來心就是從未牧開始，馴服之後就是隨心所欲，空無一物，想做什麼就做什麼，不是只有一條路，有無限的可能。我認為佛跟禪講到最後就是無限的可能、無所不可，「明心見性」應該也可以。

從「未牧」到「馴服」的過程並非一段時間而已，常常是反反覆覆、可能是費盡一輩子都在努力「空白自己」的工作，這是蕭蕭小詩有那麼多「空」、「白」、及「空白」的成因。一如冰、雪、霜、露、水、雨、霧、氣、雲的水的三態永遠在地球上往復循環一樣，只是修持到後來，由「喜怒哀樂生於色」到「不住於心」的時程會越來越短、越來越輕易、自如罷了。但是不是已經「空白了自己」別人是看不出的，那種努力很像自己的「心態」或「境界」變了提昇了，別人看不出一樣。

物質的三態變化中有所謂顯熱與潛熱之別，或可說明「養空」到「能空」的過程。物體在加熱或冷卻過程中，溫度升高或降低

---

[57] 宗白華：〈論文藝的空靈與充實〉，見其《宗白華美學與藝術文選》，頁183。

而不改變其原有相態所需吸收或放出的熱量，稱為「顯熱」。比如將水從25°C的升高到90°C所吸收的熱量，即為顯熱，它能使人們有明顯的冷熱變化感覺，通常可識用溫度計測量。但在物體吸收或放出熱量過程中，其相態發生了變化，比如0°C冰加熱成0°C水，或100°C水加熱成100°C水蒸氣。此時雖加入大量的熱能但只見冰成水、水成蒸氣，溫度並未發生變化，這種吸收或放出的熱量即稱「潛熱」。[58]「潛熱」的變化用溫度計測量不出來，人體也無法感覺到，但只能通過實驗計算出來。「潛熱」的填補或釋放很像「養空」的過程，能量不斷改變，而外界無法感知，宛如一段長時間的空白，只要「兩態共存」（固液或液氣），不論兩態的比例相距多大（1比100或100比1），此宛似「空白」（溫度始終不會變化宛如內在時空或心境沒有變化）的狀態就無法被感測到。此物質三態變化[59]以潛熱模擬「養空」圖可以圖三表示。

　　「顯熱」可由溫度計測量的部份，很像「色」的變化，此即圖中由1至2的固態加熱、由3至4的液態加熱、由5至6的氣態過程。「潛熱」不能由溫度計直接測量的部份，很像「空」的變化，此即圖中2至3由固態變化到液態的能量提昇、及4至5由液態變化到氣態的能量提昇過程。此「養空」的潛熱過程，其實是兩態共存的，即如a點中固液並存及互動、b點的液氣並存及互動，很像冬春交替之際冰溶成水或湖泊蒸騰為雲氣的時段，其能量湧動的精彩層次，當然以後者最為壯觀，其體積由液態成為氣態如果以水18ml為例，一下子可增至至少22400ml的蒸氣體積，自由運動的能力即是此後雲霧了，此時溫度卻沒有改變，這是物質由「養空」（開始汽化）到

[58]　Keith J. Laidler, John H. Meisev: *Physical Chemistry*, (Benjamin: Cummings Co, 1984), pp109-110.
[59]　參考B. M. Goodwin: *Thermodynamics*, (American Institute Engineers, 1981), p20.

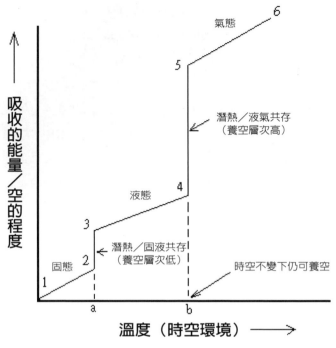

圖8-3　物質三態潛熱曲線模擬「養空」圖。

「能空」（完全汽化）的歷程。

　　蕭蕭從早年的小詩中「不使自己在眾裡叫出一聲／冷」[60]的自我堅定，是他「養空」過程的早期階段，是對自身生命的一種回顧和自省，是了然命運的本然和必然，是了然「無限的空無限的白」的不可抵禦和無須抵禦，但「不叫出」是企圖使自己「喜怒哀樂不生於色」，因「冷」而不欲出聲，是無法「不住於心」。那時有「一萬種寂寞」想「專心分類」，到後來在他的小詩中並未增加多

---

[60]　蕭蕭：《舉目》，頁43。

餘的文字，其「空」與「白」的能量卻越來越自如，即使「「喜怒哀樂生於色」也要令之「不住於心」，到達「能空」的境地，此時已由經驗的進入超驗的體悟：

> 日落不驚，花開不喜，內心深處那一塊陽光照不到的地方依然沒有陽光臨蒞，唯顏色濃淡逐漸調和，如僧人吐納，慢而長那樣的聲息。[61]

青少、中壯、更年期或者更年期後，時間容或相異；總是有那麼一小塊，陽光無論如何也不可能臨蒞，癬一樣灰白，癬一樣地佔據。……

> 所以，詩中有時我化身為草葉，……；有時又以草葉為對話的你，……；有時我跳脫出草葉的葉脈之外，靜靜凝視、靜靜諦聽，那是步入晚境的賢哲常見的身影，水花瀲波，火花映空，似乎碰撞到形象思維的某一處敏感神經，卻又翻入另一個新境，無影無形又無蹤。[62]

我們當然無法確知「內心深處那一塊陽光照不到的地方依然沒有陽光臨蒞」、「癬一樣灰白，癬一樣地佔據」（難以被填補或確知的空白？）的意涵，但由他在草葉之內、之間、之外的「隨意變化身姿」，「似乎碰撞到形象思維的某一處敏感神經，卻又翻入另一個新境，無影無形又無蹤」的敘述，與上述物質三態變化以潛

---

[61] 蕭蕭：《後更年期的白色憂傷》序文，頁7。
[62] 蕭蕭：《草葉隨意書》序，頁1。

熱模擬「養空」圖的兩態並存、互動，能此也能彼，而溫度計感測不到、外界陽光又照射不到的狀態變化可以類比。「水花盪波」（水舞）、「火花映空」（煙火）之「色」，轉瞬又幻化成無蹤之「空」，說的正是蕭蕭透過「空」與「白」的美學，在小詩中意圖呈現的生命境界。

四、蕭蕭空白的設計與意涵

蕭蕭數十年始終如一、不改其志地寫出超過五百首的小詩創作，恐是兩岸三代詩人群中所僅見，且其經營小詩所經營出的「空白詩觀」，和經由語言、結構、截斷、跳脫等的設計，已為兩岸小詩的未來，規劃出一可觀的前景，其影響恐會與日俱增。而其「空」與「白」由經驗到超驗的體認，也為未來小詩鋪出一條大道來，正可結合中西空白美學進一步加以探究。底下先就其空白的設計與意涵分幾點予以說明：

1.以中斷的空白模擬生命史的懸疑性

第二節討論到西方的空白理論時，提及一部作品的不確定點或空白處越多，讀者便會越深入地參與作品審美潛能的實現和作品藝術的再創造，即「召喚」讀者參與填補或連結空缺。比如詩在描寫人物的某一段情節，當人物性格特徵出現時，為表現人物之間的矛盾衝突，因佈局謀篇之需要，常省略一大堆情節，使文本前後跨度增大、造成事件或大或小的空白。因此詩中的「小說企圖」是蕭蕭「空白」手法重要的一部份，比如：

（a）淚從睫毛下漫漶了白色的臉龐／／臉龐以哀戚撲向土
　　黃的手掌／／雙手緊緊／／握緊，愛順著指縫流進眼
　　睛的深黑裡（〈疏離的人〉）[63]

（b）不要拍攝我臉上的淚痕／／婦人壓低帽簷／一口米酒
　　正沖洗她先生發出的酒嗝（〈淚與酒〉）[64]

（c）鞋底帶不回春泥／燕子的叫聲留在二十世紀／／枯枝
　　一樣的手滑過乳房（〈枯枝與乳房〉）[65]

（a）詩每句一段，四句四段，「撲向」是關鍵詞，用特寫鏡頭描
述兩人的互動，空白卻極大，背後情節幾乎省去，需讀者自行填
補。（b）詩三行是婦人的悲劇性敘述，末行是詩意和小說性衝高
的關鍵句，未說盡空白造成高度的懸疑。（c）詩三行像離鄉老大
回的遊子的晚境與老妻的互動，簡單勾勒，空白巨大，卻小說趣味
十足。這是蕭蕭精緻的微型小說詩、小老百姓生命史的極短篇。

2.以意味的空白超越言說的侷限性

　　第二節提到中國的「空白觀」時曾論及中國的詩書畫講究言外
之意或弦外之音均與老莊思想的「有無觀」或佛家的「色容觀」有
關，其深層內涵都指向宇宙萬物之終極本體「無」或「空」。如此
即當企圖經文本意義上的空白時，即常以「不言」或以「意味上的

---

[63]　蕭蕭：《毫末天地》，頁44。

[64]　蕭蕭：《後更年期的白色憂傷》，頁14。

[65]　蕭蕭：《後更年期的白色憂傷》，頁54。

空白」來超越言說的侷限性。比如下舉詩例：

> （a）天　寫了一個好大的　空／然後為自己也為大家放了
> 長假／／海不停地以咄咄　怪聲／證明空是一種實存
> ／／我坐在夕陽下／不對這些提供任何諮詢（〈海的
> 徒然〉）[66]

> （b）在生與死的猶豫間下了決心／刷一道白。卻非空無／
> ／也不確然是　非空無（〈瀑布的生命〉）[67]

> （c）我知曉／你／任自己／飄浮於／空與白／深處／不言
> 不語／且／無聲／／無息／任空與白／飄在／空與
> 空／之中／白與白的／內裡／而我／不一定／知曉
> （〈雲中書──大屯山上所見所思〉之一）[68]

（a）詩對於「天」之「空」與海之「咄咄」和「証明」，「我」
無意回應，因「言說」有其不足和侷限，也意味著對海的不認同，
但不說比說更有力道。（b）詩的決心「刷一道白」不說是「非空
無」或「非『非空無』」，「非空無」是肯定了「白」（也有空的
意味），「非『非空無』」又予以否定，但又「不確然是」，如
此乃意味深長。（c）詩雖超過十行，但不滿百字，因此也列入討
論。詩說對「空與空」及「白與白」之間的飄浮行為，首句先說

---

[66] 蕭蕭：《草葉隨意書》，頁57。
[67] 蕭蕭：《後更年期的白色憂傷》，頁80。
[68] 蕭蕭：《雲邊書》，188。

「我知曉」末句又說「我不一定知曉」,「你」到底是山或是自己或是情思也未說明,實因有所知但又有限,如此僅能以意味不確定或肯定再否定來突破言說的侷限。此也與第二節提及西方空白說中「否定以更新視域」以組成文本的召喚結構暗相呼應。

3.以跳脫的空白追索心靈的超驗性

對禪與詩於創作與體悟上的相類之處,蕭蕭認為一是「截斷」,二是「無用之用」,「禪在給人某一個情境時,常會忽然截斷,在這個截斷的空間裡,反而讓人觸發新想,悟出新機,詩也一樣。」[69]因此常藉轉換句勢,令其接得突兀,卻又斷而後連,以「空白」造成想像的的空間,有如小小的偈語可以震撼無名的心。[70]但其「禪」,又與宗教信仰無關,乃於思辨中展露現其靈杓機鋒,「是一種時時與萬物保持對話的情趣」。[71]而此與超驗主義(Transcendentalism)主張人能超越感覺和理性而直接認識真理,認為人類世界的一切都是宇宙的一個縮影的說法相當接近。[72]比如下列小詩:

(a)惹人發慌的/就是那些迎風的白楊/一排/比一排/
　　/悠/閒(〈白楊〉)[73]

(b)我們垂著長眉對坐,松林裡/只有清泉細細/裊裊,
　　灰白的髮絲迎風披散/一本輞川集尚未翻開/三兩片

[69] 潘煊:〈訪蕭蕭〉,《普門》第234期,臺北:普門雜誌社出版,1999年3月,頁51。
[70] 張默:〈垂古釣今話蕭蕭〉,蕭蕭:《緣無緣》,頁2。
[71] 陳巍仁:〈羚羊如何睡覺?〉,蕭蕭:《皈依風皈依松》,頁19。
[72] 見維基百科全書「超驗主義」條目下之「核心觀點」,2010年10月4日查詢,參見 http://zh.wikipedia.org/zh-hk/%E8%B6%85%E9%AA%8C%E4%B8%BB%E4%B9%89。
[73] 蕭蕭:《悲涼》,頁36。

花瓣先已順著衣襟／飄落／我，正待閉口／／想起
上次論辯的內容，細細／裊裊，不外乎眼前焚出的一
縷清香／還煩勞明月佇足／相候／我，如何閉口？
（〈與王維論禪〉）[74]

（c）落葉鏗的一聲墜落／我循聲探問：誰家的嬰孩誕生？
／遠天的浮雲動也未動（〈嬰孩〉）[75]

（a）詩的「白楊」當然不可能「惹人發慌」，是人見景致之「悠
閒」形狀而領悟自我之匱乏。（b）詩因不足百字因此也列入討
論，詩以兩人對坐於林、泉、風、花、香、月之組合的情境中，實
即處於禪境，「真」即在眼前，說與不說已無區別。（c）詩的落
葉是死亡，嬰兒出世是生之開始，看似無關，但生死循環乃是必
然，因此無人可答，也無須回答，說的是事實，其實即宇宙本然，
故以不相關的植物、動物、無生命物等相互依存的三物連結，並無
不可。此也與第二節提及西方空白說中「連結的空白」以組成文本
的召喚結構暗相呼應。

4.以痙攣的空白展現性力的能動性

蕭蕭關於「放歌型」的詩作大都多於十行，此乃情感奔放不能
不爾。而在小詩中某些則涉及性力的能動性，相當大膽，屬於痙攣
性的小放歌類的，比如：

---

[74] 蕭蕭：《悲涼》，頁85。
[75] 蕭蕭：《後更年期的白色憂傷》，頁77。

（a）可以不要花的色與香，畫的美與力／山珍海錯四書五
　　　經／可以不要天長地久人團圓／可以不要亞太經濟以
　　　我們為中心／世界小異不必大同／可以不要雨不要風
　　　不必春夏秋冬／／一根一根佛洛伊德／支撐我們的天
　　　空（〈空的天空〉）[76]

（b）「舔著小小的冰淇淋……想起你……／我驚訝的舌頭
　　　／吐出一臉粉紅……」／你的信上這樣說／／里萬九
　　　上直搖扶翅振乃我（〈扶搖〉）[77]

（c）夜，封閉各路通道／你琢我磨我為一柄出鞘劍／劍，
　　　屏氣／凝神／慢慢推向最不能忍受的懸崖／只等一道
　　　白，橫腰而來（〈飛白〉）[78]

（a）詩強調色根原力高於於一切、可以支撐一切的空，但又留下
一堆空白未予說明，讓人思維痙攣又不予制止，令人會心又難平
靜，觸及了人性的根本。（b）詩的末句倒寫，令人有振翅而飛
之感，與前段的性暗示形成了曖昧不明的空白。（c）詩的劍、懸
崖、一道白、橫腰均與性事有關，卻以「飛白」提昇之，令人痙攣
難抑，果然其「空」與「白」可以是一切。

---

76 蕭蕭：《雲邊書》，頁99。
77 蕭蕭：《悲涼》，頁37。
78 蕭蕭：《悲涼》，頁53。

5.以天地的空白收納亙古的孤寂性

第三節提及蕭蕭在第一本詩集即說其有著「很深很深的冥合為一的觀念」。他的「空白詩觀」是與其由「經驗」的「天『空』」與「『白』雲」，進入超驗的、精神、思維層次的「無限的空與無限的白」習習相關的。這是他一切詩作的起源和歸處。比如：

> （a）猛然／抬頭，黃昏的蒼茫／一下子就將多孔的心房輾成一片／空白／／空白無限，似乎正好噬盡天下／蒼生／回首，哪有萬物身影？／蒼茫暮色逐漸填滿我心中的空白（〈秋天的心情〉第六首）[79]

> （b）花色隨暮色，漫天漫天／而暗／／翻轉化泥成土，沒全身而入／入泥入土／堅持，不循根／不入莖／／不從粗枝大葉中旋飛／／不使自己在眾裡叫出一聲／冷（〈冷〉）[80]

> （c）水從高處縱落／自己歡呼／／月光則山南山北鋪了一地　白（〈瀑布留白〉）[81]。

（a）詩天空無限可以填滿心中的空白，這是回歸自然的極端孤獨心態，但填滿即永遠填滿，乃亙古的人性使然。（b）詩是不由來

---

[79] 蕭蕭：〈秋天的心情〉，《悲涼》（臺北：爾雅出版社，1982），頁110。
[80] 蕭蕭：《悲涼》，頁29。
[81] 蕭蕭：《後更年期的白色憂傷》，頁37。

262　新詩十家論

處回歸，意欲有自身滅絕形式、面對絕境也不低頭的決絕之心，孤寂至極之詩。（c）詩寫小大之比，一道白與無限白的對映，也是自身與宇宙天地的互喻，是自覺的孤寂之感，像「自動過濾了雜質，純淨了自己」[82]。如此所有的「有」之有限，也與無限無異。

五、結語

空白是沒有被填過的「空」，也是走過留下的「白」，是現實與夢的距離、真與假的間隙，乃至即宇宙本身。空與白乍看一是無一是有，然則有即無、無即有、空即色、色即空，這並非形而上的哲學，也是可以驗証的有限即無限、無限即有限的科學真理。因此宇宙任何事物、任何物質、任何色（比如一粒沙或千億星系）或空（比如暗能量暗物質）之研究或深入，均無有可窮盡之時，何況人與人之間無盡抵死糾纏的互動，牽扯的事端更是千頭萬緒。蕭蕭透過他的小詩和空白詩觀為新詩開啟了一道魔幻的、或即玄牝所在的眾妙之門。

---

[82] 蕭蕭：〈詩、小詩、小說詩〉，《雲邊書》，頁208。

束縛與脫困
──從身分認同看渡也詩中的情與俠

摘　要

　　渡也是多情之人，又具有俠氣，路見有難則好打抱不平，語言是他施展渡也功夫的最便利飛巾和利鏢，起手處，封喉而不見血，因此他早期文雅的語言顯得不夠用、不易出掌踢腿展功。不論社會政治歷史或地方事務，他的情他的俠藉助他的想他的語言幾乎無所不能至。本文以拉康的精神分析、左右腦的不同功能、及德勒茲的解轄域說，推衍渡也情與俠如何施展的可能緣由和方向，他在理性社會壓抑下突出的「不服他管啦」的叛逆和抵抗，正代表了現代遊俠精神的一則傳奇。

關鍵詞：渡也、認同、精神分析、解轄域、左右腦

一、引言

　　渡也是一位情感豐沛、愛憎分明、直覺且早熟的詩人，常依性而行因此不怕得罪誰，具有古代俠客的性格。因此他的詩文即是他性格的展現，縱跳古今、橫衝當代，也曾令多少他愛過的女友們暗自落淚，而不少詩友也會認為他自大、狂傲，卻不明白，這狂狷不羈的背後卻有著唐吉訶德式的悲劇基因和時代背景。

1.早熟少年渡也的時間感

　　他在創作上的早熟和源源不絕的創作力是令人驚異的，1952年出生於嘉義的他，十四歲之齡就「嘗試寫小說、散文、新詩，產量不少」，雖然「皆不成熟」，但已常與同學黃維君（後來也是詩人）「討論文學」[1]，心智較當時同齡者皆開發得早。這也是他的第一本書《歷山手記》（散文集）會收錄他十八歲就開始超齡文筆的原因。此書第一篇即顯現他混雜詩、散文、小說文體的能耐：

> ……在浴室裡，諦聽冷水的教誨，赤裸裸走進鏡子，為了尋找不著時間的飛車輾過身上的轍痕，寂靜的夜晚，如燈熄後，我多像細瘦裸露而又如此玄黑的植物，撲倒在鏡子裡，淺笑起來。而無數的冷水如同晚秋的寒冷，嚴重地傾洩下來。[2]

---

[1]　渡也：〈渡也寫作年表〉，《不准破裂》（彰化：彰化縣立文化中心，1994），頁242。
[2]　渡也：《歷山手記》（臺北：洪範書店有限公司，1987），頁3。

這小段文字出現了「冷水」、「鏡子」、「時間」、「植物」等四項事物，鏡子是「我」所認同的，但必須化身細瘦玄黑的植物，才能「撲倒」其內，獲得短暫的安慰，且「淺笑起來」。而「諦聽冷水的教誨」是「我」既遵循又不想遵循的，其結果就是更多冷水「嚴重地傾洩下來」。這段文字正顯現了渡也順應與叛逆的兩重性格，他的感性會向含有自我影像的鏡子順服，他的理性會對周遭施壓予他的不合理環境產生極大的反彈，前者表現出他的「情」，後者顯現出他的「俠」，而背後他始終無法看清楚的是龐偉快速如飛車的時間。

上例與他年少時一開始寫詩便有散文詩作推出的風格甚是相近，他十八、九歲，即高二、高三時，披露於當年的《青年戰士報》「詩隊伍」及《水星詩刊》的散文詩如〈渡〉、〈彈痕〉、〈回響〉等詩即是他充滿超現實風格、深受商禽、沈臨彬《泰瑪手記》、紀德、存在主義等五○、六○年代現代主義風潮的影響。[3]以〈彈痕〉為例：

想想那也是一種消遣，把時間當泡泡糖嚼著，那個少年站在摩天大樓上。而梅毒的天空振著臂，向他吠唳。

而空氣踐踏肺臟的聲音突然擴大。那個少年遂笑著，把肺臟挖出，拆開，啊，居然讀到一些美麗的，彈痕。

想想那也是一種消遣。那個少年遂笑著，躺在睡眠裏。[4]

---

[3] 渡也：〈自序〉，《面具》（臺中：臺中縣立文化中心，1993），頁3-4。
[4] 渡也：〈自序〉，《面具》（臺中：臺中縣立文化中心，1993），頁148-149。

上一例《歷山手記》首篇說「為了尋找不著時間的飛車輾過身上的轍痕」乃「諦聽冷水的教誨，赤裸裸走進鏡子」，此例則是「把時間當泡泡糖嚼著」當成「一種消遣」，而摩天大樓上梅毒的天空「振著臂，向他吠哏」，充分顯示少年的狂傲和瀟灑，甚至把踐踏他的空氣笑著從肺臟挖出，拆開，還居然讀到一些美麗的，彈痕。上一例是「撲倒在鏡子裡，淺笑起來」，此一例則是「笑著，躺在睡眠裏」，笑，成了他抵擋外加現實或勢力的一種武裝或武器，後來則成了機智和幽默。

2.渡也的兩極性格

渡也因此是既柔又剛的，而且其柔可以超柔，其剛可以超剛，上下起落的振幅遠超過一般人。這種兩極特質正顯示了渡也詩作的兩極性，既古典又現代、既超現實又非常現實、既文雅又口語、既纖柔又尖銳、既潑辣又幽默、既陷溺於情又超脫如大俠，即使在表現的時程上不一定同時、可能有前後之別。由於渡也有母親一半的日本血統，又深受其照護，因此李瑞騰曾引用美國人類學家露絲·潘乃德（Ruth Benedict）研究日本民族的《菊花與劍》一書指出日本民族性兼有「菊花與劍」兩極特質，兼具了「好戰而祥和、黷武而好美、傲慢而尚禮、馴服而倔強、保守而喜新」等各種性格，李瑞騰說在渡也的詩中「菊花正作為美麗且柔弱的女性意象」，而「劍」的性格顯現在渡也恩怨分明，敢以行動和詩文挑戰惡勢力、打擊黑暗面的勇氣上。[5]李氏此文並指出他的詩以菊花與劍為名的有：〈菊花的回答〉、〈復仇的菊花〉、〈鷹與菊花〉、〈梨子與

5　李瑞騰：〈語近情遙——渡也詩略論〉，《國文學誌》第10期（彰化師範大學國文學系，2005年6月），頁225。

劍〉、〈菊花與劍〉（收入《手套與愛》中），〈菊花〉（《落地生根》），〈七年菊〉、〈菊花淚〉（《空城計》），〈筆和劍〉（《我是一件行李》）等幾首，其實至少還有〈回響〉（《面具》）[6]、〈燕子與劍〉、〈電影〈臥虎藏龍〉觀後報告〉（《攻玉山》）[7]、〈劍客〉[8]（《不准破裂》）等詩，乃至菊與劍的意象在他日記式散文集《歷山手記》均曾一再出現[9]，充分展現渡也追尋真實（甚至是性暗示）或理想自我的精神。

李氏此文且謂「他長期為胃痛、腰痛所苦，乃至在學院中升遷之受挫等，皆聽聞他咬緊牙關撐了過來。和我輩相較，這倒也並非有什麼特別之處」[10]，但他三十四歲所患嚴重的腰椎疾患乃當兵所傷，算是因公受傷，還因而長期住院、長期四處求醫，青壯之年即深為脊椎之患所苦[11]，曾作〈是誰在我腰部砍了一刀〉、〈台灣電力〉、〈不准破裂〉三詩明志，要自己「脊椎骨彎了／眼光沒有彎／心，沒有彎／前進的方向／也沒有彎」[12]、「繼續發電、供電／給廣大用戶／強猛而美麗的台灣電力／供給全世界／給今生今世／給漫漫長長的／文學史」[13]、「脊椎側彎、破裂、發炎……／而人生之道，文學之旅／人類前進之路仍然平坦，仍然／筆直，永不彎曲／啊，永遠不准不要不能／破裂」[14]，要將一己之痛忍住，要

6　渡也：《面具》，頁144-145。有「菊一般高潔，高潔的名字。陶淵明啊……」等字句。
7　渡也：《攻玉山》（彰化：彰化縣文化局，2006），頁34及73-74。
8　渡也：《不准破裂》（彰化：彰化縣立文化中心，1994年），頁104。
9　渡也：《歷山手記》，頁98，178，193。
10　渡也：《歷山手記》，頁224。
11　渡也：《不准破裂》，頁244。
12　渡也：《不准破裂》，頁157-158。
13　渡也：《不准破裂》，頁161。
14　渡也：《不准破裂》，頁163-164。

「摹仿竹子的筆直／站著，與松柏並肩」[15]，而且還要轉身昇華自身，要繼續「供電」給台灣、給全世界、給今生今世、給漫漫長長的「文學史」，躺在病牀上數月仍有此「好大的口氣」，正是此種精神即一切、支撐著渡也的一生，深信精神足以永恆不朽，當身體越沉重，精神就越高昂的意志，更是其「劍」的性格的十足展現。

此外，他並未因自己有一半的日本血統，而對日本歷史另眼相看，比如寫於1997年的〈台灣史〉一詩中對日人據台五十年造成腥風血雨的作為完全不假辭色、據實書寫：

　　雨下得最冷最急時
　　是日據時代
　　整整下了五十年
　　……
　　傾盆大雨下在佃農茅屋裡
　　下在工人破碗裡
　　下在林幼存蔣渭水楊華牢房裡

　　世上所有的雨
　　全下在新竹北埔
　　下在台南礁吧年
　　下在南投霧社

　　血

---

[15] 渡也：《不准破裂》，頁158。

整整下了五十年[16]（節錄）

末兩句對日人的武力殘暴鎮壓可說兇悍地予以批判。此種秉實寫史且以「世上所有的雨全下在⋯⋯」、「血／整整下了五十年」等詩語表達同理心、追討其罪，可說是以筆代劍性格另一展現。

　　本文即就渡也多情及尚俠的特質著墨，就其語言的雅俗的轉變看他如何施展其機智、幽默的口語飛巾和利鏢，以達至其他詩人所難達至的題材和情極跳躍之處，本文也借用拉康的精神分析、左右腦的不同功能、及德勒茲的遊牧論、解轄域說，推衍渡也情與俠如此施展的可能緣由和方向。

二、血統的束縛：渡也的傷口與承擔

1.渡也的身分認同與跨越

　　身分認同應是渡也一生明裡暗裡都不斷要嚴肅面對的最大難題，尤其是在他青年期以前的幼年到少年時期。本來在這樣一個地球村時代，「有界的無界化，有框的無框化」[17]早就是一個大趨勢，但卻是逐步形成的、非一蹴而得的。因此「台日之界之框」對早年的渡也而言，就是一個要不斷「跨界」、「跨框」的過程，最後是要如何熔融這些所謂的國界、跳脫超越這些人為的框限，一如他所說的：「人心太小，有所限，所以才將國與國分界。如果心胸無限，豈有國界」[18]。

---

[16]　渡也：《攻玉山》，頁128-129
[17]　參見白靈：〈臺灣新詩的跨領域現象──從詩的聲光到影像詩〉，國立臺北教育大學舉行「中生代詩人──兩岸四地第四屆當代詩學論壇」論文，2011年9月24-25日。
[18]　渡也：《夢魂不到關山難》（臺北：漢光文化事業股份有限公司，1988），頁212。

這個情結的糾葛和解開過程，形成了他解放自身、一生在情與俠中奔闖與設法超脫的最大動源。這個情結他並未避諱面對，但在他詩作品中較少提及、散文之中只偶爾觸碰，但這個困境卻恐怕是他毅力超人、作品會源源不絕的重要原因。

　　1995年出版的《台灣的傷口》的第一輯第一篇即收入他1988年發表在聯合副刊的〈櫻花〉一文，首段即說：

> 鄭成功和我的身世有點相似，我們的父親都是中國人，他母親是日本人，家母亦然。所不同的是，家父並不曾當海盜或者降清。[19]

等於在向世人表白自身的出處，及藉向鄭成功認同而暗示自己也有與他類似的揮劍北伐的職志，只是鄭是反清復明，他則是以筆揭發、修補「台灣的傷口」。而自小他即「感覺猶如活在『三國演義』中」，活在「中華民國」、「美援」（美國奶粉、麵粉、藥物等經濟支援）及「日本的東西」的較勁之中。[20]而且磨難不斷：

> 　　由於家母是日本人，使我自小至今受了不少折磨。唸小學那幾年，常有小孩向我丟石頭，罵髒話：「日本婆的兒子！」我亦還擊，不甘示弱。（母親卻勸我不許這樣！）小型的中日戰爭因而不斷地發生，地點不在黃海，亦不在南京，而在台灣民雄。看來日軍侵華的過失，必須由我一人承

---

[19] 渡也：《台灣的傷口》（臺北：月房子出版社，1995），頁14。
[20] 渡也：《台灣的傷口》（臺北：月房子出版社，1995），頁14。

擔了。家中亦偶有中日大戰，家父那方的戰艦十分兇猛，而
母親從未派出神風特攻隊。她不可能做出南京大屠殺的事。

母親總是如此，默默帶她的子女度過無數大大小小的中
日之戰。[21]

「小型的中日戰爭因而不斷地發生」、「度過無數大大小小的中日
之戰」、「看來日軍侵華的過失，必須由我一人承擔了」，說得既
沉重又痛心，除非當事人及他母親，否則很難想像那樣相忍為家的
漫長時光是如何度過的。而渡也式的幽默也由「家父那方的戰艦十
分兇猛，而母親從未派出神風特攻隊。她不可能做出南京大屠殺的
事」這幾句看出，比喻俏皮、說得輕鬆，卻是字字可能滴著他及母
親的淚。

此種身分認同宛如原罪，渡也只好寫詩希望世人勿過度放大檢
視跨國婚姻、並加以調侃，藉歌頌愛的寬大以破解對混血不能容忍
的迷思，比如下列就叫〈三國演義〉一詩：

她是和成牌
中日合作
如鄭成功一樣
她再三強調父親不是海盜
她之所以出生
乃是由於她父母早已忘記
甲午之戰

---

[21] 渡也：《台灣的傷口》（臺北：月房子出版社，1995），頁14-15。

我是老美
來臺灣傳教
如明末清初一樣
西風東漸

一九七三年
我在她的廣島
投下一枚原子彈
愛的輻射量很高
她終於投降

只有離開耶穌而接近她
我才得救
我在她身上投下大量
美援
然後攜手走入結婚證書

一九七五年開始
中國日本美國
在我們的血液裏
三國演義
我要她為我生下一個
白白胖胖的劉備
我不要張飛[22]

---

[22] 渡也：《空城計》（臺北：漢藝色研文化公司，1990），頁140。

詩中將自身假設為「她」，而「她」的出生「乃是由於她父母早已忘記／甲午之戰」，當然也忘記其後引發的五十年據台殖民的後果，說的正是渡也自己，反正父母間的愛情就那麼跨國地發生了，一如當年鄭成功出生也是他父母忘了倭寇擾華的一事才發生的。而詩中的「我」以老美身分發言，來台傳教卻把自己要傳道的耶穌都疏遠了，因為愛上「她」才使自己有得救感，如此「中國日本美國／在我們的血液裏／三國演義」，這在日本二戰後或台灣光復後未嘗不會發生，而且例証應該不少，這是愛的跨國融合演出，「一愛泯恩仇」，應是美事一樁，卻或因世人仇恨難消、或眼光狹窄、或意識型態作祟，常令美事成為憾事。此詩後兩句以「要生劉備不生張飛」說明最後會因土地的認同、文化的認同而終以台灣和中華文化為歸屬。此詩等於渡也幽默的另一方式的自白書，或者說他想藉台日美「三國演義」的更進一步血統混淆，以進一步淡化他身上背負的重擔。

2.渡也的孤獨與抵抗

因為當每個人的出身或身心狀態與社會意識有所衝突，設下一些阻擋，或因時空環境產生變動，而形成不同意識型態的障礙，觀念及感情的矛盾和衝突遂在內心產生各種情結。這些情結對不同性格的人產生大小不一的影響，遂形成不同程度的孤獨感。A‧佛洛姆即指出最單純的孤獨是來自幾方面：

（1）地域的孤立：

比如台灣與大陸、本省人與外省人、或離島（如澎湖）與台灣本島的關係。

（2）表面化的接觸：

特別指人與人情感上或工作上短暫表層的來往，乃至公式化、客套化、甚至官僚化的碰面或交往。

（3）情感的孤子：

這是一種比較明顯的疏離和寂寞，就是「不能享有夢寐以求的心靈與個體的深度契合」，淺交往的是朋友、深入交往的是愛情。

（4）身分的懷疑：

「對自己身分的懷疑」被列為「最主要的孤獨」，包括「我是誰？」「我為什麼而活？」「人生有何意義？」等等自有人類歷史以來就在問的問題。[23]

對渡也或任何詩人而言，上述四種孤獨感莫不存在，但獨獨第四種「最主要的孤獨，還是對自己身分的懷疑」的困惑，渡也恐怕比任何詩人都要來得深重。台灣所有的詩人都沒有他這個難題和困境，只有渡也才有，不只是意識型態上的，而是流在他血液裡的身體的每個細胞每個DNA中，從生理到心理到他面對的每一件與日本、台灣牽扯在一塊的事物，自童年起都會被迫地引發他的原罪感，這是後來其他身上流著台美、台韓、台菲、台越、台印血統的人都更難超脫的束縛與框限。

他在〈松樹的一生〉一詩中即藉松樹困頓成長到令人仰視的過程展現了從痛苦童年到獲得自信之理想自我的自勉、奮鬥方式：

---

[23] A・佛洛姆（A・Fromm），陳華夫譯：《自我影像》（臺北：問學出版社，1978），頁 3-5。

吃別人贈送的唾沫
享受玩伴的踐踏
並且，在淚水中泅泳
鄰家孩子在小學中
畫飛向將來的飛機
我掉落在破舊的屋頂下
匍匐前進的地上
我的童年
情節如此簡單而易欣賞

長大後，情節也沒有高潮
但觀眾逐漸增加
我日日研究逃避和羞辱的意義
及其姿勢
而且，靈活地運用它們
夜夜拿筆直的尺或竹子
交給崎嶇蜿蜒的腳看
腳始終不明白

二十歲開始
復健中心的醫生及護士才拿著
花與燈，為我引導
使我的理想
不再小兒麻痺
夢

不致口歪眼斜

我總是想，其實
我才是世上最健全的
而那些健全的人才是
真正的殘廢
我總是想，終有一天
全世界董事長主管經理的椅子上
都會坐著一棵
像我這樣盤旋曲折而上天空的
松樹[24]

《歷山手記》首篇中「時間的飛車輾過身上的轍痕」一句的「輾過」，〈彈痕〉一詩「空氣踐踏肺臟的聲音」中的「踐踏」二字（均見上節），或如〈回響〉一詩中「昨夜滿眼滿身彈痕的那人，齒輪嚙吻過的，那人」[25]中的「嚙吻」二字，都充滿被動地遭受屈辱的情感傷痛經驗。此處〈松樹的一生〉一詩亦然，首段「吃別人贈送的唾沫／享受玩伴的踐踏／並且，在淚水中泅泳」說明瞭其童年所遭受因「血液的束縛」所遭受的意識型態上不公平對待，長大後乃「日日研究逃避和羞辱的意義／及其姿勢／而且，靈活地運用」，希望以尺橫量自身、以竹之筆直鞭策人生，使腳步更懂得如何前進，但收穫有限。直到善心人士愛心引導，使理想和夢不致殘廢，最後終究領悟到：

---

[24] 渡也：《我策馬奔進歷史》（嘉義：嘉義市立文化中心，1995），頁156-158。
[25] 渡也：《面具》（臺中：臺中縣立文化中心，1993），頁144-145。

我才是世上最健全的

　　而那些健全的人才是

　　真正的殘廢

痛苦生智慧，渡也唐吉訶德式的悲劇基因是世人的盲點所致，將時
代背景硬加在他身上，否則他與鄭成功的出生有何差異？但卻也因
這樣的背景，使他藉之終成「盤旋曲折而上天空的松樹」，創作出
豐碩的文學作品。

3.渡也的承擔與激憤

　　因此身分認同的這種難題加諸渡也身上的重量，一點都不比
前行代來台詩人長年與母土斷裂的如山鄉愁要來得輕，若與本省
外省第二代的中生代詩人糾纏不清的本土認同情結相較，可說極
度嚴重得多。尤其日本與台灣非比尋常的殖民與被殖民關係，那
簡直如仇敵的關係，「血，整整下了五十年」（渡也〈台灣史〉）
雖然誇飾，但如玉山般難以計數的血債不因記錄不全而被泯滅、
雖時間久遠而漸遭淡漠，卻也不是什麼「日據」改成「日治」可
以消減的，這樣的歷史本可以隔個幾代而完全忘卻，或因無關己
身而忽略，以渡也敏感的個性卻不易視而不見，是要花極大的努
力和代價，在自己身上去將國族之恨與血源之愛做一極端矛盾的
統一。

　　這一點是連當年鄭成功都不必面對的，因此渡也面對的認同困
境有多艱難，即可想而知。這可能也是他的情與俠均極激烈，談戀
愛攻擊力超強如「戰鬥機」、「重然諾，守信義的古之俠者的形像

仍屢屢出現心中、眼前」[26]的原因，也或是他早期與中期以後的詩語言系統會表現得那麼兩極化的潛在理由，只因為他內心感受到的孤獨感必是超乎常人可以忍受的，他一生有可能一直處在阻礙、跳脫、阻礙、跳脫的反覆掙扎中，他必須付出比常人多五倍、十倍心力，面對、處理、超脫那種孤獨感，是地域、身分、認同、血液異於常人的孤獨感。

他在身分的認同並不是全然一面倒向臺灣，也是長年的掙扎與充滿矛盾，比如由他眼光中所見到母親的祖國日本當年在臺灣留下的遺跡也可見出：

> 近三十年來，我在這島上走過許許多多城鎮。在山上，在海邊，仔細看過日本人留下的無數建築和設施，今日我們各縣市的都市計劃有不少是當年日人精心設計的。他們每做一件事，眼光總是看幾十、幾百年後，這樣的努力和雄心，令我佩服。我並不因他們是日本人而一口否定其成果。就事論事，我們要有胸襟承認這個事實。反過來說，我們是否事事具有前瞻性？事事皆為幾百年後的子子孫孫設想？[27]

日人做事「眼光總是看幾十、幾百年後」，其努力和雄心，令他佩服，回過頭要求臺灣人「要有胸襟承認這個事實」，而且規劃未來時能「事事具有前瞻性」、「為幾百年後的子子孫孫設想」。然而他面對當下所處的臺灣時，卻是：

---

[26] 渡也：《夢魂不到關山難》，頁111。
[27] 渡也：《夢魂不到關山難》，頁223、218。

這塊土地上的人們道德淪喪，貪汙舞弊、說謊虛偽、陷害忠
　　良、污染環境等，已經使台灣傷痕纍纍，我描述這些淌血的
　　傷口時，並不痛快，而是痛苦！[28]

這是寫在《臺灣的傷口》一書上的序文，說這些話自然有事實有根
據，充滿「恨鐵不成鋼」的焦慮感，因此急起來時不免灰心喪志，
也會說：

　　離開這裡，離開我生長三十四年的這塊土地。中國人心
　　陰狠、環境險惡，我處處遭受排擠、挫折。有些人當著我的
　　面露出笑臉，然後從背後殺我千刀。
　　　所以我想離開這塊土地，帶父母離開，到母親的故鄉去。
　　　──到日本去！
　　有一天，我這樣告訴畫家兼小說家施先生，他流下淚來。[29]

「我想離開這塊土地，帶父母離開，到母親的故鄉去」，渡也當然
沒有付諸行動，那是他強烈表達不滿的一種方式，「我描述這些淌
血的傷口時，並不痛快，而是痛苦！」此種「痛苦」對於渡也而
言是嚴肅的土地認同所發出的強烈呼告，也等於與他選擇認同此進
步緩慢的臺灣、而沒有也不可能選擇認同彼先進已開發的日本的
一種代價，如果沒有自小即要面對的血源認同、身分歸屬問題，他
的「痛苦」也不可能那麼深，那是一次次主動或被動地自我深化的
結果。

---

[28]　渡也：〈自序〉，《台灣的傷口》，頁8。
[29]　渡也：《夢魂不到關山難》，頁223。

比如他後來讀大學時會由物理系轉中文系，而且一路唸到博士，並以研究及創作中文當作一生的志業，是他主動地深化自我對中華文化認同的顯例，且中文系教授的身分可以強化他文化認同的廣度和深度，而且足以抵擋他與日本文化有任何瓜葛的疑慮或質疑。但也因為他為認同與歸屬付出龐大的努力，使得他心力交疲，乃常常會處在被動地深化的焦慮、憂心、和不快樂中。當他說：

> 肉體的痛，可以忍受；心理的痛，則最難忍受。[30]
> 我因厭惡現代，而收集古物；因不喜歡人，而養猴子與花。[31]

前一段雖然說的是1986年他當兵脊椎受傷住院半年的事，但睽諸從小面對的各種認同的挑戰、那種非自願的血統的束縛，一定潛意識化了他面對當下現代及與人相處時不自覺的不安和焦慮。

　　拉康曾將「凝視」（gaze）的概念定義為自我和他者之間的某種鏡映關係，或可說明渡也不自覺的不安和焦慮的部份原因。當我注視別人或被注視時，其實自我是被他人的視野所影響，彷彿我在觀看之前，便存在著一種「他者的凝視」──我只看著一個定點，卻感覺我被全面觀看著。亦即我感受到的不僅是由我的眼睛所決定，而更是由我的期待所決定。我所遭遇的凝視，是被我所想像的大他者整體場域的凝視。這很像是整個客觀世界化身成許多他人皆在凝視我，使我不得不謹言慎行，或以某種符合社會期待的方式讓

---

[30]　渡也：《台灣的傷口》，頁61-62。
[31]　渡也：《台灣的傷口》，頁161。

自己出場。[32]渡也因自小即不時要面對身分歸屬的大問題，那是再不能更深刻的孤獨感，那不是「看來日軍侵華的過失，必須由我一人承擔了」的感嘆就可以道盡的，彷彿四周異樣的眼光隨時會排山倒海而來，即使那樣的眼光不一定時時存在，卻被動地深化了渡也「心理的痛」，那是「渡也的傷口」，只有他也只能是他自己才是自己的醫生，於是他的詩就是他的藥膏，藉以治療自幼即「處處遭受排擠、挫折」的傷痕，但卻也因而「厭惡現代」、「不喜歡人」，那是多麼難以承受的不快樂。他這個「承擔」必須要到歷經徹底地了悟了激情與尚俠後，他才能略略放下。他的傷口即使痊癒，身體與心底的疤仍會時時凝視著他。

三、雅俗之變：渡也的匱乏與填補

渡也不論「收集古物」或「養猴子與花」，最後都能由其中思索出人生的意涵、反思自身到想像轉化成一篇篇的詩作，如《留情》一書及《流浪玫瑰》第一輯的「民藝」系列，《落地生根》的半本「盆栽研究」即是其結晶，[33]上世紀八〇年代可說是他愈挫愈勇、創作力最旺盛的時期。這是他在現實人生的場域受挫後一種精神能量之轉移、取代、和昇華方式，[34]當然與他個人深刻感受到A·佛洛姆所說各種孤獨感的主動或被動地深化有密切關聯。

---

[32] 拉康（Jacques Lacan），褚孝泉譯：《拉康選集》（上海三聯書店，2001），頁259。
[33] 渡也：《留情》（臺北：漢藝色研文化公司，1993），全書。渡也：《流浪玫瑰》（臺北：爾雅出版社，1999），頁1-38。渡也：《落地生根》（臺北：九歌出版社，1989年），頁115-215。
[34] 宮城音彌，李永熾譯：《天才的心理分析》（臺北：牧童出版社，1975），頁57。

1.渡也的匱乏與渴欲

　　不論何種孤獨感所產生的焦慮不安，心理學上即認為皆與人的早期幼兒的經驗有關，由於渡也在民雄幼年如上節引用〈松樹的一生〉一詩中那極非友善的環境成長，最能敏銳地理解並安慰其在生活中的孤獨心境的必定是他母親。

　　而人在幼年期因依賴、仰慕母親反而更易害怕黑暗或陌生環境，進而產生一種無依的孤獨感，是人人皆具有的，因此莫不無時無刻不想「保持和母親間的親密關係」，之後成長離開母親懷抱，即轉而尋求類似母懷的異性之愛，其後是透過認知才逐漸擴大為原鄉、族群、民族、國家之愛。此種渴求依偎、最好是能處於母子未分化狀態的舉動被稱為「被動的愛」，或「依愛」[35]，或「依戀」[36]。比如渡也的〈母親的懷抱〉一詩：

> 所以讓看不見的母親的手
>
> 用無形的手帕擦拭
>
> 浪子的淚水
>
> 讓所有的母親從黑暗的巷口
>
> 帶回墮落的孩子
>
> 讓母親在每一本書中
>
> 向莘莘學子叮嚀

---

[35] 土居健郎（DOI Takeo, 1920- ），黃恆正譯：《日本式的愛——日本人「依愛」行為的心理分析》（臺北：遠流出版公司，1985），頁86。

[36] 加藤諦三：《自立與孤獨的心理學》（未註名譯者，臺北：培林出版社，1994），頁14。

所以讓掉下來的葉子
都被母親接回去
讓雨也收起眼淚
準備回家
因為只有母親的懷抱
晴空萬裏[37]

說的正是人類對母愛、母親「晴空萬裏」的懷抱之熱切渴望，那是
全世界所有人之內在共通性，而不只是渡也的。

比如早期他發表於1971年1月2日《青年戰士報・詩隊伍》即理
應寫於1970年末的〈樹葉〉一詩：

方生方死
方死方生
——莊子

從母親的毛細孔裏
無可奈何地爬出來。塵埃
便在我們的臉上
繁殖。我們必須忍受

必須以臍帶
惶恐的攫住母親

---

[37] 渡也：《我策馬奔進歷史》（嘉義：嘉義市立文化中心，1995），頁174。

生長。哎，生長只是

另一種枯萎

我們必須隨風飄落

秋來時，我們必須忍受

枯萎。哎，枯萎只是

另一種生長[38]

此詩表面上像自莊子文句演化而來，更深層的是自我的成長感受：
「無可奈何地爬出來。塵埃／便在我們的臉上／繁殖。我們必須忍
受」，對應的正是他的童年。「必須以臍帶／惶恐的攫住母親／生
長」，正是不想長大而必須生長，不想掉落卻終須分離。雖然想法
灰色消極，說的更多的是不安和孤獨。

　　因此人成長後之名、利、情、愛、性、工作、身分認同、婚
姻、權力等等都被認為是依愛心理的取代[39]，不安、憂鬱、孤獨、
焦慮、憤怒、神經質、身心症、和鄉愁等等則被認為是追求「不
存在的依愛對象」不得後的另一種身體表徵或轉移[40]。因此依愛心
理被定義為「企圖否定人類存在不可分離的部分，結果卻分離的事
實」[41]，內在潛意識遂透過不同種類的取代和轉移，以補足對依愛
的需求或匱乏。

　　拉康即認為任何種類的補足均只是幻見之物，不斷地逗引著我
們，沒完沒了，尤其是情愛。而對幻見之物欲望超強，或越受時空

---

[38]　渡也：《我策馬奔進歷史》，頁78。
[39]　加藤諦三：《自立與孤獨的心理學》，頁18。
[40]　加藤諦三：《自立與孤獨的心理學》，頁19-27。
[41]　土居健郎：《日本式的愛──日本人「依愛」行為的心理分析》，頁86~87。

阻隔感受越強烈深刻，比如渡也在日記式的《歷山手記》中至少出現了雨子、牧凰、李玉華等與他有或深或淺情感糾葛的女子，而且時間相近，其中最激情的是他對牧凰此一女子的傾慕和渴望幾乎是掌控了他的前半生，比如寫於1971年年終的一篇末段：

> 以後，妳該是一朵閒雲了妳擁有花鹿的體裁，傾向我，含笑睡在野鶴的懷裡。並且等我把千里的愉悅靜靜堆成，一隻多麼繽紛的繡花枕，伴妳安眠。那青色的淺草地勢必鑲著細小的雛菊，有極美的風在髮梢呼吸，還有，溫婉的陽光，白色的香氣，細心撫著妳長長的睫毛。以後，醒時，我會用十個渡也的微笑，為妳寫一千首十四行詩。[42]

以至到1976年《歷山手記》的〈六十五年十月五日，古典的戀〉：

> 孤獨，以及最大絕望時，特別容易憶起，那年少時代，也曾暗藏著一把溫柔的長劍，於嫩綠的胸中，並且極力抑住那長劍清越的鳴喚，蓄意化裝成書生的模樣，羽扇綸巾，吟一闋綺麗的宋詞，秉著善意，多情的紅燭，祕密跟蹤一株身披古典衣裳，頭插兩朵金簪的秋菊。瘦長的身影暗暗穿過無人的花徑，最後抵達細細的，一如伊款款衣帶的長廊，夜靜似水，花湧如潮。只記得我猶不安地，埋伏在假山背後，偷偷覽讀伊的舞姿一千遍，那時，伊在長廊放牧的那羣衣角鬢影，多麼令人憐愛！……趁月落時分，用微微負氣的髮絲一

42　渡也：《歷山手記》，頁27。

如伊日夜為我紡織的黑紗（自然伊降臨時，背景仍是極悠揚
的音樂的），故意將我，哪，心中仍燃著激烈的火焰的我，
連同歡愉如魚躍的長劍，一起，輕輕覆蓋。[43]

此文以秋菊與長劍對比女與男的陰柔與陽剛，充滿了陰可以覆蓋
陽、柔可以克剛的曖昧的性暗示。且說「覽讀伊的舞姿一千遍」的
誇飾手法一如上一篇說因「千里的愉悅」所以要「用十個渡也的微
笑，為妳寫一千首十四行詩」，但渡也並未用十四行寫一千首，卻
用至少上百首詩紀念了這「你的愛像似春雨的小手，雲的撫觸」卻
無法結合、可能只因南北地時空阻隔、女生大他兩歲[44]、加上雙方
母親皆若有似無的反對，而且從小學一起青梅竹馬長大的雨子「則
像似午夜的一場暴風雨，敢於掠奪而且佔有」[45]，短暫卻深刻的情
感乃不得不遺憾地告終。卻也因此成了此後他幾手書寫不完的題材
和靈感來源：

我站在窗口，心無牽掛，我知道你在黑暗的某處，呼之欲出
的。此後，漫長歲月，在我黑暗的靈魂深處，你永遠長在，
永遠佇立不去。[46]

……面對一株不知為誰而開的菊花的那一刻，她會不會仍想
念著青髮童顏的歷山，如今浸在傷逝裏的渡也呢？

---

[43] 渡也：《歷山手記》，頁178。
[44] 渡也：〈我黑暗中的戀人〉，《永遠向蝴蝶》（臺北：聯經出版事業公司，1980
　　年），頁125。
[45] 渡也：《歷山手記》，頁37、45。
[46] 渡也：《歷山手記》，頁98。

為什麼呢？永遠不再和我生活在一起的女子，卻已成為一種
痛楚而完美的洗臉的動作，多深刻而惹人憐惜的，永恆地生
存在我體內，以及，即將不斷湧來的歲月裏。[47]

「你永遠長在，永遠佇立不去」、「永恆地生存在我體內」等字
眼，均是「不在才在」，不可得乃永有逗引的效力，卻也是幻見之
物。一朝在手，此幻見很可能迅速消失。因此渡也只要在可以在
寫上「寫作年表」的書尾，均不顧一切要將1971年這一條「民國六
十年　與嘉義師專才女牧凰熱戀」放上去，至少一直到1995年均如
此。[48]

2.雅俗之變與文類轉換

他2006年出版的詩集《攻玉山》序文將自己的詩分成三階
段：1970年至1981年為第一階段，具濃厚的現代主義詩風。而1981
至1990年左右屬第二階段，「措辭激烈，對不公不義的事著墨甚
多」；90年代以後為第三階段，「語言淺顯、明朗，在表達上較不
激烈」。[49]大致可看出1980年第二本散文集《永遠的蝴蝶》及同年
出版的第一本詩集《手套與愛》在語言的「雅俗之變」上已有明顯
交雜的現象，而他的分行詩本來就比散文詩（分段詩）語言較放
鬆，因此詩的「雅俗之變」也比散文快，卻難得的是其超現實手法
依舊始終運用自如，而大膽展現自身情感、少有顧忌，貫串三個時

---

[47]　渡也：《歷山手記》，頁193。
[48]　參見下列書籍的「寫作年表」：渡也：《我是一件行李》（臺中：晨星出版社，
　　　1995）。渡也：《新詩補給站》（臺北：三民書局股份有限公司，1995）。渡也：
　　　《我策馬奔進歷史》。渡也：《不准破裂》（彰化：彰化縣立文化中心，1994）。
[49]　渡也：《攻玉山》，頁10。

期也始終不變。但更重要的是題材卻因此變得更為廣闊。散文發展則較不那麼明顯，然而在1976年名為散文集其實詩質濃厚的《歷山手記》出版之後，他自言那是他的「第一階段的散文的結束」，此後語言「已要求平淡無法，題材也不拘限於男女私情。我。我企圖告別唯美主義，去描寫廣泛的人生社會，並且注入哲思。」[50]因此1980年出版的散文集《永遠的蝴蝶》已開始了「雅俗之變」，如〈落葉研究〉、〈大屯山的美學〉、〈小草與人類〉、〈骨罈與巨石〉、〈遺言〉、〈誕生〉、〈竹子的生活方式〉、〈垃圾與詩〉等散文，就淺近了多，但某些篇章依然詩質濃厚，幾乎詩質濃厚，如〈幾回魂夢與君同〉：

> 誰知千百年後，妳又在明亮的世界榮耀地誕生，如一粒甜美健康的種子，來這世上盡情開花，迅速長成一名標緻好看的長髮女子，腳乘金縷鞋，頭插兩隻欲飛的金鷗鴣，好像昔日妳常走入我安靜的書房愉快的鏡子時，那個模樣，也愛極了宋詞。就說妳是那還留在聲聲慢裡的李易安好了。妳故意選擇至美的子夜，引領一盞我熱愛的，孤獨的朱紅燈籠，一片我微笑送妳的玉珮的聲音，越過重重多難的山坡和不安的小溪，來到無人的深山，苦苦尋找我的下落，從深深的黃土裡，挖出早已無言無語，也生寒也長苔的我的骨骸，藉著那燈籠放牧的細瘦的火光，妳終於發現了，我多情的骨骸猶在地下，靜靜拼成妳芬芳的小名，永遠不滅的，牧凰兩字，便是我生前心愛不渝的隸書了。[51]

---

[50] 渡也：《永遠向蝴蝶》，頁102。
[51] 渡也：《永遠向蝴蝶》，頁128-129。

「我多情的骨骸猶在地下，靜靜拼成妳芬芳的小名」，將其死後連骨骸都不渝的至情展現出來。語言則處於濃疏之際、「雅俗之變」的轉型期中，他的情感變化也介在激盪後漸轉趨平淡之中，雖然填補沒有成功，匱乏又持續中。

而值得注意的是他的散文與詩的相互轉換，比如由接近小說收在散文集《永遠的蝴蝶》的〈王維抵抗石油〉一文，到了詩集《面具》中則成了的散文詩〈王維與石油〉，到了長詩合集《最後的長城》中則成了的數百行的分行長詩〈王維的石油化學工業〉。而收在散文集《歷山手記》的〈六十五年十一月十二日‧懷念牧凰〉一文，到了詩集《手套與愛》中則成了分行詩〈眼疾與牙疼〉，但必須相互參看，否則不易明白「我就是夜晚令妳哀愁的眼疾／妳也成為伴我多年的牙疼／都不能治癒／啊　不想治癒／最深的愛／只有眼痛時妳才能瞭解／至高的情／唯有牙疼時我才會明白」[52]後面的過程。此外如《手套與愛》中的散文詩〈雪原〉：

> 那時我們擱淺在圖書館二樓，線裝書的寂靜裏，妳問我詞的起源和流變，妳旋即飛升，突然我漂流到最偏遠的雪原，垂首，和流淚，然後逆著風，我每片碎散的書頁，都飄向妳發光的樓閣，而且高聲喊著：
>
> 可是
>
> （雪靜靜流去）
>
> 我們愛的起源和流變呢？[53]

---

[52] 渡也：《手套與愛：渡也情色詩》（臺北：漢藝色研文化公司，2001），頁132-133。
[53] 渡也：《手套與愛：渡也情色詩》，頁138。

較早前的原型出現在散文集《歷山手記》的〈雪原，六十四年十一月九日，到情深，俱是怨〉一文：

> 那時在圖書館一一樓的靜寂裏，妳問我詞的起源和流變，你漸漸高升突然我飄落到最偏遠的雪原，仰首、和流淚，然後對著妳的方向高聲喊著：
>
> 可是，我們愛的起源和流變呢？[54]

他的情愛受挫反而此後成了他取之不絕的源泉。

渡也此種強烈的情感展演，乃人類最早、最不易自覺的銘印現象（包括母親和土地、乃至初戀）本身或其轉移，尤其「與母合一感」即使成長後尋尋覓覓，有所解除也都只能是短暫的解除，因為比如在情愛中「企圖獲得與對方之間的一體感」根本是不可能的，因此渴求常沒有終止，尤其碰到阻撓或障礙，渴求或相思就愈為強烈，一如前舉渡也說的「孤獨，以及最大絕望時，特別容易憶起也曾暗藏著一把溫柔的長劍，……秘密跟蹤一株身披古典衣裳，頭插兩朵金簪的秋菊」，「孤獨，以及最大絕望時」即是障礙最高渴求最盛時。一朝障礙去除，一切就開始平淡，甚至受到束縛，遂轉而尋求其他脫困之道。

---

[54] 渡也：《歷山手記》，頁152。

四、俠的尖銳與渡也的超脫

1.幻象、真實與渡也的俠氣

拉康的幻象公式$\$\lozenge a$或可表徵說明渡也這種可貴的情的執著。此公式左邊是$\$$，這是一個被符號界劃了杠、被閹割、被教化的主體，為脫離或抵抗或批判此由社會政經文化所強力建構、對人加以掌控、制約的、已遭教化的主體情境，只有通過和想像界a之間遮蔽或障礙（$\lozenge$）的翻越，追索著a所構築的幻見之物或幻象建構，如此方具有真實感或存在感。

而現實與真實是不同的，現實需要用符號及語言文字建構或德勒茲所說的「轄域化」，這也是現代的大腦科學所認知的邏輯理性語文所住紮的左腦，而凡是人都想自「轄域化」逃逸，進入德勒茲所說的「解轄域化」的狀態，因為那樣比較自由比較真實，而真實比較接近影音感官直覺想像夢境所存放之處、也是大腦科學所領會別的右腦，那裡頭是非語言非文字所能直接或甚至不能傳達的。人即活在覺得自己仍然活著，不致陷入虛無。即使幻見之物的背後都是空的，但仍使我們不斷在符號化中採取了各種或緩和或激烈的行動。

由於渡也於此處左邊的$\$$，被符號界劃了杠的主體要比同時代的詩人要來得深重，那是非他所自願的，從小不斷地發生的「無數大大小小的中日之戰」、「由我一人承擔了」的「日軍侵華的過失」一而再再三加深了這個杠杠，必然形成他一生最大的夢魘。善於世俗化地解釋拉康的齊澤克即說：

> 在我們的無意識深處，就我們的欲望之實在界而言，我們全
> 都是殺人犯。[55]

因此渡也情愛受阻，其後會產生「落實於生活，又有愛意又有怒氣的詩作」[56]是可以理解的，如果不是夢境（實在界）與現實（符號界）之間有一道不易翻越的牆的話，渡也豈不拿劍揮人了？世界豈不大亂？雖然夢境是更真實的，卻必須被壓抑，現實人生反而是虛幻的、妥協的、假裝和諧的，以唯心論的觀點來看因此根本上是一幻覺，齊澤克因此寫道：

> 在夢中，也只有在夢中，我們才遭遇了我們欲望之實在
> 界，⋯⋯日常現實，即社會宇宙的現實（我們就是在這樣的
> 現實中扮演著尋常的仁慈、高貴之人的角色），最後被證明
> 是不過是幻覺而已。如此幻覺的成立，依賴於某種「抑制」
> 和對我們的欲望之實在界的忽視。因此，這樣的社會現實只
> 是脆弱的、符號性的蜘蛛網，它隨時可能因實在界的入侵而
> 土崩瓦解。[57]

渡也「厭惡現代」、「不喜歡人」是有道理的，他是不說假話、不喜虛與委蛇、只想實話實說的人，卻知自己無法完全「抑制」自己，他不得不選擇收集古物養花蒔草、「修身養性」一番，早年激

---

[55] 齊澤克（台灣譯為紀傑克），季廣茂譯：《斜目而視：透過通俗文化看拉康》，（浙江大學出版社，2011），頁27。

[56] 蕭蕭：〈不落地怎能生根〉，見渡也：《落地生根》（臺北：九歌出版社，1989），頁5。

[57] 齊澤克（即紀傑克），季廣茂譯：《斜目而視：透過通俗文化看拉康》，頁27-28。

烈地談戀愛是他一個出口、青壯年積極創作是另一個出口，即使最後可能都是幻見之物。

　　除非是昇華到成為修道之人，否則「我們真正尋找的是父母式的關懷」[58]，這種所謂「被動的愛」之「依愛心理」的渴求常會貫串我們一生，形成永世的孤獨感，宛如「生存時空」中的一種「魔性」或「魔咒」，除非倚靠內在自我的力量去提昇，以是「為了尋求真正的永恆的一體，有些人會轉向禪及其他宗教，而同樣的動機有時也會驅使人追求美」，文學創作即美之一園地，而「那些追求美的人之中有很多常常強烈地自覺到未能獲得滿足的依愛」[59]，美乃成了他們可以暫時擺脫之處。但創作的內容又與生活現實習習相關，他不能不開口、不能完全不面對人，於是渡也的俠氣就出來了，因他不能再如前三十三年一般，像〈他在玻璃內獨自生活〉：

　　　　有屈原沿湘水而下的心情
　　　　苦笑時
　　　　又像極永州愚溪的柳宗元
　　　　他在玻璃內獨自生活
　　　　三十三年
　　　　除了我
　　　　沒有人瞭解他的思想
　　　　他的生命[60]

[58] A・佛洛姆：《自我影像》，頁16。
[59] 土居健郎：《日本式的愛——日本人「依愛」行為的心理分析》，頁90。
[60] 渡也：《我策馬奔進歷史》，頁51。

詩中的「我」與「他」是同一人，是藉玻璃中的鏡像自我鞭策，因為「他仍有一點人世熾烈的火／在他手上」，他不想逃避。這也是他的自覺，而自覺之目的無非是要對抗、逃避、乃至切斷依愛，繼而加以昇華、克服，此種需求也可說是座落在馬斯洛所說的三種成長需求（求知、求美、自我實現）的範疇中[61]。當然其結果是把事物最深刻和最好的「藏匿起來」，即最深的想回到與母合一的依愛、以及對童年所遭受不公平對待的總反擊欲望都被「藏匿」起來，只因那是很難達至的欲望。在渡也早年到青壯年的書中很多時候不是對所欲描繪的人事物不是深深的陷溺、或大力的變形、或充滿怒氣，即是他「藏匿」那宛如「永世的孤獨感」的一種方式：

> 不僅是我們藏了些什麼，而是我們如何藏匿它們」[62]。
> 我藉由發現阻擋於我以及另一人或另一事物之間的東西而瞭解這個人或事物。[63]
> 我們一旦把障礙想成是道路，而不是道路上的障礙——則我們會發現障礙就像潘朵拉的盒子，充滿了不尋常以及禁忌的東西。……障礙提醒了我腦子裡一部分想要忘記的東西。[64]

渡也「永世的孤獨感」是近乎屈原式的，他藉創作不斷地挑戰它，因此他才會為屈原寫了不少的詩，〈屈原之一〉、〈自殺未遂的屈

[61] D. Schultz & S. E. Schultz，陳正文等譯：《人格理論》（臺北：揚智文化事業有限公司，1999），第十一章〈Abraham Maslow〉，頁337-365。
[62] 亞當‧菲立普（Adam Philips），陳信宏譯：《吻、搔癢與煩悶：亞當‧菲立普論隱藏的人性》（臺北：圓神出版社，2000年），頁44-45。
[63] 亞當‧菲立普（Adam Philips），陳信宏譯，頁165。
[64] 亞當‧菲立普（Adam Philips），陳信宏譯，頁155。

原〉、〈憤怒的屈原〉、〈屈原之二〉、〈渡也與屈原〉（《不准破裂》）、〈糯米・豬肉・花生──紀念屈原〉、〈一顆巨大的淚──紀念屈原〉，而且寫〈漁父〉一詩以明志：

漁父低聲說
如果你是一滴清水
在大濁流中
不要對河流說
「我不是濁的！」

屈原大聲喊
倘若我是世上僅有的一滴清水
在大濁流中
要躍起來，對河流說
「我是清的!」[65]

敢以一滴「清」對抗滿江的「濁」，不要「在大濁流中」不說話，而「要躍起來」說「我是清的！」如此其下場必是：

每天出門之前
我總是修剪手指甲以及
心的指甲

---

[65] 渡也：《我策馬奔進歷史》，頁115。

傍晚回來，全身都是

爪痕和血（〈爪痕〉）[66]

他想自我收斂，不想逞強好勇，卻依然傷痕纍纍，他不得不當一個劍客，只因被壓縮到極限也會反彈（如圖一菊花性格），何況他的另一面本是不可壓縮的（如圖一劍的性格）：

我佩過許多劍
我亦是其中的
一把
自從劍說它不喜歡
喝血
我便歸隱

我便那些劍
以及所有的招式
連同我自己
一起
拋棄（〈劍客〉）[67]

意思是他若要拋棄劍客「性格」就必須連自己一起拋棄，而那是不可能的，因為他天生就是一把劍，只有面對女性或嬰或弱勢才會表

---

[66] 渡也：《不准破裂》，頁208。
[67] 渡也：《不准破裂》，頁104。

現出菊花性格。圖一在物理化學上是代表兩種氣體的典型，不可壓縮的如氫氣，是劍性格，可壓縮的如二氧化碳，是菊花性格，至一極限亦會反彈。而理想自我是困難達至，近乎修道有得之人，兩種性格在渡也身上既矛盾又統一：

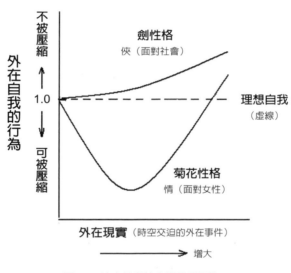

圖9-1　渡也情與俠表現的兩極性。

2.解轄域化及左右腦

　　他俠氣得最激烈的詩是2006年出版、卻多寫在上世紀末之前、針對台灣政經環境的詩集《攻玉山》，其中具體呈現了他長年以來諸多攻伐政治、刺諷時代的不凡記錄，或者說「義行」，常針對現實社會許多不平失衡、和難以理解的現狀，予以指摘、諷喻、調侃，包括八首寫九二一大地震的力作。還直接把矛頭對準了日

據時期、現代台灣與大陸兩地區糾葛不清的歷史關係、尤其是台灣的政治亂象，毫不留情地提出或戲謔或嚴厲的批判。後兩輯也是此書最有可觀者。書中渡也運用了大量擬人轉化的手法，使得詩與現實仍保持一定的美感距離，並兼以幽默、風趣、反諷的語調，又能出以日常口語的節奏，讀來不時有會心、拍案的驚喜，而那是眾多詩人難以介入或無能為力者。比如在〈立法院〉一詩中：「有人只帶大腦來開會／有人只帶嘴巴來開會／有人只帶耳朵來開會／有人什麼都沒帶／有人用手討論／有人用肛門討論／有人用槍討論」[68]，短短七行的詩就道盡了台灣民意政壇的生態，充斥著利益衝突、黑金暴力等等現象。也許渡也最想說的是這些民意代表可以什麼都不用帶，只要帶著「人民」來就足夠了，在〈人民〉一詩中，則更清楚的看出時常把民意掛在嘴邊的政治人物是如何地把人民拒於門外：「他們不知道／人民夾在政黨名稱裡／其實，人民始終被擋在黨外／啊，人民始終在／風中」，[69]原來人民在政治人物身上已然幻化成成一句一句朗朗上口的口號，但一出口就會隨著風吹而逝。

　　本節前面所說由認知的邏輯理性語文所住桀的左腦，即由「轄域化」逃逸，將之「右腦化」以進入德勒茲所說的「解轄域化」的狀態，因為那樣比較自由比較真實，此即渡也擅長將不同轄域或領域的人事物透過搬弄、戲劇化、而使之達到童真、充滿想像的超現實狀態，乃至達到機智、幽默的效果。比如〈一顆巨大的淚──紀念屈原〉一詩：

---

[68]　渡也：《攻玉山》，頁154。
[69]　渡也：《攻玉山》，頁134。

令尹子蘭的衣服
與黑道掛勾
楚懷王兩隻耳朵
繞著甜蜜語飛
因而，楚國陸地逐漸
　　　　　　下陷

一顆赤忱的心
被太到地平線之外
生命之外
楚國的天空看了
很不高興

投江時激起無數水波
拍擊楚國的臉
整個汨羅江都是滿滿的
怨

文學史也開始哭泣
一顆巨大的淚從戰國時代
滾到現在
還很燙[70]

此詩中「令尹子蘭的衣服」與「黑道」屬不同轄域,「楚懷王兩隻
耳朵」與「飛」也屬不同轄域,屈原「赤忱的心」與「地平線」
亦然,「水波」與「楚國」與「臉」是三個轄域,「文學史」與
「淚」、「戰國」與「現在」更是不同時空,渡也透過打破語言既
定成規,使之各自「解轄域化」後再掛起勾來,這是逃出「左腦
化」的規訓,進入「右腦化」的非理性世界才能達成的。又比如他
寫情的詩亦然,比如寫於1997年的〈他提著頭顱〉:

> 他提著空洞的頭顱出門
> 嘴巴咬著餐廳不放
> 眼睛留給花
> 腳,單獨回鄉
>
> 他提著空洞的頭顱出門
> 手,向過去揮別
> 心,早已捐贈出去
>
> 而本世紀最重要的器官
> 陽具,送給太太
> 包皮則留給另一個女人[71]

這是自我解構、自我「解轄域化」,分散自身到四處,宛如能徹底
地逃逸。

---

[71] 渡也:《攻玉山》,頁110。

但他寫得最好的俠詩到末了是像〈一顆子彈貫穿襯衫──紀念二二八罹難畫家陳澄波先生〉一詩：

　　一九四七年三月
　　一顆子彈突然貫穿襯衫
　　貫穿你的身體
　　貫穿嘉義

　　貫穿台灣美術史
　　啊，美噴出血來

　　你的一生被子彈強行帶走
　　而那件襯衫至今仍活著
　　彈孔，也活著
　　如果那彈孔是一顆眼睛
　　它已看透一切
　　如果那彈孔是一張嘴
　　所有仇恨都由它訴說？
　　不！它從未喊痛從未說話
　　五十多年了
　　襯衫從未說
　　一句怨言

　　一九四七年最寒冷的三月
　　彈孔流出鮮血

襯衫流出鮮血
夢，流出鮮血流出淚
如今已不再流
早已不再流了

襯衫早已洗得
清清白白
像你一樣
像陳家子子孫孫一樣

那彈孔就是句點
所有血的故事的句點
　　（世界不要再流血了）
二〇〇〇年
從那彈孔望過去
啊，台灣蔚藍的天空
一望無際[72]

此詩是不需劍的、不帶火藥味的，就寫出了那時代的悲劇，藉一
件罹難畫家臨終所穿襯衫的一個彈孔，在渡也使用大眾化語言的
筆下成了活生生的人物、畫史、美的代表，因此「美」才會「噴
出血來」，彈孔則成了眼睛、嘴、傷口、句點、乃至望遠鏡或窗
口，但它們不見得是同一轄域的人事物，因此寫來或讀來，心乃

---

72 渡也：〈一顆子彈貫穿襯衫──紀念二二八罹難畫家陳澄波先生〉，《聯合報》副
刊，2000年12月6日。

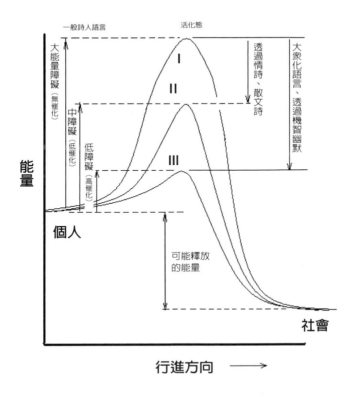

圖9-2　渡也解決詩語言障礙的途徑。

有在不同轄域間「遊牧」的快感和自由，遂有驚心動魄之愉悅與
傷痛，既矛盾又統一，而這正是迅速遊牧在不同轄域間、在左右
腦間互動、運動才能達至的「遊刃有餘」的效果與超脫。或可由
圖二的第III曲線（因轄域的暫時解構而獲得通過障礙的愉悅），
這與他的情詩／散文詩達至的效果（第II曲線，障礙居中）顯有
意境和格局的不同，與一般詩人的語言（第I曲線，過高的障礙）
遂有了區隔。

3.原鄉的合一感

然則真正能讓渡也有回鄉之感、類似「與母合一」的慰藉的是
對祖父原鄉澎湖的土地認同，為此還寫了一整本詩集《澎湖的夢都
張開了翅膀》（2009），比如〈最後我成為大海〉一詩：

> 我潛入水中，海一把抓住我。
> 億萬年長壽的大海和四十八歲的我，在故鄉澎湖相遇、對
> 話，交換彼此的心情。海一點也不老，皮膚依然光鮮，身體
> 依然健壯，依然燃燒著熱情。有時我仰泳，看到藍天白雲俯
> 下身來和我打招呼，和海敘舊。有時調皮的海會和我嬉戲，
> 互相推擠，我輕拍海的軀體，按摩它沁涼柔滑的皮膚，大海
> 也善意回應，親切撫摸我的一生，然後我潛入更深的海底，
> 和章魚、石斑、龍蝦、河豚相遇。沒有任何一隻魚要準備上
> 課教材、寫論文、創作、演講。那些世俗的苦惱全留在遠遠
> 的陸上。漸漸地，我感覺四肢似乎消失了，嘴邊長了鰓，背
> 上生出鰭。哇，我變成魚。四十八年來所學的、所寫的、所
> 做的，全部消失了。我變成四十八年前初生的我。然後我又
> 變成一滴水。[73]

澎湖成了他真正的原鄉，因為會「親切撫摸我的一生」，也不需為
「任何一隻魚要準備上課教材」，還「感覺四肢似乎消失了，嘴邊
長了鰓，背上生出鰭。哇，我變成魚」，甚至「變成一滴水」，成

---

[73] 渡也：《澎湖的夢都張開了翅膀》（澎湖縣政府文化局，2009），頁136。

圖9-3 渡也與幻象公式及左右腦的關係。

為大海的一部份。至少在那一瞬，理性消失、被規訓的一切轄域均消失或消融了，進入「右腦化」的「與母合一感」，那正是渡也一生尋尋覓覓的，即使僅是短暫的超脫或幻象（如圖三，參見討論鄭愁予那一章第二及第四節）。

五、結語

　　渡也一生明裡暗裡都不斷要嚴肅面對的最大難題是他血液裡的身份認同障礙，這是他人設置的障礙，卻一生環視著他，使他逃脫困難，因而自幼就傷痕纍纍，尤其是在幼年到少年時期。「台日之界之框」對早年的渡也而言，就是一個要不斷「跨界」、「跨框」的過程，最後他靠語言與想像力的自由遊戈而將之解構，因而熔融了這些所謂的國界、跳脫超越這些人為的框限，一如他所說的：「人心太小，有所限，所以才將國與國分界。如果心胸無限，豈有國界？」因這個情結的糾葛和解開過程，使他為了解放自身、一生遂在情與俠中奔闖，以設法超脫。這個情結也成了他創作的最大動源，他也並未避諱面對，詩文之中雖只偶爾

觸碰，但這個困境卻恐怕是他毅力超人、作品會源源不絕的重要原因。

也由於他不斷從認知的邏輯理性、日常語文所住紮的左腦，即由被規訓的「轄域化」中逃逸，藉由任意搬動事物將之「解轄域化」，以進入「右腦化」的狀態，此即渡也擅長將不同轄域或領域的人事物透過搬弄、戲劇化、而使之達到童真、卻比較自由真實、又充滿想像力的超現實狀態，甚至可達到機智、幽默的效果，這使他的作品與其他中生代詩人有了極大區隔。

宇宙潛意識：解離與漫遊
——以羅智成《地球之島》的末日書寫為例

摘　要

　　本文以《地球之島》的「末日書寫」部份為主要文本，兼及之前寫有關孤獨的幾首詩，以科學「理想狀態」的觀點和拉崗的欲望理論追討「最乾淨清澈的解離形式」和「理想性漫遊形式」的意義，以及其與「宇宙潛意識」此一新詞的關聯和意涵。

關鍵詞：羅智成、宇宙潛意識、解離、漫遊

一、引言

　　孤獨是人類生命史中永恆的母題，人自從離開母胎子宮開始，便注定了最根本性的「解離」，即使無意識地在母親懷抱裡待得再久，此根本性的「解離」永無法回復。人對此最根本性的「解離」其實是恐懼的，於是便以各種形式待在或「漫遊」在不同群體之中，生怕裸露其「被解離」後的孤寂，那種宛如電影「浩劫重生」中湯姆漢克被迫孤置荒島數年的荒涼感。每個人一生便不斷以各種形形色色的煙幕濃霧草皮聲光名利旅行掩飾我們心中這座荒島，那像「一個人星球」一樣的荒島，即使草木叢生、花團錦簇、各種生物天上地下亂竄奔飛。

　　羅智成是書寫孤獨的高手，他的筆下不是一人、便是二人，很少超過三人，即使是第三者也常是「理想我」或「理想你」的另一化身。他是自現實或社會規範中擅長自我「解離」的能手，在群眾「外頭」自立為「少數」，是自建「還有誰在花園」[1]的園主，由此遠離紛擾，自唱高音，因而能「漫遊」詩國，擄獲不少愛詩者和信眾。他很像走在眾多鮭魚之前先期「自唱解離」的「領頭鮭」，領先離開其誕生之河，領先展開一生無比漫長的「漫遊」，在離眾鮭有一段距離的前方表演高難度的穿梭術飛鏢技上天竄，一路領先以其生之本能想像之本能追索尋討另一半靈魂的虛無或實有，由此衍生的「不羈不絆」的「情愛與形上學漫遊術」，的確迷倒了諸多孤獨無依的青年。直到近年，他又彷如鮭魚奮力逆游重回原生地，

---

[1] 　羅智成16歲時曾對白靈說：「還有誰是我們花園裡的人？」。

以熱門的「末日書寫」為題材見證地球文明之死，寫下了近作《地球之島》。彷彿鮭魚最終肉身的「解離」成了其短暫一生「漫遊」的終止處、和下一代創生的養分，如此循環不已，地球文明的最終「解離」表面雖與鮭魚生命循環之暫終類似，更內在的卻是突顯了「自我解離」的永無止境，「循環漫遊」的永無止境，或孤獨的永無止境。

羅氏在《地球之島》中幾乎是以：

$$地球＝島＝我＝孤獨＝一人＝解離＋漫遊$$

之思維形式，宣告了與另一人「核融合」的失敗和不可能，也驗証了成為「群眾多數」之文明的必然壽終正寢。此呼應了上段所言離開母胎子宮伊始，便注定了最根本性的「解離」，從此必須開始一生的「漫遊」，在《地球之島》之前他始終以頑童心態追索「最乾淨清澈的解離形式」，如「王」追索著「后」、「王子」以「公主徹夜未眠」的智慧追索著「公主」的難纏，由此而有了光彩斑斕的「理想性漫遊形式」。《地球之島》的「末日書寫」可說是正式的面對了此最根本性的「解離」，明白了之前書寫如《光之書》、《寶寶之書》中「情之理想狀態」的不可能。羅氏於此書中彷彿突然老了一百歲，不再或此後將不常再受「小王子性格」和「睪丸酮」無意識的指使。

羅氏的「情之理想狀態」始終是與「屬於群眾多數之文明」相對存在的，或者說兩者始終是站在對立面的，以「二人之少數」對抗「億萬人之多數」，以彼抵抗此，彼在則此在，彼消則此消，他對生命整體的思維似乎即建構在此二者互相對立對抗的恐怖平衡

上。本文以《地球之島》的「末日書寫」部份為主要文本，兼及之前寫有關孤獨的幾首詩，以科學「理想狀態」的觀點和拉崗的欲望理論追討「最乾淨清澈的解離形式」和「理想性漫遊形式」的意義，以及其與「宇宙潛意識」此一新詞的關聯和意涵。

二、宇宙潛意識與理想狀態

　　宇宙中詩人的出現絕非偶然，它是一種必然，則宇宙的潛意識中會不會自有一種尋求其「理想狀態」或近似「理想狀態」的路徑或命運？詩人會不會是人的短瞬的「理想狀態」或尋求此狀態的「管道」？從何處可看出或顯露出此「理想狀態」？而在佛洛依德的「個人潛意識」和榮格的「集體潛意識」之外，果真有所謂的「宇宙潛意識」？筆者於〈質能與多一──混沌詩學初論〉一文中曾提及「宇宙潛意識」一詞：

> ……巴什拉說「人也許有一種詩的命運」，這句話則是特指用語言表現的詩而言，但他說的也許還不夠徹底，那只是特指地球上的人類，也許應該更大膽地預言，凡宇宙高等有智慧的生物，不可避免地「皆有一種想用語言說出詩的命運」！那其中隱含的是一種想說出自身的「宇宙性」的衝動、或很想說「我即宇宙之子」的集體潛意識的吶喊！也許人的「集體潛意識」此後應改成「宇宙潛意識」就更為貼切與符合實情。[2]

2　白靈：〈質能與多一──混沌詩學初論〉，2010年12月珠海文學研討會。香港大學黎活仁主辦。後發表於《台灣詩學學刊》第十九號。

該文以愛因斯坦的質能方程式為起點，探討了詩與質能、色空、有無、虛實、與多一的關係；透過其互動、互變、生剋、聚散、循環的特質，由此而理解詩即宇宙混沌現象之不確定性、當下性、與客觀性的展現形式，具備了色空不二、氣血同體、同質異構、多一相應、永瞬等值、囚逃互纏、聚散循環之宇宙特性。[3]該文並以新世紀科學界關於質子質能的研究及宇宙暗能量的存在，可以看出質與能果然可以密切到呼應巴什拉所說的「不是存在闡明關係，而是關係闡明存在」[4]、同時也可明白「能量是物質的不可分割部分：物質和能量是平等的存在。能量同物質一樣實在，而物質並不比能量更為實在」[5]的意義。而既然人存在的過程是歷經「成、住、壞、空」的不同階段，但此「空」對人的肉身而言表面上是地水風火四大皆「空」，對物質而言，只要在地球上，此「空」並非真「空」，人去後殘留的一堆骨灰仍滿含了能量！

這也就是說離開母胎子宮後的所有的「解離」都是不徹底的，質永遠無法全然轉化為能，即使進入恆星（如太陽）內部據說一千五百萬度C的高溫，也很難將質具有的能量徹底釋放。[6]巴什拉說「人也許有一種詩的命運」其實即人身為宇宙縮影之一，也自有將自身的m（質）轉化、努力「解離」為E（能）的命運，肉身的

---

[3] 同上註。

[4] 安德列‧巴利諾著：《巴什拉傳》，頁146-147。

[5] 安德列‧巴利諾著：《巴什拉傳》，頁204。

[6] 一直到西元1930年代天文學家才瞭解太陽產生能量的方法。太陽的能量是來自太陽內部中心，溫度極高的地方，那兒的溫度高得使原子都喪失掉它們的電子，充滿著高速運動的原子核和自由電子。當高速的原子核互相碰撞，它們產生融合反應而釋放出極大的能量。這些融合反應與氫彈的原理類似，之所以稱為融合反應是因為這些反應是原子核融合在一起的反應。以太陽為例，融合的反應使4個氫原子核結合產生氦原子核。因4個氫原子核比氦原子核重0.7%的質量，代表有質量在融合的過程中不見了。

「成、住、壞、空」乃屬於不可逆的自母胎解離、成長、崩壞、不可抵擋的「屬於群眾多數」的直線過程。但「人也許有一種詩的命運」使此「解離」意欲進入一種「慢速度解離」、「再解離」、「多次小解離」的過程，透過進入「緩慢化」、「小循環化」、「漫遊化」（非直線進行）的努力，達成奮力釋放能量的可能，包括進入語言，使其滿含能量而釋放：

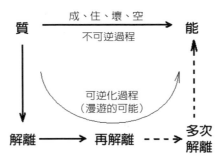

圖10-1 不可逆之可逆化過程。

此種使「不可逆過程」透過拉長其解離時間和緩慢其步驟（比如注重每個細節），有意識或無意識進入「可逆化過程」（如電池不一次大量放電而以細小電路釋放電量則往往可使鐘錶使用時間走動兩年，即是「類可逆化」）。「可逆化」要比「不可逆化」更接近「理想狀態」，往往使質能轉換或釋放在理論上可發揮至極致，即使在現實中難以達成。而使「不可逆化」趨向「可逆化」，一如使質與能的轉換達至愛因斯坦的質能方程所示的盡釋其可能，令其更接近所謂「理想狀態」，或即宇宙潛意識的可能內涵，即使不可能達至，而且矛盾叢生。

科學領域中，在描述一些物質狀態時，經常有所謂「理想狀態」的敘述，這是自然科學裏表示理論上可以達到而實際上因為種種原因不能達到的狀態，比如「理想氣體」[7]或「理想溶液」[8]等，則人或詩人在何種情狀中可與此相近，尋求出所謂的人的或詩人的「理想狀態」？

　　就物質而言，「理想狀態」存在否與宇宙力有關。宇宙有中四大力，重力（萬有引力）、電磁力（靜電力）、強核力、弱核力，所有已知的物質間作用力都可據此分成兩類四種。首類是核外力，有兩種，一是萬有引力，另一是靜電力。引力總是相吸的，凡具有質量者之間皆有相吸的引力。引力之大小與質量乘積成正比，與距離平方成反比。靜電力則是電荷間的作用力，作用方式是異性相吸，同性相斥。靜電力的大小與電荷乘積成正比，與距離平方成反比。靜電力的強度比萬有引力大得太多，近100萬倍，以是有靜電力作用，萬有引力常可忽略不計，而男男女女諸多複雜關係均與此電磁力（靜電力）有關。另一類是核內力，也有兩種，一是強作用力，另一是弱作用力，核內力更複雜，此處可略。

　　無電磁力（靜電力）的氣體分子或溶液中的溶質粒子之所以會偏離「理想狀態」，皆因粒子間具有萬有引力之作用力的緣故。粒

---

[7] 理想氣體（ideal gas）：比如氣體在極低壓時，經常會說較易接近「理想氣體」（idea gas），此時氣體分子之間彼此幾乎沒有吸引力，分子本身不佔有體積，分子與容器壁間發生完全彈性碰撞，分子之間及分子與器壁之間發生的碰撞並不造成動能損失。而只有氣體在極低壓（或高溫）時，會較易接近「理想氣體」，它是所有一切真實氣體在壓力不斷降低情況下的「極限」，或者說它是所有氣體當壓力趨近於零時的共同特性，即趨向零壓時所有實際氣體都具有理想氣體性質。

[8] 理想溶液（ideal solution）：溶質與溶劑混合為溶液時，既不放熱，也不吸熱，溶液體積適等於溶質體積和溶劑體積之和。實際存在的溶液均不能合於理想溶液的定義，但是溶質分子結構和性質越是與溶劑分子相接近，混合後的溶液行為就越和理想溶液相近。一般來說，稀溶液的行為較濃溶液的行為更加接近理想溶液的行為。在自然界裡，非理想溶液居多。

子間靠越近，作用力越強，相互干涉的程度就越厲害，偏離理想氣體[9]或理想溶液[10]的程度就越大。非電解質或氣體分子並不帶電，分子間的相互干擾主要源自於萬有引力。由於此引力是很弱的一種作用力，只要分子間不是太擁擠，通常就可以忽略不計。所以對於氣體只要壓力不要太高，對於溶液只要濃度不要太高，都可以當成「理想狀態」處理。以是人與人間只要不擁擠，甚至離群成為「少數」，宛如老子所謂小國寡民之類，離「理想狀態」就稍為近些，這是羅智成自樂於成為「少數」的科學解釋。

但一旦牽扯到男與女關係時，此「兩人世界的少數」則像帶有不同電量的陰陽離子，男與女難以單獨存在，一如陰陽離子將之怎麼解離、無限稀釋，均無以單獨隔離，永遠只能同時處身在人生大海似的溶液中。由於其間之吸引力比不帶電的複雜得多，一如帶陰陽離子的電解質溶液一樣複雜，他們要能發揮陰陽離子的特質，必須稀釋再稀釋，亦即少數化再少數化，才能解離再解離，才能將陰陽離子帶電的特質發揮到極致。因為電解質溶解後產生帶電荷的陰陽離子，其離子間的作用力是靜電力，比起一般不帶電的引力強100萬倍，因此具陰陽離子之電解質溶液偏離理想溶液的程度，要比不具陰陽離子之非電解質厲害太多。這是離群自揚成為「少數」（不具陰陽離子作用）與男女成為「兩人世界的少數」（具吸力斥力均極強之陰陽離子）有極大的不同，也可以說陰陽離子在溶液中徹底發揮其特質，必須近乎排除群體，成為極少數的少數，則其帶電特性最為顯著，[11]那時系統中陰陽離子似乎處在任意自如的「漫

---

[9] Keith J. Laidler, John H. Meisev, Physical chemistry, Benjamin/Cummings Co, 1982, p8-16
[10] 同上註，p150。
[11] 同上註，p200。

遊」中，以近乎「最乾淨清澈的解離形式」而達至「情之理想狀態」。比如羅智成寫於早年的〈觀音〉一詩：

柔美的觀音已沉睡稀落的燭群裡／她的睡姿是夢的黑屏風／
我偷偷到她髮下垂釣／每顆遠方的星上都大雪紛飛[12]

表面上這是寫夜景觀音山，其實是作者心理「理想狀態」的描述，觀音以近乎聖者（燭群所供奉）與母者（夢的黑屏風的護衛性）的形象出現，內裡可能是暗指「理想情人」（偷偷到她髮下的偷偷二字）的投射，此三者在詩中合一，展現了「我」的童心、祈求、傾慕、想像、和期待，但原本「她」是「屏風」，我受保護，末了卻是我在「垂釣」，且是「偷偷」的，像是「我」為「她」暗地守護，又內裡含有我想暗中探詢之意，於是乃有了一明一暗相互守衛的涵義。第四句是一大跳脫，表面上仍與夜幕濃黑中星星紛呈群現的景致有關。但暗地裡卻指「我」與「她」的「少數世界」即已俱足圓滿，此外世界離我們甚遠，而且「大雪紛飛」，宛如離我們甚遠成為底景，僅有襯托作用、或像寒冷不適之地，未若離星群甚遠的成為「兩人世界」的眼前當下。上詩內含情景也近乎前述所說「最乾淨清澈的解離形式」而達至「情之理想狀態」。

然而不然，「在場」的往往「不在場」，羅詩所述既是「理想狀態」，現實中就不可能存在，是「不在場」的，是女神是母親又是情人的結合永不可能出現，那是離開母胎子宮前產生根本性解離前才可能有的，根本性解離後早成了「永恆的匱乏」，那是近乎拉

---

[12] 楊澤主編：《又見觀音：臺北山水詩選》（臺北：麥田出版社，2004），頁158。

康所說不可能觸及的、內容可能僅是「無」的「實在界」。

在《地球之島》中他終於確認「在髮下垂釣」的短暫或虛妄，確認了「理想狀態」近乎是一種想像和虛構，是無法穿透的，比如下列二詩：

> 每一天我都感覺到妳正快速消失／必須極力以描述、想像來留住／這些獨白的文明　源於妳的啟發與聆聽／沒有了虛構的妳　書寫將是何等孤獨（〈消失〉）[13]

> 孤獨是我們體內的基因還是一種病毒？／遺傳自生命初始還是傳染自眼神的互換？／來！讓我們相互舔舐、刺探吧／這淫猥的觸覺或將把孤獨釀為可燃的自由（〈孤獨〉）[14]

「源於妳的啟發與聆聽」之獨白的文明，像是女神的神啟，「遺傳自生命初始」是母親的遺緒，「傳染自眼神的互換」、「讓我們相互舔舐、刺探」是戀人，三者的合一的不可能，即使可能皆是短暫和想像，「孤獨」仍不可免，只能成為「可燃的自由」，持續推動更進一步的解離。「孤獨」既是也不是體內的「基因」或「病毒」，而是宇宙潛意識的必然現象，必然解離，必然漫遊之所致。

三、孤獨與理想狀態的兩難

因宇宙潛意識是要「可逆化」生命之「不可逆」，又必然要解

---

[13]　羅智成：《地球之島》（臺北：聯合文學，2010），頁42。
[14]　羅智成：《地球之島》，頁47。

離，必然要漫遊，其實是既朝向「理想狀態」邁進，又深覺其過程之孤獨感的可畏。在《地球之島》詩集之前，羅智成對此可畏描述頗多。比如：

> 我的孤獨就好像／和十萬個陌生人／露宿在雨泥濘的曠野（〈光之書〉）[15]

> 在雜陳的菜蔬面前／想不起任一名友人親暱到／可以訴說／驟臨的孤獨／或者／「無法訴說」的索然[16]

「露宿在雨泥濘的曠野」顯現的是心情的不堪，而「十萬人」個個陌生更是孤獨備至。而「可以訴說」的「親暱」和「無法訴說」的「索然」常只隔左右或幾秒鐘，這是人轉而對「孤獨」有所期待或探索的時機，如羅氏的詩：

> 當事物變遷／遠超過放棄的速度／我孤獨佇立／好似與時間為敵[17]

> 我站得夠遠／在地球兩脅／彼此的長影／遙遙相對／孤獨使人顯得高大……[18]

> 狼／多少有些憂傷。／被逐出樂園，永遠地／他必須追逐，

---

[15] 羅智成：《地球之島》，頁47。
[16] 羅智成：《地球之島》，頁162。
[17] 羅智成：《地球之島》，頁113。
[18] 羅智成：《地球之島》，頁145。

而不懷抱希望／翻箱倒櫃、發現……／而沒有訴說的對象。
／〔中略〕／孤獨是永不疲憊的／孤獨的眸光正將晨曦點燃
／渾熱的呼吸攪拌空虛的體腔／狼／多少是憂傷的／他不參
加／他不參加別人的夢想／旺盛的生命不貢獻給任何目標／
狼荒廢自己像／君王草擬放逐者的名單（〈狼〉）[19]

此時孤獨佇立成了一種選擇，因可抵擋不可抵擋的「事物變遷」和
「時間」。因為「站得夠遠」孤獨可以「使人顯得高大」，即使
「沒有訴說的對象」也「永不疲憊」，既「不參加別人的夢想」
也「不貢獻給任何目標」，即使「荒廢自己」也如君王般「草擬
放逐者的名單」，其中自身也在列，這是壯烈式的自我選擇。不過
此時羅氏離其情愛對象尚遠，即使有所接觸，也唯恐孤獨被隨意剝
奪，如：

於是，我背著畫架，到阿爾及利亞當傭兵去了。／因為，我
在荒原上遇見另一個孤獨的人，她卻剝走我僅有的孤獨／於
是，我黯然脫出她的懷抱／在雨停的雨天。／我的心像震裂
的杯子，不能再碰觸任一種風情。／否則，我將潰散了我風
般逃遁的行色。／我獨自留在室內，耐心地，仔細地重建被
女孩翻倒的我形象的積木／充滿哀戚─啊─我眼眶裏一種重
瞳的感覺／我不時地自言自語，以緩和獸般傷口，一直到，
而所有的寂寞像衝進客廳的推土機／／於是，我提起畫架，
把我的視線躊躇於遠方。（〈賦別（談孤寂）〉）[20]

[19]　羅智成：《擲地無聲書》（臺北：天下文化，2000），頁153-54。
[20]　羅智成：《光之書》（臺北：天下遠見，2000），頁13-14。

這首詩充滿了矛盾，形成想像的孤獨與實際的孤獨（寂寞）之一種無奈和無力的拉扯。「翻倒的我形象的積木」說的是「想像中或自建的孤獨」之可貴和崩倒。「所有的寂寞像衝進客廳的推土機」是自建之孤獨崩倒後難以重拾的無可如何。以是人一旦面對情愛後，才發覺發生情愛前「想像中或自建的孤獨」是不堪一擊的。即使在戀中那種孤獨感也會以各種形貌出現，像騏驎一樣出現時像面對更像自己的自己一般：

我們冒雨趕至舞雩的臺前／四周瑣碎的光／他已停駐臺前，只是匹氣質太過纖細的幼駒／萬葉傾光耳語／／（這時雨下得真大哪！／雨在妳髮上躍織一光暈，妳的神色依如今晨為夢牽縈的／那種睡意。妳輕輕地呼吸！我察覺／妳鍍上雨的光采的臉龐下屬於最細緻的皮膚的暖意）／他已停落／／他只是一匹身骨凜冽的幼駒／／正被追獵／像一個儲君／／〈我們被白髮追獵，被曠蕪追獵〉／妳曾是明鏡，映我為心／我曾是天空，曾是塵埃／在雨裏，我曾也是諦聽了又諦聽自己的雷聲／／（在嘲笑裏，我曾是德行優美的王）／／他的蹄跡帶血，翡、翠交映／他在想些什麼啊？／（妳，妳又在想些什麼啊？）／／他的眼睛裏是那種枝葉隱蔽的潛沈與／世襲在溫柔裏的貴傲／在雨中，如重重簾幕後一心不在焉的儲君／（在荒棄裏，妳曾是德行優美的女神／在那荒煙蔓草裏，我的寵妾）／／他的神思／在絕地裏，他的神思在遠處馳騁／「誕生我的，是我胸次裏／最大最蕪最遠的一片土壤／星夜林立／萬劫如窗／誕生我的，是極目不見的／我心頭的雪地。」／／當他回轉注意，我們再次四目相對／我恍

惚聽見／鑾珮交擊的聲音（〈西狩獲麟〉上卷）[21]

這首寫在一九七五年秋天的早年的詩，其實已預見了三十餘年後他在《地球之島》中的狀況，只是情況更慘而已，連「麟」也是不存在的。此詩中出現了我、妳、他（麟），他是「儲君」、我曾是「王」，「妳」是女神和寵妾，則他比妳重要而麟是「必然要解離，必然要漫遊」之神物，他生在絕地裏，他的神思在遠處馳騁，且「誕生」在「最大最蕪最遠的一片土壤」、「極目不見的／我心頭的雪地」。則「麟」之孤獨而特殊比「妳」更甚，且只有他能與我「四目相對」，這是不能也不易擄獲的奇物，恐只是想像的「理想狀態」。而且似乎只有在「妳」曾是「明鏡」，「映我為心」、在荒棄荒煙蔓草裏，走得夠遠了，才有機會，卻是匹幼駒，必須小心守護。羅氏說的像是他的「儲君」，其實更像他童年的自己。

　　如此孤獨更像一個「外頭」，「一個遠離眾人歡聚、期待、耕種、收割的邊緣」、「一個忘記名字的異鄉，神祇缺席的異教廢墟」、「我們永遠無法到達的歸宿——因為『太遙遠』而『太高』的地方——將會是我們無論放縱多遠，終將原地繞行的『外頭』」[22]。這個「外頭」近乎是「理想狀態」。但就前述可逆化的過程來看，解離之後仍有解離，因此外頭的外頭仍有外頭，或者說裏頭的裏頭還有裏頭亦無不可，幾乎像是在說巴斯卡的「兩個深淵」[23]或莊子的「至大無外，至小無內」。在男與女關係裡，當二人如膠似漆之際已彷彿先行站到社會關係的「外頭」，當羅氏再尋

---

[21]　羅智成：《光之書》，頁166-69。
[22]　羅智成：《光之書》，頁2。
[23]　巴斯卡：《沉思錄》（臺北：水牛出版社，1970），第二章第72條。

「麟」則是要在此「外頭」尋出另一個「外頭」，這個「外頭」的「外頭」顯然更不易達至。此「兩人世界的少數」像帶有不同電量的陰陽離子，男與女一朝接觸後即難以單獨存在，一如溶入水裡的鹽類或電解質分子一旦形成陰陽離子，除非抽乾或外力電解，否則將之怎麼解離、無限稀釋，均無以再單獨隔離存在。

如此只有當溶液「無限稀釋」（外頭的外頭仍有外頭，裏頭的裏頭仍有裏頭）時，可以視為100%解離（解離度 $\alpha = 1$），此時電解質完全解離為離子，而各離子之移動具有獨立性貢獻一部分當量電導。即強電解質 Λ_0，為其陽離子之當量電導 Λ_0^+ 和陰離子之當量電導 Λ_0^- 的總合，此即為柯耳勞希離子獨立遷移定律（Kohlrausch's Law of Independent Migration of Ions）[24]。當無限稀釋時電解質均完全解離，且其離子間之引力消失，每一離子之遷移與其共存之其他離子無關，得此可重獲陰離子或陽離子之「本性」，卻又難以單獨分離，即沒有陰陽離子共存且近乎沒有引力的「關係」，則陰陽各自獨立的「本性」亦不存在，即處在一種既獨立又共存的「理想狀態」。柯耳勞希離子獨立遷移定律用式子可表為：

$$\Lambda_0 = \Lambda_0^+ + \Lambda_0^-$$

其中 Λ_0^+：陽離子之無限稀釋當量電導度；Λ_0^-：陰離子之無限稀釋當量電導度。於是非無限稀釋下（非理想狀態）或一般社會關係裡 $\Lambda << \Lambda_0$（解離度 $\alpha << 1$），$\Lambda^+ << \Lambda_0^+$，$\Lambda^- << \Lambda_0^-$。

但在面對男女關係時，若如上述無限稀釋時的100%解離

---

[24] Keith J. Laidler, John H. Meisev, Physical chemistry, Benjamin/Cummings Co, 1982, p 285.

（α=1）、重獲陰離子或陽離子之「本性」，處在一種既獨立又共存的「理想狀態」是不存在的，頂多由解離困難的社會關係（α<<1，即遠離理想狀態）達至由想像建構的「類Λ_0」（α→1，類理想狀態，且常是短瞬的）。若將上述說法與拉康理論結合或可表示如圖二：[25]

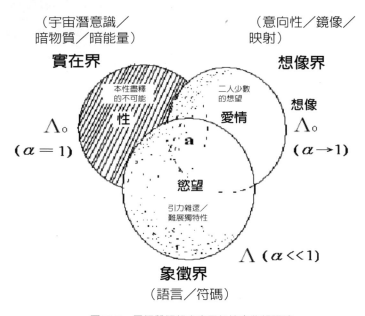

圖10-2　電解質解離度應用於拉康欲望理論。

此「類理想狀態」可以由《地球之島》詩集中見出不同及變化。比如〈聲音〉一詩：

25　參考本書關於鄭愁予及渡也的討論。

當我回到地球　妳和他們都已遠離／我在無人的巨大球型島嶼獨行／聆聽這佔用太多空間的孤寂／空曠的宇宙像高八度的耳鳴[26]

「巨大球型島嶼」即地球，地球成了「我」所獨行之地，於是「空間」像被「無限稀釋」開來，「空曠」讓人有「高八度的耳鳴」之感，理應是空間理想與自由得不得了，卻反讓本站在「外頭」的孤寂所佔滿。重獲離子之獨立「本性」，卻非常難習慣，於是：

我們躺在夜空下的荒原駕駛著我們的星球／無法被愛情填補的孤獨是我們一再相戀的理由（〈荒原〉）[27]

外頭的「孤獨」卻要裏頭的「愛情」和「相戀」去填補，這豈不是矛盾極了，尋不到孤獨要孤獨，尋到孤獨要填補，孤獨成了困境也是解脫的方式。於是人要的是「關係」，既「夠遠又夠近的關係」，否則：

也許妳是我的故鄉　何嘗不是我的異國？／親密中繾綣著陌生　信賴中刺探著刺探／無時無刻準備離開　愛與恨都無法久留／始終　我就是我的故鄉我就是我的異國（〈故鄉〉）[28]

26　羅智成：《地球之島》，頁25。
27　羅智成：《地球之島》，頁40。
28　羅智成：《地球之島》，頁53。

「故鄉」夠近「異國」夠遠，「我」要的是「關係」，即是此矛盾叢生的「夠遠又夠近的關係」，因「親密」與「陌生」相伴，沒有事物可「久留」，且無不走入「解離」與「漫遊」之中。

前面說，若沒有陰陽離子共存且近乎沒有引力的「關係」，則陰陽離子各自獨立的「本性」亦不存在，亦即它們是處在一種既獨立又共存的「理想狀態」，這種「關係」很像「我—孤獨—妳」三角關係，而「妳」是「女神+母親+年輕愛人」的結合體，「孤獨」於年輕時是「麟」或「小王子」或「天真我」，近乎是對事物的洞穿、了悟、和「漫遊」。然而無論如何也僅止於「類理想狀態」，隨著年歲的增長，羅氏的心境是如「地球之島」的孤島感，一切文明的空洞感，回過頭他藉著「夠遠」找尋「夠近」的關係，比如：

> 感覺上比我早出生一百年的年輕愛人始終安慰著我／「那個陷溺於童話潔癖與睪酮素焦慮的男孩，」她說／總是虛榮於杜撰的困境　卻常常帶我在夢中飛翔／她安慰著我　穿透斑駁的歲月指認出我牽引著我（〈關係〉）[29]

> 她未預期的冷靜眼神／像一小片聚焦的玻璃碎屑／勢將恆久積聚太陽的熱能於一點終致洞穿一整座冰山的心事（〈反光〉）[30]

> 「如果你孤獨　我願用全世界的簇擁來換取你的孤獨」／「如果你憂傷　我願用最疼痛的部分來承接你的憂傷」／我

---

[29] 羅智成：《地球之島》，頁68。
[30] 羅智成：《地球之島》，頁70。

帶著她這些話語　回到妳身邊／好像已環繞過地球　充實而疲憊（〈如果〉）[31]

《地球之島》中的「妳」到了這三首詩出現了「她」，而且顯然「她」不同於「妳」，像是「女神+母親+年輕愛人」再度結合型的人物，帶有高度智慧和洞穿力，可以「穿透斑駁的歲月指認出我牽引著我」、可以積聚一點即「終致洞穿一整座冰山的心事」，且「願用全世界的簇擁來換取你的孤獨」、「願用最疼痛的部分來承接你的憂傷」，「我—孤獨—妳」的三角關係成了「我—孤獨—妳—她」的四角關係，而「她」可能是「不在場」的，間接表露了人永恆的匱乏感，及對「理想狀態」此「夠遠又夠近」關係的歡迎和拒斥。

四、漫遊：第三種路徑

　　不同於班雅明的散心或漫遊[32]，科學界近年發現有所謂的「漫遊反應」（roaming reaction），認為它是一般化合物解離反應非此即彼之外的第三種可能。在外在能量過高時若解離成自由基，過低時解離成小分子的兩種路徑之外，過去不曾發現在能量不高不低的「臨界能」之際存在有不同可能的「第三條路徑」，它可能開始於像是解離成自由基的軌跡但最終卻反而選擇形成小分子，或其他可能。[33]它們類似在「女神」與「神女」之間蕩遊的都市邊緣女子，

---

[31] 羅智成：《地球之島》，頁73。

[32] 比如班雅明筆下的波特萊爾。

[33] Joel M Bowman, Arthur G Suits ,Roaming reactions: The third way Physics Today (2011) Volume: 64, Issue: 11, p 33.

或在「教授」與「流氓」兩極皆活過的遊民，生活經驗豐富，卻選擇了漫遊的日子。他們是男人與女人之外的第三性，是游弋於海與天之際的飛魚，成為異類的少數。以是漫遊成了這時代「不服管」、自冊邊緣、封疆邊界、自立領域的標籤。

若就前述宇宙潛意識中自有尋求解離再解離，稀釋再稀釋、或外頭再外頭，就如同陰陽離子在共存且近乎沒有引力的「關係」一樣，則兩種離子各自具有了獨立的「本性」，如此則處在一種既獨立又共存的「理想狀態」，要不從此自如釋放本性去漫遊也難。「沒有引力」是不可能，對什麼都存在一種小等距的引力還比較可能。這是在只有個己的「我」和看不見個己的「我們」之間的第三條路徑，如站在左腦與右腦之間、色與空之間、虛與實之間、有與無之間、一與多之間、陰與陽之間、個人潛意識與集體潛意識之間、在夠近與夠遠之間，處於隨時可解離可漫遊的狀態，卻又能避免羅氏所擔憂的創作上的「加拉巴哥症候群」[34]，著實不易。或可圖示如下：

---

[34] 日本有所謂的「加拉巴哥症候群」：「加拉巴哥」是接近南美洲赤道群島名稱，生物學大師達爾文認為，加拉巴哥群島上生物由於與世隔絕，反倒自行演化出與大陸同類生物不同的物種。身為亞洲經濟大國，日本社會近幾年正面臨「加拉巴哥症候群（Galapagos syndrome）」。由於經濟長年低迷、政情動盪不安、面對民主黨執政後的失望、人口減少，以及擔憂日本在全球地位不保的焦慮情緒不斷增加，一個巨大的集體意志消沉現象，在日本社會中蔓延開來。愈來愈多日本人彷彿離群索居地住在島上，將自身隔絕於外。現今許多三、四十歲、正值工作和養家年齡的日本人沈迷於線上購物，減少與社會連結的機會，被專家評定為開始自我孤立的一代，更嚴重的，就是拒絕與社會接觸、自行封閉的「繭居族」。發明此一名詞的日本心理學家齊藤環（Tamaki Saito），在1998年時估計這類人口約達一百萬人，但據日本官方網站近期顯示，這類自我封閉的人口目前已增至約三百六十萬人，占總人口的3%。2010年10月24日《中時電子報》，參見http://tw.news.yahoo.com/%E6%97%A5%E6%9C%AC%E7%9A%84%E5%8A%A0%E6%8B%89%E5%B7%B4%E5%93%A5%E7%97%87%E5%80%99%E7%BE%A4.html。

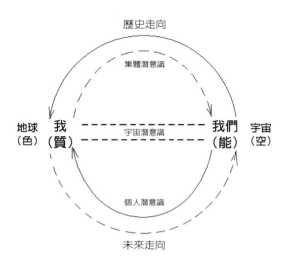

圖10-3　宇宙潛意識與解離、漫遊的位置。

　　如此當羅智成說他的「末日書寫」是「後文明」或「非文明」
的想像，是暗喻著「文明再生」，「那是詩人或祭司對現世最深
情的，詠嘆……」。[35]但也不如說是他對生之解離與漫遊的嚮往與
「類理想狀態」的情感歸向有關，二者一貫是互為終始的。於是
「末日書寫」中的漫遊不只是「後文明」或「非文明」，也可能是
「前文明」的，一如在說「後情人」或「非情人」與「前情人」似
的；而「末日書寫」則成了「末情書寫」。如：

> 人類出現之前森林死了又活活了又死／每個緯度下都堆疊著
> 其他緯度的遺址／我在沙漠中探勘著海市蜃樓和水稻田／在
> 凍原下切割出熱帶的淺海和遠古的未來（〈循環〉）[36]

---

[35]　羅智成：《地球之島》序言。
[36]　羅智成：《地球之島》，頁55。

鹿神頭上頂著巨大分岔的森林／地熱烘焙著苔蘚　冰雪窩藏著
受傷的哺乳動物／蛛網綴飾著露珠　花香蠱惑著政教合一的蜂
群／不為人知的是　巫術始終統治著大自然（〈生態〉）[37]

活的珊瑚和死的珊瑚共生為淺海的闇區／生命的分際在此有
一道曖昧的罅隙／我從一艘沉船的上方緩緩游過／那被鐵鏽
和死亡領養的憂傷已成為熱帶水族的溫床（〈沉船〉）[38]

地球的歷史非人所能探勘得盡，其奧秘沒有勘得完的一日，一粒
沙、一座森林、一片苔蘚、一張蛛網、一枝珊瑚、一巢蜂群何嘗非
如此，哪有解離解析得盡的一日。由是上述任何一物（包括人）其
實與一顆地球無異、與一座島無異。

　　因此所謂「末日書寫」猶如對「兩個深淵」的書寫、對「至大
與至小」的書寫、對世間任一事物解離不盡之感嘆的書寫，如：

當我回到地球　文明已經打烊／極地的冰層裂解　積水的街
道反射著星光／冰山密佈於全世界的港口／有的還一直漂流
到學校附近的巷口（〈暖化〉）[39]

泡爛的圖書館裡堆積如山泡爛的書籍／糾黏在一起的紙張發
脹發黃知識滿溢／密密麻麻的文字溶解脫落　無從辨識／還
原為還沒被人類想出來之前的思想（〈還原〉）[40]

---

[37]　羅智成：《地球之島》，頁56。
[38]　羅智成：《地球之島》，頁59。
[39]　羅智成：《地球之島》，頁60。
[40]　羅智成：《地球之島》，頁61。

早先真正的書籍都藏有通往書中的密道／直抵文字背後的世界　作者心靈的現場／那些沉迷的讀者忘情在彼閱讀　造訪／成年後卻再沒有回來把童年的自己帶走（〈失落〉）[41]

穿過漫長的隧道便到達因為雪災而被棄置的國度／潛入冷冽的淺海就進入因為暖化而被淹沒的水都／挖開鬧區的工地處處是盛極而衰的文明及其陵墓／走在結冰的湖面霓虹燈還在透光的冰層下隱隱發光（〈文明〉）[42]

地下鐵道淤積為波光瀲灩的地下伏流／月台荒廢為各地地名和逃難獸群的庇護所／我的詩是兀自繁殖　運轉的捷運系統／繁複的路網不曾載自己和別人到任何出口（〈車站〉）[43]

文明取自自然、歸於自然，不論是街道、港口、圖書館、書籍、隧道、霓虹燈、月台，所有的創造均得解離再解離，進入物質能量漫遊循環的路徑，與任一生命、一顆地球、一座島、一個人的循環均無不同，如：

強風中有疾雨迎面而來像無數小海洋／迅速薄薄的淹沒毛細孔和呼吸的鼻腔／間歇地我像洄游的魚一般悵惘／間歇地像逆風的候鳥一樣驚慌（〈氣旋〉）[44]

[41] 羅智成：《地球之島》，頁63。
[42] 羅智成：《地球之島》，頁64。
[43] 羅智成：《地球之島》，頁65。
[44] 羅智成：《地球之島》，頁58。

迎面而來的「疾雨」像「無數小海洋」，小也夠大，大也夠小，夠近的也夠遠，夠遠的也夠近，羅智成對文明與生命的領會與其對情的領會是一致的。

五、結語

　　詩人在詩中說話的對象不外是一群人或一個人，一面風景或一個景物，或者這些人、物、事彼此之間的轉化或互動。當詩人說話的對像是衷情者或愛戀者或訴說者時，始終必須附著一個人的耳朵說話時，他是自覺的少數，少數至極致，則任何人則宛如一座孤島一顆地球，尋求靠近，卻發現其根本上的不可能。因此羅智成「末日書寫」中的解離與漫遊不只是「後文明」或「非文明」，也可能是「前文明」的，宛如「後情人」或「非情人」與「前情人」，則「末日書寫」也彷彿成了「末情書寫」。

附錄

白靈詩學年表

1951　1月，出生於臺北萬華。祖籍福建惠安。

1966　就讀建國中學。對古典文學興趣濃厚。投稿校刊被退。

1969　大學入學考試因故落榜。考上國防醫學院牙醫系，未就讀。大量閱讀翻譯小說及西洋詩集。

1970　考上國防醫學院醫學系，因病未就讀。入臺北工專三年制化工科就讀。在新生報副刊發表散文作品。筆名「靜生」。

1972　重考，考上中國文化大學中文系文藝創作組，未就讀。

1973　第一首新詩以筆名「白靈生」在《葡萄園》詩刊發表。小說作品於學校刊物發表。

7月，參加復興文藝營，營主任為瘂弦先生。〈巨人〉等詩獲新詩創作第一名。改筆名為「白靈」。參加桃園文藝營，以〈螢火蟲〉一詩獲新詩創作第一名。

1974　自臺北工專畢業。擔任化工廠技術員，至桃園鄉間參與建廠工作。

1975　任光武工專助教。考上臺灣師範大學美術系夜間部，保留學籍一年。參加葡萄園詩社。

9月，參加耕莘青年寫作會。

1976　任臺北工專助教。因〈老〉一詩初識羅青，參加草根詩社活動。至師大美術系夜間部就讀。暑假任耕莘寫作班輔導員。

12月，獲得全國優秀青年詩人獎。

1978　7月，擔任暑期耕莘寫作班主任。認識眾多文藝作家。

1979　出版詩集《後裔》（臺北：林白出版社）。

10月，長詩〈大黃河〉獲得第十五屆國軍文藝金像獎長詩銀像獎（金像獎缺）。聯合報副刊以預告7天方式大幅刊載，主編為瘂弦。

1980　1月，赴美進入紐澤西州史蒂文斯理工學院（Stevens Institute of Technology）攻讀化工碩士，主修高分子材料科學（high polymer material science）。

2月，〈黑洞〉一詩獲得第一屆時報文學獎敘事詩首獎。

1981　遍遊美、加各地。12月，於史蒂文斯理工學院化工碩士班畢業。

1982　上半年，至聯合報副刊組瘂弦處幫忙聯合副刊「三十年集」做校對工作，認識詩人沙牧。

6月，於《現代詩》發表〈淺析鄭愁予的境界觀──中國現實與理想的藝術導向〉（臺北：《現代詩》復刊號1期，頁34-42）。

7月，進入中山科學院任助理研究員兩年。期間曾被派往德國短期考察，遊荷蘭、黑森林、萊茵河、科隆等地。

9月，任耕莘青年寫作會詩組指導老師。

1983　1月，與德亮、羅青等詩人於來來百貨公司展出「藝術上街展」。

1984　至臺北工專任專任講師。

1985　2月，主編「草根詩刊」，以詩畫藝術海報形式推出，全開本，正面彩色畫作，背面為詩刊。共出九期。

4月，開始於《文訊月刊》及其他刊物大量發表評論文章。

6月，與杜十三策劃「一九八五中國現代詩季」，於新象藝術中心藝廊舉行。首度策劃「詩的聲光」實驗演出，用詩結合音樂、舞蹈、錄影、幻燈、劇場等不同媒介。

7月，任復興文藝營詩組指導老師。

12月，與羅青舉辦「詩的聲光發表會」於臺北耕莘文教院，由草根詩社主辦。擔任策劃及執行工作，冷冬料峭，依然爆滿。後於新竹清華大學另舉行一場。

1986　2月，參加「中義視覺詩展」。

3月，於國立藝術館策劃演出三天之「詩的聲光發表會」，由中國青年寫作協會主辦，三天皆全場爆滿。出版詩集《大黃河》（臺北：爾雅出版社）。10月，於向明主編之《藍星詩刊》（九歌版）開闢「新詩隨筆」專欄。首篇為〈比喻的遊戲〉（臺北：《藍星詩刊》9期，頁68-76）。其後輯為專書《一首詩的誕生》（1990）。

1987 3月，與杜十三共同策劃「貧窮詩劇場」於臺北「春之藝廊」。

9月，於臺北實踐堂策劃演出三天之「詩的聲光發表會」。

10月，於《文訊月刊》發表〈小詩時代的來臨──張默《小詩選讀》讀後〉（臺北：《文訊》32期，頁225-228）。開始注意小詩形式。

1988 5月，詩集《大黃河》獲第十一屆中興文藝獎獎章。12月，散文〈小朱的瑣吶〉獲得梁實秋文學獎散文首獎。

1989 出版散文集《給夢一把梯子》（臺北：五四書店）。由張默主編、白靈、向陽擔任編輯委員之《中華大系詩卷(一)～(二)》由九歌出版。擔任臺北工專化工科副教授。

1990 出版詩論集《一首詩的誕生》（臺北：九歌出版社）。

7月，首度前往大陸桂林、西安、杭卅、上海、蘇州、南京、北京等地旅遊。

1991 詩作獲銘刻於臺北松江詩園內。

1992 7月，《一首詩的誕生》獲第十八屆國家文藝獎「文學理論」獎。

10月，於台灣大學，與杜十三策劃演出「詩的聲光──現代詩多媒體演出」發表會，由中華民國筆會主辦。於國家音樂廳舉行之「弘一大師百年冥誕──李叔同歌詩多媒體發表會」中策劃詩的演出節目，並以〈芒鞋〉一詩的合誦向弘一致意。

12月，獲中國文藝協會文藝獎章。與詩友合組台灣詩學季刊雜誌社，擔任主編5年〔至1997年，共編20期〕。

1993 8月，出版詩集《沒有一朵雲需要國界》（臺北：書林出版社）。

9月，隨文曉村等葡萄園詩社同仁參訪大陸北京、洛陽、開封、西安、武漢、重慶等地，與諸多大陸詩人、學者會晤。於重慶西南師大新詩研究所參與「93華文詩歌世界學術研討會」，發表論文〈從躺的詩到站的詩──『詩的聲光』在臺灣〉。

10月，《一首詩的誕生》獲第十一次新聞局中小學生優良課外讀物推介。

1994 出版詩論集《煙火與噴泉》（臺北：三民書局）。

1995 9月，於《臺灣詩學季刊》發表〈詩獎和詩的長度〉（臺北：《臺灣詩學季刊》12期，頁12-16）。

9月，應邀擔任聯合報文學獎新詩類決審委員。

1996　3月，於《臺灣詩學季刊》發表〈畢竟是小詩的天下〉（臺北：《臺灣詩學季刊》14期，頁135-141）。

4月，發表詩論〈小詩是新詩未來主流？—我看張默的《小詩選讀》〉（臺北：《幼獅文藝》508期，頁88-89）。

5月，與辛鬱合編《八十四年詩選》（臺北：現代詩季刊社）。

1997　2月，出版與向明合編之《可愛小詩選》（臺北：爾雅出版社）。

3月，於《臺灣詩學季刊》策劃「小詩運動」專輯，發表〈閃電和螢火蟲——淺論小詩〉（臺北：《臺灣詩學季刊》18期，頁25-34）。

4月，出版第一本童詩集《妖怪的本事——小詩人系列》（臺北：三民書局）。

7月，應菲華詩人邀請，前往馬尼拉參與「菲律賓華文文學研討會」，發表論文。認識白淩、和權等菲華詩人，遊麥堅利堡。與蕭蕭應邀前往福建武夷山，參與「現代漢詩國際研討會」，發表論文。於廈門和武夷山，先後與謝冕、沈奇、劉登翰、陳仲義、舒婷、翟永明等大陸學者、詩人會晤。

10月，應邀於臺北參與「面向21世紀97華文詩歌學術研討會」，發表論文。

1998　1月，出版散文集《白靈散文集》（臺北：河童出版社）。

3月，於《臺灣詩學季刊》發表〈菲華詩中的意象與情境初探〉、〈詩的濃度、明度與長度——兼及中國時報「情詩大賽」作品的幾點考察〉、〈再論詩的濃度〉等三文，（臺北：《臺灣詩學季刊》22期，頁65-99）。編輯出版《新詩二十家》（《臺灣文學二十年集1978-1998》之一）（臺北：九歌出版社）。

5月，出版詩論集《一首詩的誘惑》（臺北：河童出版社）。

7月，《臺灣文學二十年集》（含《新詩二十家》）獲圖書金鼎獎文學創作類優良圖書推薦。

10月，參與「全方位藝術家聯盟」於臺北知新廣場舉辦的「跨世紀多元藝術互動展」，策劃執行「詩的聲光小型詩劇場」。

1999　8月，於《文訊》發表〈新詩矽谷——臺灣，二十世紀華文詩的試

驗場〉，（臺北：《文訊》166期，頁31-36）。

8月，應《明道文藝》雜誌邀請，開始擔任全國學生文學獎決審評委。10月，建置個人網頁「白靈文學船」。

11月，《一首詩的誘惑》獲中山文藝創作獎第三十四屆新詩獎項。

2000　1月，散文〈億載金城〉一文被國立編譯館選入國中三年級第六冊國文課文中。

3月，出版與張默合編之《八十八年詩選》（臺北：創世紀詩雜誌社）。6月，策劃執行臺灣詩學季刊主辦之「臺灣新世代詩人會談」，邀請青年詩人發表詩文及座談、朗誦。

6月，出版《白靈‧世紀詩選》（臺北：爾雅出版社）。

2001　2月，出版與辛鬱、焦桐合編之《九十年代詩選》（臺北：創世紀詩雜誌社）。

10月，建置網頁「詩的聲光」「象天堂」。

2002　4月，與方明、張默、向明、辛鬱、管管等人前往越南西貢等地訪問，認識越華詩人。

8月，與蕭蕭合編《新詩讀本》（臺北：二魚文化）。

9月，〈風箏〉一詩被選入翰林版國中（初中）一年級第一冊國文課文中。〈林家花園〉一詩被選入康軒版國中（初中）一年級第一冊「藝術與人文」課文中。

10月，主編《千年之門：學院詩人群年度詩集》（臺北：萬卷樓圖書股份有限公司）。參與編輯之《2000臺灣文學年鑑》由文建會出版。

2003　2月，出版第二本童詩集《臺北正在飛》（臺北：三民書局）。

4月，主編《九十一年詩選》（臺北：臺灣詩學季刊）。

10月，主編《中華現代文學大系（貳）：臺灣1989~2003》（臺北：九歌出版社）。

2004　1月，於《文訊月刊》發表〈臺灣的屋頂——他山之石可否攻「頂」？兼致建築師們〉（臺北：《文訊》219期，頁45-48）。對臺灣的建築師提出嚴厲的批評。

9月，〈風箏〉一詩被選入康軒版國中二年級第四冊國文課文中。同時出版詩論集《一首詩的玩法》及詩集《愛與死的間隙》（臺

北：九歌出版社）。

11月，應邀與瘂弦、陳義芝、汪啟疆等前往福建參與海峽詩會，對泉州南音演出印象深刻。建置網頁「童詩之眼」、「意象工坊」。

2005　7月，應邀出席香港大學中文系主辦（召集人黎活仁）、在武漢大學舉辦之瘂弦詩歌研討會，擔任主題演講。

10月，於金門與多位詩人共同設計並參與碉堡裝置藝術「三角堡詩展」。

11月，於《臺灣詩學季刊》發表〈從科學觀點看臺灣新詩經典化的幾個現象〉（臺北：《臺灣詩學季刊》6期，頁119-140）。於《金門文藝》發表〈碉堡的裝置藝術展——雷與蕾的交叉：金門「三角堡詩歌」引言〉（金門：《金門文藝》9期，頁30-31）。

2006　1月，《一首詩的誘惑》改交由九歌出版。

4月，應邀出席香港大學中文系主辦（召集人黎活仁）、在廣東信誼市舉辦之鄭愁予詩歌研討會，發表論文。

10月，於金門參與「2006坑道藝術節」，於翟山坑道展出多幅螢光畫作。

2007　3月，應邀出席在北師大珠海分校舉行的「中生代與簡政珍詩作研討會」，發表論文。

4月，應邀出席香港大學中文系主辦（召集人黎活仁）、在徐州師大、蘇州大學舉辦之洛夫研討會，發表論文。出版散文集《慢・活・人生》（臺北：九歌出版社）。

6月，策劃「向明詩作研討會」，於臺北教育大學舉行。

8月，應韓國新詩協會邀請，代表臺灣參與韓國現代詩百周年紀念國際研討會及「萬海祝典」，發表有關全球化下新詩走向的論文。

9月，於金門與多位詩人共同設計並參與「2007金門碉堡藝術節——長寮重劃區裝置藝術展」。

10月，應邀出席在湖南鳳凰城舉行之洛夫長詩《漂木》研討會，發表論文，提出建構「混沌詩學」的概念。

12月，出版與蕭蕭共同主編的《儒家詩學的躬行者：向明詩作學術研討會論文集》（臺北：萬卷樓出版）。與李瑞騰共同策劃臺灣詩

學季刊社15周年紀念，出版系列詩集七冊、選集一冊。包括出版個人詩集《女人與玻璃的幾種關係》（臺北：唐山出版社）。

2008　3月，應邀出席由香港大學中文系主辦（召集人黎活仁）、在徐州師大舉辦之余光中詩作研討會，發表論文。主編《2007臺灣詩選》（臺北：二魚出版社）、主編《臺灣文學三十年菁英選：新詩三十家》（臺北：九歌出版社）等出版。

5月，應邀出席澳門大學主辦之漢語詩歌及張默詩作研究會，發表論文。率領耕莘青年寫作會女詩人及小說家訪問上海及北京，與諸多青年詩人交流，參與座談及朗誦會。

6月，出版詩集《白靈詩選》（北京：作家出版社）。

10月，應邀擔任自由時報林榮三文學獎新詩決審委員。

11月，出版詩論集《桂冠與荊棘》（北京：作家出版社）。

2009　5月，率領耕莘青年寫作會女詩人訪問安徽及上海，與諸多青年詩人學者交流座談。

8月，應邀出席第二屆青海湖國際詩歌節，在青海西寧舉行。

9月，〈風箏〉一詩被選入南一版國中二年級第四冊國文課文中。

10月，應邀出席明道大學中文系舉辦之管管詩作研討會，發表論文。12月，應邀出席明道大學中文系舉辦之周夢蝶詩作研討會，發表論文。

2010　3月，應邀在臺灣大學參與「五行超連結展」之詩畫聯展。

4月，應邀出席由香港大學中文系主辦（召集人黎活仁）、在廈門大學舉辦之商禽詩作研討會，發表論文。

5月，率領耕莘青年寫作會女詩人群訪問成都，與當地詩人學者交流座談。遊杜甫草堂及金沙遺址。

6月，應邀至北京出席由北京大學及首都師大主辦之「兩岸四地第三屆當代詩學論壇」，發表論文。

9月，〈登高山遇雨〉一詩被選入南一版小學五年級上學期國語課文中。10月，應邀出席由香港大學中文系主辦（召集人黎活仁）、在上海復旦大學舉辦之蕭蕭詩作研討會，發表論文。

10月，應邀前往福州出席女詩人古月詩作研討會，發表論文。

11月，出版詩集《昨日之肉：金門馬祖綠島及其他》（臺北：秀威資訊）。

11月，策劃「燒好一壺夜色──送杜十三」追思紀念活動。

12月，出版詩集《五行詩及其手稿》（臺北：秀威資訊）。出席由香港大學中文系主辦（召集人黎活仁）、在珠海國際學院舉辦之白靈詩作研討會。

2011　4月，應邀由香港大學中文系主辦（召集人黎活仁）、在北師大珠海分部舉辦之林煥彰詩作研討會，發表論文。

6月，應邀至湖北新秭歸城出席屈原故里詩人節活動。應邀出席育達商業科技大學（召集人渡也）舉辦之瘂弦學術研討會，發表論文。應邀出席明道大學中文系舉辦之隱地詩作研討會，發表論文。

9月，出席臺北教育大學兩岸四地中生代詩學研討會，發表關於「詩的聲光」的論文。

10月，應邀由香港大學中文系主辦（召集人黎活仁）、在連雲港高等師院舉辦之向陽詩作研討會，發表論文。

12月，以詩集《昨日之肉：金門馬祖綠島及其他》一書獲國立臺灣文學館舉辦之臺灣文學獎圖書類新詩金典獎。

2012　5月，應邀出席漳州詩歌節，發表討論卞之琳〈斷章〉的論文。

12月，於臺灣詩學季刊20週年慶時出版《詩二十首及其檔案》（臺北，秀威資訊）。

2013　3月，應邀出席路寒袖國際學術研討會，發表論文。

5月，應邀出席鄭愁予八十壽慶學術演講會，發表論文。

9月，應邀出席於荊州舉行的江漢學術研討會，發表論文。

12月，應邀出席在曼谷舉行的第7屆「東南亞華文詩人大會」，因林煥彰及泰國華裔詩人合作的「小詩磨坊」堅持多年，引發於台灣大力「鼓倡小詩」的構想。遂由臺灣詩學季刊出面推動，聯合《創世紀》、《臺灣詩學》、《乾坤》、《衛生紙+》、《風球》五詩刊，及《文訊》雜誌於臺灣詩學年會上共同發表「2014鼓吹小詩風潮」活動的聯合訊息。

2014 　3月，策劃展開「吹鼓吹創作雅集」系列活動，乃「2014鼓吹小詩風潮」的單元之一。

4月，應邀出席漳州詩歌研討會，發表關於閩南語詩歌的論文。

6月，應邀出席於臺北舉行的國際華文文學研討會，發表關於杜十三跨領域創作的論文。

6~8月，與書法家陳宏勉策展、由《文訊》雜誌主辦的「詩書共舞——台灣現代小詩書法展」系列活動，選出51首音樂交響的現代小詩，邀請46位台灣書法家揮毫，於臺北、台中、高雄巡迴展出。

12月，於臺灣詩學季刊年會上慶祝並驗收「2014鼓吹小詩風潮」的豐碩成果。全年共有五詩刊一雜誌先後出版了8種「小詩專輯」，也包括了「現代小詩書法展」。

2015 　3月，應邀出席由緬甸五邊形詩社主辦的東南亞詩人仰光詩會，發表論文。繼續策劃推動全年五回合的「吹鼓吹創作雅集」活動，並以小詩為主。

5月，應邀出席由中正大學主辦、黎活仁召集的渡也詩歌研討會，發表論文。膝蓋髕骨骨折，住院開刀。

10月，韓培娟譜曲的《不如歌》唱片出版，收〈不如歌I、II、III〉、〈風箏〉、〈濁水溪的倒影〉等詩譜成的三首曲子，〈不如歌〉一曲並拍成MTV影片po於youtube。應邀出席韓國光州全南大學主辦之第二屆世界華文文學國際研討會，發表論文。嚴英旭（韓）、王英麗（中）合譯韓漢對照的白靈五行詩集《距離世界不遠的地方》於韓國出版（光州：全南大學）。

臺灣詩學論叢01　PG1480

新詩十家論

作　　者／白　靈
主　　編／李瑞騰
責任編輯／盧羿珊
圖文排版／楊家齊
封面設計／蔡瑋筠

發 行 人／宋政坤
法律顧問／毛國樑　律師
出版發行／秀威資訊科技股份有限公司
　　　　　114台北市內湖區瑞光路76巷65號1樓
　　　　　電話：+886-2-2796-3638　傳真：+886-2-2796-1377
　　　　　http://www.showwe.com.tw
劃撥帳號／19563868　戶名：秀威資訊科技股份有限公司
　　　　　讀者服務信箱：service@showwe.com.tw
展售門市／國家書店（松江門市）
　　　　　104台北市中山區松江路209號1樓
　　　　　電話：+886-2-2518-0207　傳真：+886-2-2518-0778
網路訂購／秀威網路書店：http://www.bodbooks.com.tw
　　　　　國家網路書店：http://www.govbooks.com.tw

2016年1月　BOD一版
定價：420元
版權所有　翻印必究
本書如有缺頁、破損或裝訂錯誤，請寄回更換

國家圖書館出版品預行編目

新詩十家論 / 白靈著; 李瑞騰主編. -- 一版. --
　臺北市 : 秀威經典, 2016.01
　　面；　公分
　BOD版
　ISBN 978-986-92379-6-3(平裝)

　1. 新詩　2. 詩評

820.9108　　　　　　　　　104024257

讀者回函卡

感謝您購買本書，為提升服務品質，請填妥以下資料，將讀者回函卡直接寄回或傳真本公司，收到您的寶貴意見後，我們會收藏記錄及檢討，謝謝！
如您需要了解本公司最新出版書目、購書優惠或企劃活動，歡迎您上網查詢或下載相關資料：http:// www.showwe.com.tw

您購買的書名：＿＿＿＿＿＿＿＿＿＿＿＿＿＿＿＿＿＿＿＿＿＿＿

出生日期：＿＿＿＿＿年＿＿＿＿＿月＿＿＿＿＿日

學歷：□高中 (含) 以下　　□大專　　□研究所 (含) 以上

職業：□製造業　□金融業　□資訊業　□軍警　□傳播業　□自由業
　　　□服務業　□公務員　□教職　　□學生　□家管　□其它＿＿＿

購書地點：□網路書店　□實體書店　□書展　□郵購　□贈閱　□其他

您從何得知本書的消息？

　　□網路書店　□實體書店　□網路搜尋　□電子報　□書訊　□雜誌
　　□傳播媒體　□親友推薦　□網站推薦　□部落格　□其他＿＿＿＿＿

您對本書的評價：（請填代號　1.非常滿意　2.滿意　3.尚可　4.再改進）
　　封面設計＿＿＿　版面編排＿＿＿　內容＿＿＿　文／譯筆＿＿＿　價格＿＿＿

讀完書後您覺得：

　　□很有收穫　□有收穫　□收穫不多　□沒收穫

對我們的建議：＿＿＿＿＿＿＿＿＿＿＿＿＿＿＿＿＿＿＿＿＿＿
＿＿＿＿＿＿＿＿＿＿＿＿＿＿＿＿＿＿＿＿＿＿＿＿＿＿＿＿＿＿
＿＿＿＿＿＿＿＿＿＿＿＿＿＿＿＿＿＿＿＿＿＿＿＿＿＿＿＿＿＿
＿＿＿＿＿＿＿＿＿＿＿＿＿＿＿＿＿＿＿＿＿＿＿＿＿＿＿＿＿＿

11466
台北市內湖區瑞光路 76 巷 65 號 1 樓

秀威資訊科技股份有限公司　　　收

BOD 數位出版事業部

⋯⋯⋯⋯⋯⋯⋯⋯⋯⋯⋯⋯⋯⋯⋯⋯⋯⋯⋯⋯⋯⋯⋯⋯⋯⋯⋯⋯⋯⋯⋯⋯

（請沿線對折寄回，謝謝！）

姓　　名：＿＿＿＿＿＿＿＿＿　年齡：＿＿＿＿　性別：□女　□男

郵遞區號：□□□□□

地　　址：＿＿＿＿＿＿＿＿＿＿＿＿＿＿＿＿＿＿＿＿＿＿＿＿＿

聯絡電話：(日)＿＿＿＿＿＿＿＿＿＿＿　(夜)＿＿＿＿＿＿＿＿＿＿＿

E-mail：＿＿＿＿＿＿＿＿＿＿＿＿＿＿＿＿＿＿＿＿＿＿＿＿＿＿＿